यात्राएँ

किताबघर

किताबघर प्रकाशन

नयी दिल्ली

यात्राएँ

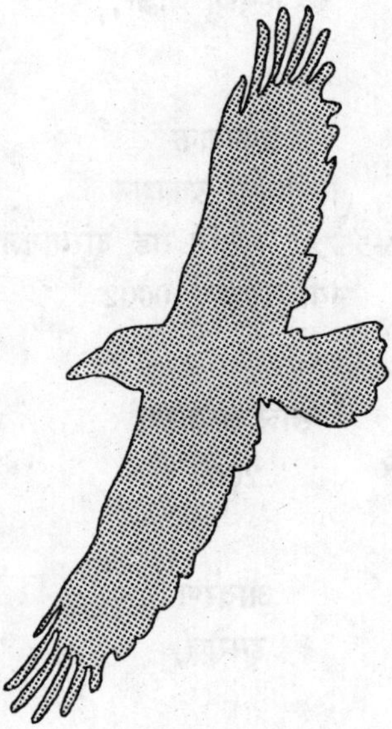

हिमांशु जोशी

यात्राएँ

ISBN—81-7016-070-7

प्रकाशक
किताबघर प्रकाशन
4855-56/24, अंसारी रोड, दरियागंज
नयी दिल्ली-110002

छात्र संस्करण
2007

आवरण
इमरोज़

मूल्य
साठ रुपये

मुद्रक
बी० के० ऑफसेट
नवीन शाहदरा, दिल्ली-110032

YATRAYEN (Hindi)
by Himanshu Joshi
Price : Rs. 60.00 (Students Edition)

ये यात्राएँ

अब नार्वे की छत पर हैं हम लोग ! ट्राम्सो में । इसे दुनिया की छत भी कह सकते हैं । आर्कटिक सर्किल के सैकड़ों मील भीतर ! यहीं से लैपलैंड आरम्भ होता है । सदैव बर्फ पर रहने वाले, रेण्डियरों को पालने वाले घुमन्तुओं का प्रदेश !

एक 'रोप-वे' से सरकते हुए कुछ ही क्षण बाद सहसा पहाड़ की चोटी पर जा पहुँचते हैं । यहाँ से दूर-दूर तक बिखरा ट्राम्सो शहर, उसके चारों ओर गहरा नीला, बर्फीला सागर, सागर में तैरती रंग-बिरंगी नौकाएँ ! ऐसा लग रहा है, जैसे विमान से नीचे झाँक रहे हैं--पाताल की ओर !

मेहंदी रंग की काई लगे एक विशाल पत्थर पर खड़ा होकर मैं यह मनोरम, अद्भुत एवं भयावह दृश्य देख ही रहा होता हूँ कि तभी पास से, सैलानियों के शोरगुल से मेरी तन्द्रा भंग होती है । एक फ्रेंच महिला बर्फीली चट्टान पर चढ़ने का प्रयास कर रही है । लोग जोर-जोर से ताली बजाकर समवेत स्वर में चिल्लाते हुए उसका हौसला बढ़ा रहे हैं । किन्तु स्थिति कुछ-कुछ ऐसी बन रही है कि जितनी बार वह ऊपर चढ़ने का प्रयास करती है, फिसल-फिसलकर नीचे आ जाती है । फिर भी चींटी की तरह उसका प्रयास जारी है ।

यहाँ से अलग हट कर मैं अकेला ही उस निर्जन, उजाड़ भूखंड में टहलने लगता हूँ—निरुद्देश्य ! तभी पास ही, खुले में धुआँ-सा उठ रहा दीखता है । आग जल रही है शायद !

मेरे पाँव जिज्ञासा से अपने-आप उधर बढ़ने लगते हैं ।

भयंकर सर्दी है, ठिठुरन-भरी !

चारों ओर बर्फीली धरती ! ठिठुरते हुए बर्फीले दानवाकार पहाड़ ।

ध्रुव-प्रदेश की यह ठण्ड कहीं हड्डियों को कँपा रही है । हम सभी यात्रियों को इस शैल-शिखर पर केवल आधा घंटा ठहरना है । फिर नीचे उतरकर अपनी-अपनी राह लेनी है । कुछ लोग इंग्लैंड, फ्रांस, जर्मनी से आए हैं । वर्गन से पानी के जहाज पर बैठे हैं, जहाँ से नार्वे के उत्तरी सागर तट को छूते हुए फिनमार्क तक जाएँगे । मुझे यहाँ आसपास के बहुत-से क्षेत्र देखने हैं अभी ।

मैं धुएँ की तरफ अभी कुछ ही कदम बढ़ा पाता हूँ कि जंगली रेण्डियरों का एक विशाल झुंड मेरे सामने से बेतहाशा भागता हुआ वीरान चट्टानों की ओर निकल पड़ता है । हरिण और बारासिंगों को, अपने बचपन में कुमाऊँ के बीहड़ वनों में भागते कई बार देखा था, परन्तु अपने

में यह एक नया ही अनुभव था, दहशत-भरा !

धुएँ के निकट पहुँचकर देखता हूँ—

अपने पारम्परिक रंग-बिरंगे परिधान में एक अधेड़ लैप आग के पास, आसमान की खुली छत के नीचे निश्चिंत भाव से बैठा है । पास ही, उसी तरह की पोशाक में एक दस-बारह साल का बालक है और खुले में जल रही धुँधियाती आग के पास एक झबरैला, सफेद कुत्ता ! लाल-लाल, विकराल आँखों से घूर रहा है ।

उनके पास ही खड़े हैं—एक आधुनिक महिला और पुरुष । आम नार्वेजियनों जैसे । उनसे सामी भाषा में कुछ बोलने का प्रयास कर रहे हैं ।

मेरे पहुँचते ही सहज उत्सुकता से वे सब, किंचित् अजनबीपन के साथ देखने लगते हैं !

मैं पास ही खड़ा हो जाता हूँ चुपचाप !

और वे कुछ क्षण चुप रहकर, फिर अपनी बातचीत में लग जाते हैं । उनकी बातों से, हाव-भावों से लगता है, कि वे शायद लैप से कुछ जानकारी प्राप्त कर रहे हैं ।

उससे बातें कर लेने के पश्चात् वे मेरी ओर मुखातिब होते हैं । अंग्रेजी कुछ-कुछ समझ लेते हैं, इसलिए जिज्ञासा से जो कुछ पूछता हूँ, उसका समाधान देने का प्रयास करते हैं । वे उस लैप के बारे में बतलाते हैं—

कि वह आवारा किस्म का है ।

कि वह अपनी बिरादरी के अन्य लोगों की तरह रेण्डियर नहीं पालता ।

कि वह समूह में नहीं रहता ।

कि उसके पास स्लेज गाड़ियाँ नहीं हैं, जिनसे वह दुर्गम, बर्फीले क्षेत्रों की यात्रा प्रतिकूल परिस्थितियों में भी कर सके । फिर भी वह निरन्तर घूमता रहता है । कहीं एक स्थान पर ठहर नहीं पाता ।

मैं उनसे निवेदन करता हूँ कि कृपया उस लैप से पूछें कि उसकी इस भटकन का कारण क्या है ?

उनका उत्तर मिलता है कि वह बचपन से ही इस तरह की, आवारा प्रवृत्ति का रहा है । अभी वह छोटा ही था कि उसने सारा नार्वे ही नहीं, स्वीडन और फिनलैंड की भी यात्रा कर डाली थी—पैदल । बाद में बिरादरी के लोगों ने घेरकर उसकी शादी करवा दी, ताकि वह सबकी तरह समूह में रहे, किन्तु उसकी पत्नी देर तक साथ नहीं निभा पाई । अपनी स्मृति के रूप में एक बच्चा छोड़कर चल बसी । अब यह बच्चा कुछ बड़ा हो गया है । दुर्भाग्य से इसे भी पिता की तरह घूमने का व्यसन है ।

एक पिता !

एक पुत्र !

एक कुत्ता !

तीनों निरंतर परिभ्रमण करते रहते हैं ।

परिभ्रमण करने का यह रोग दुनिया में बहुत-से लोगों को रहता है । बहुत-से लोग गृह-त्याग की परंपरा का अनुगमन करते हैं तो ऐसे लोगों की संख्या भी कम नहीं, जो परिवार-संसार के बीच रहकर भी जीवन-भर यायावर बने रहते हैं ।

सैर कर दुनिया की गाफिल, जिंदगानी फिर कहाँ ?
जिंदगी गर कुछ रही तो नौजवानी फिर कहाँ ?

नवाजिंदा वाजिंदा का यही शेर सूक्त वाक्य बन गया था—महापंडित राहुल सांकृत्यायन के लिए । जिसने उनकी जीवन-धारा ही बदल डाली थी । घूमते-घूमते वे अनायास ही आधुनिक घुमक्कड़-शास्त्र के प्रमुख प्रवर्त्तक बन गए थे । लगभग बारह-चौदह वर्ष की अल्पायु में ही उन्होंने आजमगढ़ जिले के पंदहा, कनैला, बछबल गाँव से बद्रीनाथ, केदारनाथ धाम की दुर्गम यात्रा पैदल कर डाली थी—अकेले । फिर आजमगढ़ से पैदल कलकत्ता ! कालान्तर में साधु-वेश में बिहार के परसा मठ से दक्षिण भारत के अंतिम छोर रामेश्वरम् तक की भूमि अपने दो पाँवों से नाप डाली थी । उसी तरह अनेक स्थानों को देखते-घूमते वापस आगरा पहुँचे थे—पदयात्रा करके ।

एक-एक डग आगे बढ़ाकर उन्होंने विश्व के सबसे दुर्गम क्षेत्र तिब्बत की पाँच यात्राएँ कीं । वहाँ से बौद्ध मठों से सदियों पुरानी बौद्ध-दर्शन से संबंधित दुर्लभ पांडुलिपियों को खोज निकालने का जो जोखिम-भरा ऐतिहासिक कार्य किया, उसके लिए उनका नाम सदा श्रद्धा से लिया जाएगा ।

मुझे याद आ रहा है, उन्हीं राहुलजी से जब पहली बार मिला था, तो मैंने कहा था, "आपकी पुस्तक, 'मेरी जीवन-यात्रा' पढ़कर मैं इतना प्रभावित हुआ कि घर छोड़कर निकल पड़ा था । किन्तु दिल्ली में आकर ही अटक गया…।"

राहुलजी कुछ क्षण सोचते रहे । फिर किंचित् मुस्कराते हुए बोले, "घूमने-फिरने की, दुनिया में कुछ नया देखने की प्रवृत्ति प्रायः सभी में होती है । हाँ, कुछ लोगों में कुछ कम, तो कुछों में कुछ अधिक । पर इस भावना को जिलाए रखना चाहिए, इसी में जीवन की सार्थकता है । जब समय मिले, घर से निकल पड़ना चाहिए । यह दुनिया इतनी बड़ी, रहस्यमय, रोचक है कि एक नहीं, अनेक जीवन भी इसे देखने के लिए पर्याप्त नहीं ।"

राहुलजी, आचार्य काका कालेलकर ये बड़ी विभूतियाँ थीं । जिनके जीवन का अधिकांश भाग इन्हीं यात्राओं में बीता । पर, जब मैं अपने विषय में सोचता हूँ तो पाता हूँ कि सारा जीवन तो यों ही बीत गया है—एक परिधि की परिक्रमा में ही ! न कुछ देखा, न कुछ पाया ! किनारे पर बैठकर भी क्या कभी किसी को मोती मिले हैं ?

साधन सीमित रहे । शक्ति सीमित रही । संकल्प सीमित रहे । फिर भी अपने को भुलावे में रखने के लिए पिंड में ही ब्रह्मांड की परिकल्पना करता रहा । जब-जब समय मिला, जब-जब

साधनों ने साथ दिया, अपने नन्हे पंखों के सहारे घर-आँगन की प्रदक्षिणा करता रहा। हाँ, कल की उम्मीद पर भी बहुत कुछ टलता रहा। किन्तु वह न आने वाला कल, पता नहीं कब आ पाएगा ?

यहाँ मेरी कुछ यात्राएँ हैं। यात्राओं की झलकियाँ कश्मीर के हिमाच्छादित शृंग—पाकिस्तान तथा चीन से लगी, सुलगती बर्फीली सीमा-रेखाएँ···या पूर्व में इच्छामती या हरिनबंगा का मटमैला किनारा, जिसकी लहरें एक बंगाल की दो भागों में विभाजित देह को छूती हैं। एक देश यानी एक देश की अविच्छिन्न आत्मा का दो भागों में बाँटती हुई···अरुणाचल, खोंसा···कोहिमा, जुन्हेंबोटो···मणिपुर की बर्मा से लगी सीमा। जहाँ पर खड़े होकर नेताजी ने सबसे पहले तिरंगा फहराया था···कुमाऊँ का हरितांचल···केरल का हरित सागर···।

नार्वे, स्वीडन का हिममंडित उत्तरी अंचल, लैप या सामी आदिवासियों की आदि भूमि···एक साकार स्वप्न-लोक···जिसके साम्राज्य में सूर्यास्त ही न हो—दूर-दूर तक ऐसे साम्राज्यवादी पंख फैलाने वाला ब्रिटेन ! बर्मिंघम, वाल्वरहेम्प्टम···हिन्द महासागर का मोती···महासागर की लहरों पर तैरता एक गोल पत्ता-सा···रॉबिन हुड का रणक्षेत्र···रोरिक की साधनास्थली···

अभी अनेक यात्राएँ शेष हैं। अनेक पड़ाव। अनेक मंजिलें बुला रही हैं। पर क्या सचमुच उन सबको छू पाना सम्भव होगा—जिन्हें देख पाने की साध मन के किसी कोने में गाहे-बगाहे झाँकने लगती है ? जीवन-यात्रा के साथ-साथ चलने वाली ये अन्तहीन यात्राएँ भी सहज हो जाती हैं, जब संकल्प साथ हो। मात्र दो पाँवों के बीच की दूरी तब दुनिया की दूरियों के बराबर हो जाती है। छोटे-छोटे हाथों की परिधि में सारा क्षितिज समा आता है। महासागरों को पार करने के लिए तब नावों की आवश्यकता नहीं रह जाती, उन्हें आसानी से लाँघा भी जा सकता है !

7/C II, हिन्दुस्तान टाइम्स अपार्टमेंट्स
मयूर विहार, फेज एक
दिल्ली-110091

क्रम

सिगरी की तपोभूमि : लिलि हामेर

सिगरी उनसत की जन्म शताब्दी मई में हमने दिल्ली में मनायी थी, तब कल्पना भी नहीं की थी कि इतनी जल्दी सुदूर नार्वे जाकर, उनके घर तक की यात्रा का सुयोग मिल पायेगा।

अब तक हमने दक्षिण द्वीपसमूह-क्रागेरा, विश्वविख्यात नाटककार इब्सन की कर्मभूमि—सीयन, कोबाल्ट तथा चाँदी की खानों के प्रदेश—टेलिमार्क आदि दर्शनीय स्थल देखे थे। ये सभी स्थान ओस्लो से दक्षिण-पश्चिम में स्थित हैं, किन्तु आज हम एक दूसरी दिशा की ओर बढ़ रहे हैं—लिलि हामेर—सिगरी उनसत के घर, बियोन्सन के घर।

सिगरी उनसत को साहित्य के लिए नोबेल पुरस्कार मिला था, बियोन्सन को भी। दोनों के घरों के बीच मात्र दस मील का अन्तर है।

जुलाई 31।

सुबह के आठ बज रहे हैं।

हल्के-हल्के सुरमई बादल, ठंडी हवा, सूरज की पीली किरणें, पीला प्रकाश, पर कहीं ताप झलकता नहीं। रात को दस बजे, ग्यारह बजे भी सूरज ऐसे ही चमकता है—तापहीन पीत प्रकाश…

जब से यहाँ आए हैं, ध्रुव-प्रदेश के निकट होने के कारण अँधियारा कम ही दिखलाई देता है। दिन का दायरा इतना विस्तृत हो जाता है कि रात सिमटकर बहुत छोटी हो जाती है। न रात जैसी रात होती है, न दिन जैसा दिन। एक धुँधला उजियाला रात में भी दिन का भ्रम पैदा करता रहता है। फिर लोग सड़कों पर बिजली के बल्ब क्यों जला देते हैं ? जब कि उसकी जरूरत ही महसूस नहीं होती !

यह दिन-रात का प्रकाश; प्रकाश-ही-प्रकाश, विदेशी पर्यटकों के मन में एक प्रकार का उन्माद-सा जगा देता है। अक्सर सारी-सारी रात लोग जागते-घूमते रहते हैं।

दिन और रात का ही नहीं, सारे समय-चक्र का गणित यहाँ आकर गलत हो जाता है।

कार पूरी रफ्तार से भाग रही है। ओस्लो की साफ-सुथरी सड़कों पर इस समय तनिक भी भीड़ नहीं। इसलिए कार की गति और तेज हो जाती है। "हमारे यहाँ की तरह यहाँ कारें सड़कों पर चलती नहीं, बल्कि सड़कों को चीरती हैं।" बहिरा शफीक अक्सर कहती है। यहाँ की हर चीज की तुलना वह अपने देश मिस्र से करती है। नार्वे में रहकर वह मिस्र को जी रही है।

कार की पिछली सीट पर मैं बैठा हूँ। मेरे साथ इंग्रिड। आगे चावला-दंपती।

"लिलि हामेर कैसी जगह है ?" पूछता हूँ। वह किंचित् संकोच से उत्तर देती है, "मुझे कभी इधर आने का अवसर नहीं मिल पाया···" कुछ रुककर कहती है, "मैं नार्वेजियन में शोध कर रही हूँ। मुझे अवश्य लिलि हामेर देखना चाहिए था। ऐसे स्थानों पर आने पर लोगों को एक दूसरी ही तरह की अनुभूति होती है। साहित्यकार के बारे में निकट से जान लेने के पश्चात्, साहित्य को पढ़ने यानी समझने का अपना अलग सुख होता है···"

"सिगरी उनसत के साहित्य के बारे में आपकी क्या धारणा है···?"

"वह अपने युग की अच्छी लेखिका थीं। बड़ी साहसी, कर्मठ, अन्याय के विरुद्ध प्रतिकार करने की उनमें अद्‌भुत क्षमता थी। अपनी अमर कृतियों के माध्यम से उन्होंने नार्वे के मध्यकालीन इतिहास का जो जीवंत चित्रण किया है, वैसा शायद ही मैंने कहीं पढ़ा हो···"

"अभी ओस्लो विश्वविद्यालय में उस दिन कुछ लेखकों, प्राध्यापकों से बातें हो रही थीं। कुछ लोगों की धारणा थी कि वह नारी-स्वातंत्र्य के विरुद्ध···"

इंग्रिड हँस पड़ती है। मेरा वाक्य पूरा होने से पहले ही बोल पड़ती है, "असल में सिगरी के विचारों का कुछ लोग गलत अर्थ लगाते हैं। सिगरी की मान्यता थी कि नारी-जीवन का सबसे बड़ा वरदान है, 'अच्छी माँ बनना।' नारी-जीवन का सबसे बड़ा अभिशाप है, 'बुरी माँ बनना।' मानव-मूल्यों को वह इससे अधिक महत्त्व देती थीं।"

इंग्रिड को कुछ-कुछ सर्दी की शिकायत है, इसलिए आगे वाली खिड़की का पूरा शीशा बंद कर दिया है। मैं बंद शीशे से बाहर का दृश्य समेटने का प्रयास कर रहा हूँ। ओस्लो शहर की सीमा-रेखा कब की समाप्त हो गयी है। अब देवदार के घने वन हैं—दूर-दूर तक फैले हुए। आस-पास बिखरी बस्तियाँ। हर घर साफ-सुथरा, धुला-पुँछा। 'शो-केस' में सजी वस्तु की तरह, हर वस्तु कलात्मक। घरों के आगे जगह-जगह गोलाई लिये सफेद पालीथिन के लंबे कमरे, जिनमें हर मौसम में सब्जियाँ उगाने की सुविधा है।

सामने सड़क के ऊपर लिखा है—लिलि हामेर—सौ किलोमीटर !

ओस्लो के जीवन से निराश होकर, सिगरी उनसत किसी शांतिपूर्ण स्थल की तलाश में अब से लगभग 63 साल पूर्व इसी मार्ग से होकर लिलि हामेर पहुँची थीं—हारी, थकी।

तब अवस्था ही क्या थी ! सैंतीस भी अभी पूरे नहीं किये थे। पति से अलग होकर पाँच बच्चों के साथ उसने यहाँ शरण ली थी। दो बच्चे अपने थे, तीन पति की पूर्व पत्नी के। उसमें भी परेशानी यह कि अपनी एक लड़की तथा पति की पूर्व पत्नी का एक लड़का मानसिक रूप से विकलांग थे। स्वयं सिगरी गर्भवती थी···परित्यक्ता···

पर लिलि हामेर ने सिगरी को शांति-शक्ति ही नहीं प्रदान की, बल्कि खूब लिखने की प्रेरणा भी दी। 'क्रिस्तिन लेवरेंसदात्तेर' तथा 'ओलव औडेंसन' विश्वविख्यात उपन्यासों का सृजन यहीं हुआ था—इन्हीं पर 1928 में उसे नोबेल पुरस्कार से सम्मानित किया गया था···

सिगरी ने न दिन देखा, न रात। सिगरेट और काली कॉफी के सहारे वह घंटों बैठकर लिखती थी। बच्चों की देखभाल के पश्चात् जो भी समय मिल पाता, वह केवल लिखने में

लगाती थी। नार्वे के मध्ययुगीन इतिहास का उसने इतना गहन अध्ययन किया था कि वह आसानी से बता सकती थी कि सन् 1300 के आस-पास किस तरह की घास से मेजें साफ की जाती थीं। बर्फीली धरती पर लोग टूटी गाड़ियों की मरम्मत किस तरह किया करते थे। अपनी रचनाओं में जब वह धुएँ का वर्णन करती है, तब सचमुच ही पाठक का धुएँ से दम घुटने-सा लगता है···

"इस झील का नाम म्योसा है···" इंग्रिड तंद्रा भंग करती है, "नार्वे की सबसे बड़ी झील है, मीठे पानी की।"

हम झील के किनारे-किनारे आगे बढ़ रहे हैं। कहाँ आरंभ है, कहाँ अंत—झील के ओर-छोर का पता नहीं चलता। दर्पण-सा स्वच्छ जल। कहीं-कहीं तिरती रंग-बिरंगी नौकाएँ···

इससे पहले हम एक स्थान पर कुछ क्षणों के लिए रुके थे, जहाँ पर 1905 में कुछ क्रांतिकारियों ने छिपकर नार्वे के संविधान की संरचना की थी।

लिलि हामेर में सिगरी 1940 तक ही शांति से रह पायी थीं। उसके पश्चात् दर्द की एक नयी दास्तान आरंभ हो गयी···यंत्रणाओं का अंतहीन इतिहास।

उत्तरी नार्वे के पर्वतीय प्रदेश के वयोवृद्ध जब भी दूसरे विश्वयुद्ध तथा 1940 के नाजी-आक्रमण का जिक्र करते हैं, उस वृद्ध महिला को अवश्य याद करते हैं, जो स्लेज-गाड़ी की सहायता से, किसी तरह मरती-जीती दुर्गम बर्फीले क्षेत्रों को पार कर रही थी। उसकी एक ही आकांक्षा थी, किसी तरह नार्वे की सीमा पार करके स्वीडन पहुँच जाये। भूखे भेड़ियों की तरह नाजी गुप्तचर पीछा कर रहे थे। उनके चंगुल में पड़ने का अर्थ था—सर्वनाश !

महिला अकेली नहीं थी, साथ में बिखरे हुए शरणार्थियों का एक पूरा काफिला था। स्वीडन तटस्थ राष्ट्र था, वहाँ पहुँचने पर इस नारकीय यंत्रणा से मुक्ति संभव थी···

मंजिल अभी थोड़ी ही दूर रह गयी थी कि वह बेहोश होकर गिर पड़ी। बड़ी तत्परता से उठाकर साथी शरणार्थियों ने किसी तरह स्लेज पर बिठाया।

स्वीडन की सीमा के भीतर वह पहुँची ही थी कि सीमा-अधिकारियों ने उसे तुरंत पहचान लिया। वह 58 वर्षीय महिला थी—सिगरी उनसत।

सिगरी को लगता था कि बहुत-सी परेशानियों से अब छुटकारा मिल जायेगा, किन्तु अभी वह स्वीडन की राजधानी स्टॉकहोम पहुँची ही थी कि किसी ने सूचना दी कि उसका बड़ा बेटा ऐंडर्स लिलि हामेर के पास नाजी सैनिकों से अपने घर की रक्षा करता हुआ वीरगति को प्राप्त हो गया है।

सिगरी उनसत न रोयी, न चिल्लायी। विस्फारित नेत्रों से आसमान की ओर देखती रह गयी। नाजियों के विरुद्ध लड़ने की इतनी भारी कीमत भी चुकानी पड़ेगी—उसने कल्पना नहीं की थी। इस आघात को सह पाना आसान न था। इसके बाद सिगरी को खुले दिल से हँसते-मुस्कराते कभी किसी ने नहीं देखा था, परंतु सिगरी उनसत उन महिलाओं में से नहीं थी, जो

अपनी पराजय स्वीकार कर लेती हैं। नाजियों के विरुद्ध संघर्ष करने के लिए उसने नयी रणनीति तैयार की। तटस्थ राष्ट्र होने के कारण स्वीडन में रहकर अधिक कुछ कर पाना संभव न था। अतः एक दिन वह अपने जीवन की नयी यात्रा पर निकल पड़ी। साइबेरिया पार करके जापान पहुँची। अपने छोटे बेटे के साथ वहाँ से 26 अगस्त, 1940 को सेन फ्रांसिस्को, फिर न्यूयार्क।

न्यूयॉर्क के एक छोटे-से कमरे में सिगरी की सारी दुनिया सिमट आयी थी। नोबेल पुरस्कार से सम्मानित, अंतर्राष्ट्रीय ख्याति की यह महिला नार्वे सरकार के सूचना-विभाग में एक साधारण टाइपिस्ट की हैसियत से कई वर्षों तक काम करती रही। देश-सेवा का कोई काम छोटा-बड़ा नहीं होता। उसकी मान्यता थी…

इस बीच पत्रकारिता के माध्यम से अपनी रचनाओं के द्वारा जगह-जगह घूम-फिरकर अपने ओजस्वी भाषणों से नाजियों के विरुद्ध संघर्ष जारी रखा।

इस निर्वासन काल में उसने 'भविष्य की ओर वापसी', 'नार्वे में बिताये स्वर्णिम दिन' जैसी चिरस्मरणीय मार्मिक पुस्तकें लिखीं, जिनमें सिगरी के आंतरिक संघर्षों का बड़ा हृदयस्पर्शी चित्रण है…पाँच वर्ष पश्चात् 1945 में जब वह स्वाधीन नार्वे लौटी—अपनी तपोभूमि लिलि हामेर, तब वह एकदम बदली हुई थी। शरीर में उतनी शक्ति न रह गयी थी, परंतु लिखने की ललक चैन से नहीं बैठने दे रही थी…

"हम हामेर आ गये हैं। यहाँ से लिलि हामेर की दूरी बस कुछ ही किलोमीटर की है…" चावला बतलाते हैं। यद्यपि वह भी इस दिशा में पहली बार आ रहे हैं, फिर भी आगे बैठने तथा गाड़ी चलाने के कारण जानने का उनका हक हमसे अधिक बैठता है…

एक बजनेवाला है। सिगरी उनसत की पुत्रवधू को ओस्लो से डॉ० फ्लातीन ने पहले ही सूचना भिजवा दी थी कि मैं हर हालत में बारह बजे तक लिलि हामेर पहुँच जाऊँगा। पहले अकेले ही ट्रेन से जाने का मेरा कार्यक्रम था। डॉ० फ्लातीन ने यह भी आग्रह किया था कि उनके विदेशी मेहमान को सिगरी उनसत का घर भली भाँति दिखवा दें। लोगों में ऐसी धारणा थी कि सिगरी उनसत की पुत्रवधू कुछ 'मूडी' स्वभाव की है। मैं रीते हाथ, बिना कुछ देखे ही लिलि हामेर से लौट जाऊँ, इसकी भी कम संभावना न थी।

इंग्रिड को अब तक बहुत भूख लग आयी थी। भूख तो हमें भी कम नहीं लगी थी, किन्तु इसमें अतिशयोक्ति नहीं कि भारतीयों में सहनशक्ति बहुत अधिक होती है।

लिलि हामेर कस्बे में हम आ गये हैं, पर अब समस्या है—बेयर्कबेक—सिगरी उनसत के घर को ढूँढ़ने की।

इंग्रिड एक क्षण भी भूख बर्दाश्त कर सकने की स्थिति में नहीं है।

कहीं बारह बजे बाद सिगरी की पुत्रवधू ने घर दिखलाने से इंकार कर दिया तो! इतनी लम्बी यात्रा व्यर्थ जायेगी…एक अजीब-सी स्थिति है।

चावला अन्त में वृक्षों की छाया के पास कार के लिए बित्ते-भर जगह खोजने में सफल हो जाते हे। इंग्रिड अपने झोले से अपना भोजन का पैकेट निकालकर अकेली ही खाने लगती

है। हम भी मक्खन-टोस्ट निकाल नाश्ता करने लगते हैं।

परस्पर मिल-बाँटकर भी तो हम भोजन कर सकते थे ! मेरे भारतीय संस्कारों को कहीं कुछ अच्छा नहीं लगता··भोजन के पश्चात् फिर बेयर्कबेक की खोज आरम्भ होती है। कोई नहीं दीखता, जिससे पूछ सकें।

एक आदमी दूर से आता हुआ दिखता है। जब तक हम उसकी ओर बढ़ते हैं, वह मुड़कर ओझल हो जाता है।

हम चौराहे के पास खड़े हैं।

सामनेवाले मकान के हाते में कोई कार धो रहा है। गाड़ी उसी दिशा में मोड़ लेते हैं। वह बतलाता है—पास ही निचले ढलान का पहला मकान।

ढलान पर बने एक पुराने घर के पास जाकर ठिठक पड़ते हैं—यही है सिगरी उनसत की तपस्या-भूमि !

बाहर के बड़े दरवाजे के पास पहुँचते ही, उस सर्दी में भी कहीं गरमी का एहसास होने लगता है। नार्वे के अन्य घरों की तरह, यह घर भी पूरा-का-पूरा लकड़ी का बना है। आश्चर्य की बात यह कि हमारी परिभाषा के अनुसार ये 'कच्चे' घर भी सदियों तक साथ निभाते हैं। टेलिमार्क में हमने कुछ ही दिन पूर्व एक काष्ठ निर्मित गिरजाघर—हेडल स्टेव चर्च—देखा था, जो नार्वे का सबसे पुराना गिरजाघर है—सन् 1250 में बना। आज भी वह वैसा ही है, आसमान की ओर सिर उठाए, जैसा शताब्दियों पहले कभी रहा होगा···

ढलान की ओर कच्चा रास्ता है, जो आगे चलकर, एक साधारण-से तिकोने पार्क के आगे, प्रमुख मार्ग से मिल जाता है।

घर के चारों ओर बर्च के बहुत-से वृक्ष हैं—हरी-भरी झाड़ियाँ। एक बहुत बड़ा अहाता। लकड़ी की तिरछी खपच्चियों की बाड़, दूर से देखने पर जो बहुत आकर्षक लगती है।

लकड़ी के तख्तों को जोड़कर, घर की दीवारें बनायी गयी हैं। बीच-बीच में सफेद खिड़कियाँ। लकड़ी की ही ढलवाँ छतों पर लंबी-लंबी घास उग आयी है—ठीक उसी तरह जिस तरह जमीन पर उगी है। सूखने की प्रक्रिया से गुजरने के कारण एकदम पीली लग रही है। अहाते के बीच में बर्च का एक बड़ा वृक्ष है। उसी के पास झंडा फहराने के लिए, एक बहुत बड़ा सफेद लट्ठा गाड़ा गया है।

यहाँ घरों के आगे झंडा फहराने की एक विशेष परंपरा दीखती है। क्रागेरा के कम आबादीवाले छोटे-छोटे द्वीपों में दूर-दूर बिखरे घरों के आगे लहराते झंडे दूर से ही चमकने लगते हैं—यहाँ कोई घर है, लोग रहते हैं—संभवतः इसी का एहसास जताने के लिए। काठ का पुराना अधखुला बाहरी द्वार मैं तनिक और खोल देता हूँ, ताकि अहाते के भीतर जाने में असुविधा न हो। घास पर दस-बारह कदम चलने के पश्चात् हम घर की सीढ़ियों के निकट पहुँचते हैं। शंका यही सता रही है कि कहीं विलंब से पहुँचने के कारण गृहस्वामिनी ने पट बंद न कर दिये हों।

सीढ़ियाँ छोटी-छोटी ।

द्वार के पास मेज-कुर्सियाँ लगी हैं । एक व्यक्ति बैठा है । सामने कुछ कागज तथा पिक्चर पोस्टकार्ड्स फैले हैं ।

इंग्रिड आगे है । जैसे ही वह एक कदम और आगे बढ़ाती है, सामने बैठा व्यक्ति नार्वेजियन में कुछ कहता है ।

उसका आशय समझने में मुझे क्षणांश भी नहीं लगता । यहाँ कहीं भी, ऐतिहासिक महत्त्व के स्थान पर जाने पर प्रवेश-शुल्क के रूप में टिकट अवश्य खरीदना पड़ता है । मुझे याद आता है, नाटककार हेनरिक इब्सन के घर, (जो अब संग्रहालय है) सीयन जाते समय भी तीन क्रोनर का टिकट लिया था···

सिगरी उनसत को यह स्थान बहुत प्रिय था । सन् 1919 में 36 वर्ष की अवस्था में वह यहाँ आयी थी, शांति की खोज में । दो वर्ष बाद ही उसने यह घर खरीद लिया था । वास्तुकला की दृष्टि से भी इस घाटी के अन्य घरों की अपेक्षा यह विशेष कलात्मक था । संभवतः इसीलिए उसे इतना पसंद आया होगा ।

हमसे पहले भी तीन-चार विदेशी पर्यटक यहाँ उपस्थित हैं । घर की प्रत्येक वस्तु को बहुत बारीकी से देख-परख रहे हैं···

मैं अपना परिचय दूँ, इससे पहले ही गृहस्वामिनी लपककर स्वागत करती हैं । टूटी-फूटी अंग्रेजी में अपना परिचय देती हैं, "मेरा पति सिगरी उनसत का छोटा बेटा था···1978 में उसकी मृत्यु हो गयी थी···आपको मालूम होगा, सिगरी के दो ही बेटे थे, एक बेटी···"

विलंब से पहुँचने के लिए क्षमायाचना करते हैं तो वह भोले भाव से हँसने लगती हैं, "समय तो लग ही जाता है···कोई ऐसी बात नहीं···मैं आप लोगों की प्रतीक्षा में ही थी···"

गहरे नारंगी रंग का चमकीला गाउन उन्होंने पहन रखा था । पीछे की ओर बिखरे अधकटे केश । स्थूल काया । साफ गोरे रंग की वह मृदुभाषी अधेड़ महिला देखते ही मुझे बहुत सहृदय लगती हैं । उनके स्वभाव के बारे में कुछ लोगों ने ओस्लो में जो बतलाया था, सही नहीं लगता । बड़ी आत्मीयता से वह हर वस्तु के विषय में बतलाती हैं···

"पहले यह मकान इतना बड़ा नहीं था । नीचे का जो बगीचा अभी आते समय आपने देखा होगा, उसे सिगरी ने ही बनाया था और दूसरी तरफ का यह छोटा कमरा भी । पहले वह मेहमानों के ठहराने के काम में आता था, कालांतर में बैठक के रूप में भी उसका इस्तेमाल होता रहा···"

घर में प्रवेश करते ही, यह पहला कमरा है । साफ-सुथरा, सजा हुआ—वर्गाकार । जगह-जगह रंग-बिरंगे ताजा गुलदस्ते । सामने रैक पर सुन्दर जिल्दों में सजी सिगरी की पुस्तकें हैं । पुस्तकों का अनुवाद···

"विश्व की सत्तर से अधिक भाषाओं में सिगरी की कृतियों के अनुवाद हो चुके हैं···"

निकट जाकर देखता हूँ, एक पुस्तक का नेपाली अनुवाद है। उसी के पास आइरिश तथा टर्किश भाषाओं के अनुवाद हैं, परंतु मेरी निगाहें हिंदी में अनूदित किसी पुस्तक की तलाश में हैं, जो इन ढेर सारी पुस्तकों के बीच कहीं नहीं दिखती···

लगभग तीस वर्ष पूर्व नोबेल पुरस्कार से सम्मानित स्वीडिश लेखिका सल्मा लेजरलोफ (1858-1940) के उपन्यास 'द आउट कास्ट' का हिंदी रूपांतर पढ़ा था।

सिगरी की कृतियाँ सेल्मा से कम रोचक तो नहीं। फिर उनका हिंदी में भी अनुवाद क्यों नहीं हुआ होगा ?

गत सप्ताह ओस्लो विश्वविद्यालय के भारतीय एवं ईरानी भाषाओं के विद्वान प्राध्यापक डॉ० कुनट क्रिस्तियाल्सेन से बातें हो रही थीं—सिगरी के साहित्य के विषय में। कुनट राहुलजी की तरह अनेक भाषाओं के प्रकांड पंडित हैं। संस्कृत, हिंदी, पंजाबी, उर्दू, नेपाली, बँगला, तमिल, मलयालम, पश्तू, बलूच, फारसी आदि-आदि भाषाएँ जानते हैं। सिगरी की पुस्तकों के अनुवाद के बारे में चर्चा चली तो उन्होंने अपनी रैक से मलयालम की एक पुस्तक उठायी। बोले, "सिगरी की कहानियों का यह मलयालम अनुवाद, लगता है, फ्रेंच भाषा के माध्यम से हुआ है। इसलिए इतना भ्रष्ट है कि कहीं-कहीं अर्थ का अनर्थ हो गया है···"

परंतु वह पुस्तक भी हमें यहाँ कहीं दीखती नहीं।

बायीं दीवार पर सिगरी के उपन्यासों पर आधारित नाटकों के कलात्मक पोस्टर हैं—नार्वेजियन के साथ-साथ अन्य यूरोपीय भाषाओं में भी।

भिन्न-भिन्न चित्रकारों द्वारा बनाये सिगरी के रंगीन तैल-चित्र।

उपन्यासों के पात्रों का रेखांकन। होकेन्स टान्स्टबैल रेखाओं का चमत्कार देर तक दर्शकों को बाँधे रखता है।

"रूसी लेखक सोल्जेनित्सिन 1976 में यहाँ आये थे। यह चित्र उसी समय का है···" दरवाजे के भीतर पाँव रखते ही सोल्जेनित्सिन का श्याम-श्वेत चित्र। लगता है, सोल्जेनित्सिन का दायाँ पाँव चित्र के चौखटे को तोड़कर बाहर आने ही वाला है···

"सिगरी को पढ़ने-लिखने का बहुत शौक था। सुबह बच्चों को खिलाने-पिलाने के बाद वह फिर बिस्तर में घुस जाती थीं और घंटों प्राचीन ऐतिहासिक दस्तावेजों एवं पुस्तकों में डूबी रहती थीं। उनके संग्रह में बारह हजार से अधिक पुस्तकें थीं···।"

"इस संदूक में क्या है ?" कोने पर रखे लोहे की पत्तियों वाले काठ के ऊँचे, पुराने संदूक की ओर इंगित कर जिज्ञासा से पूछता हूँ।

"सिगरी के कपड़े हैं।"

छत पर भी एक शीशे का फानूस लटक रहा है।

घर की प्रायः हर वस्तु कलात्मक है—अपनी अलग विशेषता लिये। कहते हैं, सिगरी को बचपन से ही कला का बहुत शौक था। चित्रकार बनने की आकांक्षा। किंतु लिखने-पढ़ने का ऐसा

व्यसन आरंभ हुआ कि कला की साधना के लिए समय निकाल पाना ही संभव न रहा। तब उसने अपनी इस आकांक्षा की पूर्ति के लिए चित्रकार ए०एस० इस्वार्सटाड से विवाह किया, जो उम्र में तेरह वर्ष बड़े थे।

पति के बनाये अनेक रंगीन चित्र कमरे में सुशोभित हैं। इनमें अधिकांश सिगरी की पोर्ट्रेट हैं।

"यह मेज, यह कुर्सी, जिस पर बैठकर सिगरी ने अपनी अमर कृतियों की सर्जना की थी।" सिगरी की पुत्रवधू का स्वर तनिक भावुक हो आता है।

पुराने ढंग की काठ की मेज है—मध्यम आकार की। लगता है अगल-बगल का कुछ हिस्सा अलग से जोड़ा गया है। हाँ, कुर्सी बड़ी आरामदेह है। मैं हाथ से छूकर देखता हूँ। इस समय भी मेज पर कुछ कागज बिखरे हैं। बीच में सफ़ेद शीशे का पारदर्शी गोल फूलदान, जिसमें रखे ताजा, सफेद फूल महक रहे हैं।

सिगरी को लिखने का शौक अपने पुरातत्ववेत्ता पिता—इंगवाल्ड उनसत से विरासत में मिला था। उनसत-परिवार तब क्रिश्चिनियाँ (जिसका नया नाम अब ओस्लो है) में रहता था। पिता इतिहास एवं पुरातत्व संबंधी पुस्तकों में हर क्षण खोये रहते। घर का सारा वातावरण ही ऐसा था कि सिगरी के मन में इतिहास के प्रति विशेष रुचि जाग्रत् हो गयी। वह भी रहस्यमय प्राचीन संसार में विचरण करने लगी।

पिता की अकाल मृत्यु के पश्चात् परिवार की आर्थिक स्थिति अत्यंत दयनीय हो गयी। अभी सिगरी ने उन्नीस वर्ष भी पूरे नहीं किये कि लिखना आरंभ कर दिया था।

ऐतिहासिक पृष्ठभूमि पर लिखे उसके प्रथम उपन्यास की पांडुलिपि देखकर प्रकाशक ने सलाह दी थी कि तुम और जो चाहो लिख सकती हो, पर ऐतिहासिक पृष्ठभूमि पर कभी सफल नहीं हो सकती।

किंतु उसे क्या पता था कि नार्वे के मध्यकालीन इतिहास पर आधारित सिगरी के उपन्यास एक दिन तहलका मचा देंगे और उसे विश्व के अग्रणी लेखकों की अग्रिम पंक्ति में ला खड़ा करेंगे···।

कुछ सीढ़ियाँ उतरकर हम इसी से जुड़े दूसरे कमरे में प्रवेश करते हैं।

यहाँ सिगरी की अनेक पांडुलिपियाँ हैं। पुस्तकों का यहाँ भी अंबार लगा है। पुस्तकों के साथ सिगरी की दैनिक उपयोग की और भी बहुत-सी वस्तुएँ हैं।

अंतिम पुस्तक की पांडुलिपि भी एक ओर जतन से रखी है।

इसी के साथ कुछ नीचे एक और कमरा है—अपेक्षाकृत बड़ा, आयताकार। पूर्वी दीवार के साथ अँगीठी है—बहुत बड़ी। पहले हम इसी से लगे, भीतरवाले छोटे-से कमरे में प्रवेश करते हैं। यहाँ तनिक अँधियारा है। तहखाना-जैसा लग रहा है।

मेज है । मेज पर बहुत पुराना टाइपराइटर है ।

"अपने जीवन के अंतिम दिनों में वह टाइपराइटर पर ही लिखती थीं…"

मेज के साथ चमड़े से मढ़ी बड़ी कुर्सी है । "कभी-कभी इस कमरे में बैठकर भी वह लिखती थीं ।"

बक्सा ।

चटाई ।

मूर्तियाँ ।

काठ की कुर्सियाँ ।

दीवार पर चौखानेदार ऊँची चादर ।

'जन्म शताब्दी' के अवसर पर ये वस्तुएँ बाहर निकालकर रखी हैं ।

"सिगरी उनसत आत्मप्रचार से हमेशा कोसों दूर रहीं । उनका प्रचार न किया जाये, उनके घर को संग्रहालय के रूप में परिवर्तित न किया जाये—उनकी इच्छा थी ।" कुछ रुककर वह अपनी बात फिर से आरंभ करती हैं, "जैसा वह घर छोड़ गयी थीं, अभी तक ठीक वैसा ही है । हमने कहीं परिवर्तन नहीं किया ।" पुत्रवधू का स्वर गंभीर है ।

हमारे साथ-साथ एक अन्य विदेशी सज्जन चल रहे हैं जो सर्दी के कारण बार-बार नाक साफ कर रहे हैं । इस बार वह बोल पड़ते हैं, "पास ही नोबेल पुरस्कार प्राप्त साहित्यकार बियोन्सन का घर है । उसे सरकार ने खूब सजाकर रखा है ।"

सिगरी के सामने कुछ मानव-मूल्य थे । जीने का एक उद्देश्य । फिर दिखावे के लिए अवकाश ही कहाँ था ! उसकी नोबेल पुरस्कार से सम्मानित कृति के पात्र यद्यपि इतिहास से लिये गये हैं, परंतु उनमें जिन जीवन-मूल्यों की स्थापना की गयी है, वे आज भी उतने ही महत्त्वपूर्ण हैं । अपने उपन्यास की नायिका क्रिस्तिन के माध्यम से सिगरी ने जिस संसार की सृष्टि की है, वह बीते हुए कल का ही नहीं, आज का, और आने वाले कल का भी जीवंत संसार है…

मैं एक-एक वस्तु के निकट जाता हूँ ।

"इस घर में अब कौन रहता है ?"

"मैं…!" संक्षिप्त-सा उत्तर ।

"उनकी अंतिम कृति कौन-सी है ?"

"कैटरिन ऑव सिएना । एक संत की जीवन-गाथा…यह उनकी मृत्यु के पश्चात् प्रकाशित हुई थी…"

कुछ रुककर वह आगे कहती हैं, "अंतिम दिनों में उन्होंने कथा-साहित्य लिखना प्रायः बंद कर दिया था…"

"यहाँ के एकांत से वह ऊब नहीं जाती थीं ?" इंग्रिड प्रश्न करती है ।

"ऊब का प्रश्न तो तब पैदा होता, जब कभी उन्हें किंचित् अवकाश मिल पाता । सिगरी

कर्मठ महिला थीं। 'नार्वेजियन ऑथर्स यूनियन' की वर्षों तक अध्यक्षा रहीं। जीवनपर्यन्त लिखने से उन्हें समय ही कहाँ मिल पाया ? अमरीका से जब वे जुलाई, 1945 को स्वदेश लौटीं तो तन से नहीं, मन से भी बहुत थकी हुई थीं। उस स्थिति में भी उन्होंने लिखना नहीं छोड़ा। अमरीका में बिताये निर्वासन के दिनों की मार्मिक झाँकी अपने स्मृति-चित्रों के माध्यम से प्रस्तुत की। मृत्यु उन्हें छीन न लेती तो अभी बहुत कुछ लिखना था उन्हें···"

चलते-चलते बड़े-से कमरे में हम फिर प्रवेश करते हैं। अँगीठी के पास कोयले रखे हैं। तीन तरफ, आग सेंकने के लिए लकड़ी की साधारण-सी कुर्सियाँ—एकदम पुराने किस्म की। कुर्सियों के पास मोटी-सी भोंडी मेज···।

अँगीठी के आगे बने नन्हे-से गज-भर के चबूतरे में लोहे की काली पत्तियों से बनी दो मुर्गियाँ, ऊपर की ओर चोंच खड़ी किये एक-दूसरे की ओर देख रही हैं··· उन्हीं के पाँवों के पास लोहे की पतली-सी छड़ है, आग को समेटने के लिए···।

अधजली मोमबत्तियाँ !

सिगरी के बारे में सोचते-सोचते, सिगरी के ही समकालीन उपन्यासकार कुनट हैमसन का स्मरण हो आता है। हैमसन भी नार्वे के ही, नोबेल पुरस्कार से सम्मानित साहित्यकार थे, किंतु दोनों दो भिन्न ध्रुवों में रहते थे। सिगरी जहाँ आततायी नाजियों से संघर्ष करती रही, वहाँ हैमसन ने स्पष्ट शब्दों में नाजीवाद का समर्थन किया। देशनिकाला लेकर सिगरी ने कितनी यंत्रणाएँ नहीं झेलीं !

"उनके हृदय में अपने देश के प्रति अगाध स्नेह था। नैतिक मूल्यों के लिए वे समर्पित थीं। इन्हीं मूल्यों की रक्षा के लिए वे जिंदा रहीं और इन्हीं की रक्षा करते-करते मर गयीं···अपना सर्वोच्च सम्मान उन्हें प्रदान कर राष्ट्र ने सिगरी को गौरवान्वित नहीं किया, बल्कि राष्ट्र उन्हें सम्मानित कर स्वयं गौरवान्वित हो गया···"

हम कमरे से बाहर निकल आते हैं।

ढलवाँ भूमि। हरी घास। इधर-उधर बर्च के वृक्ष।

"इसी कमरे के विषय में आप कुछ समय पहले बतला रही थीं, इसे सिगरी ने स्वयं बनवाया था, अतिथियों के लिए···" अंग्रेजी के उल्टे 'यू' आकार की यह इमारत है। हम अब दूसरे सिरे की ओर बढ़ रहे हैं।

"जी हाँ," सिगरी की पुत्रवधू उत्तर देती हैं, "पहले अतिथियों के लिए ही बनवाया था, किंतु बाद में इस कमरे में उनके पति यानी मेरे ससुर पेंटिंग किया करते थे।"

हम उस कमरे में पहुँच जाते हैं।

यह अन्य कमरों की अपेक्षा सामान से अधिक अटा पड़ा है।

सिगरी के पहनने के कपड़े–

टोपी।

बादामी रंग का रेशमी स्कार्फ ।

उसी के नीचे सिगरी की कलात्मक पेंटिंग···इसी पेंटिंग पर आधारित डाक-टिकट नार्वे सरकार तैयार कर रही है ।

उत्तर दिशा की दीवार पर केनवास पर बना विशाल रंगीन तैलचित्र है । 1943 में उनके पति ने इसे अमरीका में बनाया था । पति द्वारा निर्मित सिगरी का यह अंतिम चित्र है ।

कमरे के बीच में बड़ी-सी गोल मेज है । उसमें टेपरिकार्डर रखा है । किसी का हाथ सहसा बटन पर पड़ता है तो किसी के बोलने का स्वर गूँजता है ।

यह उनके पति की आवाज है ।

दीवार से लगी शीशे की अल्मारियों में यहाँ भी पुस्तकें-ही-पुस्तकें हैं । उनके पीछे अमरीका में भाषण देते हुए सिगरी का बड़ा-सा चित्र—चौथाई दीवार घेरे ।

पाँवों के पास हरे फर्श पर, एक किनारे काठ की डोलची है । उसी से लगे मिट्टी के पात्र में सूखे फूल—छोटे-छोटे अनन्नास के आकार के ।

पंखों को जोड़कर बनाया गया पंखा लटक रहा है ।

विदा लेने लगते हैं तो कुछ कदम दूर तक छोड़ने आती हैं ।

उसी प्रमुख द्वार से हम लौटने लगते हैं, जिससे अभी कुछ समय पूर्व गये थे ।

पुराना दरवाजा चौखट से नीचे आकर लटक गया है । दूर सामने की घाटी में झील का पानी पारे की तरह चमक रहा है । उसी के ठीक ऊपर गिरजाघर का क्रॉस !

यहीं पर 10 जून, 1949 को सिगरी उनसत का देहांत हुआ था ।

सिगरी की तपोभूमि के अहाते के पास आकर हम ठिठक जाते हैं । तिकोने पार्क के पास पेड़ के यों ही कटे तने की मेज है । लोहे की बेंच । मेज को छाया के पास ले जाकर हम भोजन करने लगते हैं ।

चावला-दंपती पूरियाँ तथा आलू की सूखी सब्जी लाये हैं ।

इंग्रिड के पास अपना भोजन है ।

दो नन्ही-नन्ही सफेद बिल्लियाँ बिना बुलाये ही पास आकर बैठ जाती हैं । हमारे साथ वे भी भोजन में शामिल हो जाती हैं । नुकीली सफेद मूँछों पर ताव देती हुई खप-खप पूरियाँ निगलने लगती हैं ।

"ऐसा भारतीय भोजन इन अतिथियों ने न कभी किया होगा, न करेंगी ही···" हम भोजन के पश्चात् चलने लगते हैं तो बिल्लियाँ भी चुपचाप दुबककर चल देती हैं ।

सिगरी का घर 'बेयर्कबेक' पीछे छूट रहा है । हम एक गहरी घाटी की ओर बढ़ रहे हैं । यही वह जगह है, जहाँ पर नाजियों से लड़ता हुआ सिगरी का बड़ा बेटा ऐंडर्स वीरगति को प्राप्त हुआ था ।

कथा : केरल की

"चिंगेरी पुआँ ?"

जीपवाला चिल्लाकर कहता है—"आँ पुआँ !"

'सुल्तान की बैटरी' में जीपें-ही-जीपें खड़ी हैं । यही एकमात्र साधन है यहाँ, जो एक स्थान को दूसरे से जोड़ता है ।

हम लोग कल यहाँ आये थे । तब शाम थी—कुछ-कुछ अँधेरा हो रहा था । डाक-बँगले की चढ़ाई चढ़ते समय यही लग रहा था कि उत्तरांचल के किसी पर्वतीय क्षेत्र में आ गये हैं । वैसे ही फर्न के पौधे थे । वैसी ही घास आस-पास के जंगलों में उग रही थी । कुहरा-सा चारों ओर छाया हुआ था । हल्की-हल्की सर्दी थी । लगता था रात को कंबल की जरूरत पड़ेगी ।

कालीकट से कन्याकुमारी जाने की अपेक्षा हम इस आदिवासी क्षेत्र में चले आये थे, जिसे वायनाड कहते हैं । यह केरल के सुरम्यतम स्थानों में गिना जाता है । 'एम्टी' (मलयालम के सुविख्यात कथाकार एम०टी०वासुदेवन नायर) कह रहे थे, "जब शहरी जीवन से बहुत ऊब जाता हूँ, तब आराम करने के लिए वायनाड चला आता हूँ ।"

इतना सुरम्य स्थान अब तक की यात्रा में हमने देखा न था ।

—जगह-जगह सूखी, ताजी मछलियों के पहाड़ ।

—नारियल के टीले ।

—हर दुकान पर लटक रहे केले के गुच्छे ।

"टीपू सुल्तान ने 1776 में इसी मार्ग से होकर कोषिकोड (केरल) पर आक्रमण किया था । उसकी तोपें यहाँ रखी गयी थीं, इसीलिए इस स्थान का नाम 'सुल्तान की बैटरी' पड़ गया ।" हमारे साथी अब्दुल्ला विस्तार से बतलाते हैं ।

"काली मिर्च की लताएँ पेड़ों से इस तरह चिपक जाती हैं कि उन्हें अलग नहीं किया जा सकता !"

काली मिर्च के हरे गुच्छे की ओर इंगित कर एक महानुभाव अभी कुछ समय पूर्व बतला रहे थे ।

यहाँ से चारों ओर का दृश्य बड़ा लुभावना लगता है···

कल सुबह जब कालीकट से चले थे, कितना अच्छा लग रहा था । दूर तक सीधी-सपाट सड़क, फिर हल्की-सी चढ़ाई और फिर एक नया नजारा—

एक धीमा-सा मोड़ आता और हरी-भरी नन्ही-नन्ही पहाड़ियों के सीने में छिपा धरती का

एक टुकड़ा दिखलाई देता—हरित सागर के मध्य एक छोटा-सा लाल द्वीप !

इस द्वीप को चीरकर बस आगे बढ़ती और फिर नारियल के झुरमुट में खो जाती । पर कुछ ही देर बाद फिर एक नया नजारा—एक नया द्वीप !

नारियल के वनों में छिपे इन द्वीपों को लाँघने के पश्चात् वायनाड पहुँचे तो सारी थकान जाती रही । यही लगता रहा कि रास्ता इतनी जल्दी खत्म क्यों हो गया ?

—रास्ते में एक पूरी पहाड़ी चाय की झाड़ियों से ढकी थी ।

—सामने की दूसरी पहाड़ी पर कॉफी के बाग थे—सफेद-सफेद फूल चौड़े हरे पत्तों के ढेर के ऊपर इस तरह लग रहे थे जैसे किसी कन्या के जूड़े पर से बेले का सफेद हार गिर पड़ा हो । ऐसे ही गुथे हुए फूलों के हार हर डाली पर थे ।

—सड़क के दोनों ओर सुपारी के सुकुमार पौधे नारियल के पेड़ों से ऊँचाई में होड़ ले रहे थे ।

—मजबूत वृक्षों की बाँहों में लिपटी काली मिर्च की हरी बेलें हवा में इठला रही थीं—विभोर होकर ।

जगह-जगह टेपिओका के पौधे लाल धरती से उझक-उझककर झाँक रहे थे ।

—रबर के बागों के बीच से बस गुजरती तो कितना ठण्डा-ठण्डा-सा लगता था ।

लगता था, किसी चित्रकार के सधे हुए हाथों से हरा वार्निस सारी धरती पर बिखर गया है···

ये सारी पहाड़ियाँ, ये सारी उपत्यकाएँ मनुष्य के अपने हाथों से लगाए गए पौधों से ढकी हैं । इतना श्रम लोग कर सकते हैं—सच नहीं लगता । पूरे सौ किलोमीटर की दूरी में, शायद ही एक भी इंच जमीन ऐसी दीखी हो, जो बंजर हो, बेकार हो, जिसका कुछ भी उपयोग न किया गया हो । जहाँ नारियल के एक पौधे को उगाने का स्थान नहीं, वहाँ सुपारी का पौधा रोप दिया !

नन्ही-नन्ही नदियों में नारियलों से लदी छोटी-छोटी नौकाएँ तैर रही हैं । मछलियाँ पकड़ने के लिए बच्चे जाल फैलाए खड़े हैं । किलकारी मारते हुए नदी में छलाँग लगा रहे हैं । चारों और पानी-ही-पानी है । लोग कितने मजे से नहा रहे हैं !

जी होता है, इसी तरह हम निर्द्वन्द्व घूमें, नहाएँ और फिर एक छोटी-सी नौका पर बैठकर नारियल के हरे-भरे वनों में ओझल हो जाएँ ।

मैं अब्दुल्ला की ओर मुड़कर कहता हूँ, "प्रकृति ने आप लोगों को इतना लुटा दिया है कि शेष भारत के लिए कुछ बचा ही नहीं !"

मेरे इस कथन पर अब्दुल्ला व्यंग्य से हँसते हैं, "तभी तो केरल के लोगों की पर-कैपिटा इन्कम शेष भारत के लोगों से कम है !"

एक ठहाका गूँजता है । मैं अब्दुल्ला से बहस में उलझ कर समय नष्ट नहीं करना चाहता । अतः खिड़की से मुँह बाहर निकालकर देखता रहता हूँ । एक के बाद एक दृश्य बदलते

चले जाते हैं ।

इतना अद्भुत सौंदर्य !

आँख खुली-की-खुली रह जाती है ।

सड़क के किनारे केरलीय बालाएँ खड़ी हैं—सफेद लुंगी, सफेद चोली । दूर खेत पर दो किसान काम कर रहे हैं । इनके कपड़े भी सफेद हैं !

कमर-कमर तक मिट्टी में धँसे किसान इस उज्ज्वलता की रक्षा कैसे कर पाते हैं ? मिट्टी के घरों में रहने वाली ये कृषक-महिलाएँ कितने दुग्धफेन-से धवल वस्त्र पहने हैं !

स्वच्छता के प्रति इतने सजग लोग हमें तमिलनाडु, कर्नाटक, आंध्र कहीं भी नहीं दीखे ।

इस प्रदेश की कुछ अपनी ही विशेषताएँ हैं । सड़क पर काम करने वाला मजदूर भी प्रातः खरीदकर समाचार-पत्र पढ़ता है । बस में प्रायः जितने भी केरलीय यात्री हैं, सबकी कण्डियों में मलयालम की एक-दो पुस्तकें हैं । राजनीति पर ये लोग खुलकर बहस करते हैं ।

कल रात अब्दुल्ला ने संस्कृत का एक श्लोक सुनाया था, जिसका तात्पर्य अंग्रेजी के माध्यम से समझाने का प्रयास किया था, जिसका आशय था—

जिस तरह नगराज हिमालय से कालिन्दी निकली, उसी तरह संस्कृत से इस द्राविड़-वाणी—मलयालम का उद्भव हुआ…।

शाम को अब्दुल्ला के साथ फादर जकरायस से मिले ।

फादर बाहर आँगन में मजदूरों के साथ काली मिर्च तथा कॉफी के बीज सुखा रहे थे ।

चर्च के पास एक बहुत बड़ी 'एस्टेट' है, जिसकी देखभाल फादर को ही करनी पड़ती है ।

इन तरुण अविवाहित 'फादर' के सिर पर 'घर-गृहस्थी' का इतना बड़ा बोझ ! मन में सहानुभूति-सी उपजती है ।

फादर पादरियों वाला सफेद चोला पहनकर सामने खड़े हैं ।

अब्दुल्ला ने कहा था कि फादर आदिवासियों की भाषा जानते हैं । अतः आदिवासियों से मिलने में सुविधा होगी ।

एक आदिवासी फादर के फार्म में काम करता है । फादर उसे इशारे से बुलाते हैं—चिप्पू !

घुटनों तक लुंगी, आधी बाँह की फटी बुश्शर्ट, और सिर पर प्लास्टिक का फटा टोप लगाए चिप्पू दरवाजे की ओट से ही डरता-डरता झाँकता है । अकारण अपने दोनों हाथों को परस्पर मलता चला जाता है ।

उसका आगे का आधा दाँत टूटा हुआ है । सिर के छोटे-छोटे बाल हब्शियों की तरह घुँघराले हैं—रंग एकदम काला ।

चिप्पू बतलाता है कि अभी अविवाहित है । जब कभी, जिन्दगी में सौ रुपये जुटेंगे, तब

शादी की बात सोचेगा । पिता जिस कन्या से तय कर देंगे उसी से चिप्पू की शादी हो जाएगी ।

चिप्पू आश्वासन देता है कि वह आदिवासियों की बस्ती में हमें ले जाएगा···

साँझ हो रही है । हम सब लोग चिप्पू के साथ-साथ बड़ाच्छिरा की ओर बढ़ रहे हैं । चलते-चलते डर लगता है कि कहीं किसी ने हमला कर दिया तो !

धान के खेतों की ऊँची मेंड़ पर खरगोश की तरह फुदकता हुआ, नाटा चिप्पू आगे-आगे चल रहा है । हम सब बच्चों की 'रेल' की शक्ल में उसके पीछे-पीछे तेज कदम रखते हुए चलते हैं । नहीं-नहीं, भागते हैं ।

अन्धकार बढ़ रहा है । कुत्ते भूँक रहे हैं । टार्च के सहारे हम आगे बढ़ रहे हैं ।

सामने जंगल में मिट्टी के टीले जैसे मिट्टी के घर दीखते हैं । यह मोपन्स आदिवासियों का गाँव है ।

चलते-चलते फादर कहते हैं—"जो लोग आदिवासी हैं, यहाँ के मूल निवासी, उन्हें 'सभ्यता' के नाम पर हम लोगों ने जंगलों में धकेलकर शरणार्थी बना दिया है ! इस जमीन के स्वामी ये हैं, पर यह जमीन इनकी नहीं । यह फसल इन्होंने उगाई है, पर यह फसल इनकी नहीं···।"

एक साथ इतने अजनबियों को देखते ही सभी आदिवासी हमें घेरकर खड़े हो जाते हैं ।

मिट्टी के एक चबूतरे के ऊपर दूसरा चबूतरा, उसके ऊपर फिर तीसरा । तीसरे पर लिपी-पुती एक झोंपड़ी । एकदम स्वच्छ । कहीं एक तिनका तक बिखरा नहीं ।

महिलाओं ने एक धोती पूरे तन पर लपेट रखी है जिसके पीछे गाँठ बँधी है । प्रायः सभी के वस्त्र सफेद हैं ।

फादर दुभाषिये का काम कर रहे हैं । सामने बीस वर्ष का लड़का वासवन खड़ा है । सातवीं में पढ़ता है । 'इन्दी भी थोरा-थोरा !' जानता है । उसके पिता कुमारन के बारह बच्चे हैं ।

पास ही एक दूसरा किशोर है—कृष्णन् । यह भी बीस साल का है, पर है विवाहित । 'गणपति' की पूजा करता है ।

"बच्चे नईं । तीन बाई, एक बेन । माँ को अब बच्चा नईं आता !" पास ही भतेरी की पाठशाला में पढ़ता है । फादर बतलाते हैं कि यह भी कृषि-जौली (खेती) करता है ।

कृष्णन् ने नीचे हरा झाड़न लपेट रखा है । बार-बार अपने नंगे पेट पर हाथ फेर रहा है ।

मेरे सहयात्री कुछ टाफियाँ लाए हैं । बच्चों को बाँटते हैं, तो सब सहमे-सहमे-से कतार में बैठ जाते हैं ।

हमारे पास एक अधेड़ आदिवासी खड़ा है । शराब के नशे में बुरी तरह झूम रहा है । नाम है—चण्डी ।

"क्या काम करता है ?" इस प्रश्न के उत्तर में लड़खड़ाते स्वर में उत्तर देता है—"कृषि-जौली !"

यहाँ शायद रात को दीपक जलाने की परम्परा नहीं, इसलिए घुप्प अँधियारा है ।

टार्च के प्रकाश में भीतर झाँकते हैं—तीर, भाले टँगे हैं । एक खूँटी पर कैटापुल (गुलेल) लटक रही है । तुम्बी में बीज हैं । रात्रि-भोजन के लिए टेपिओका की कुछ जड़ें पड़ी हैं ।

एक ही कमरे का है—घर, जिसमें पूरा परिवार रहता है ।

महिलाएँ एवं कन्याएँ मिट्टी की दीवार के सहारे छिपकर खड़ी हैं । कुतूहल और आशंका से देख रही हैं ।

अठारह घरों की इस बड़ाच्छिरा बस्ती से लौट रहे हैं । रास्ते पर बैठी एक नन्ही बच्ची रो रही है—ठीक वैसे ही जैसे शेष दुनिया के बच्चे रोते हैं ।

शनिवार का दिन है ।

सुबह का समय ।

अब हम चिंगेरी की ओर जा रहे हैं ।

'चिंगेरी, चिंगेरी !' जीपवालों को यात्रियों की तलाश है ।

आदिवासियों के लिए यहाँ नई-नई बस्तियाँ बसाई जा रही हैं । सुल्तान की बैटरी से लगभग छह किलोमीटर दूर है यह स्थान ।

जीपवाला चिंगेरी पर हमें उतारकर आगे चला जाता है ।

घूमते-घामते हम एक घर के आगे ठिठकते हैं । गृहस्वामिनी चार बच्चों की माँ है । पढ़ी-लिखी है—कालीकट में पैदा हुई । माँ ब्राह्मणी थी, पिता हरिजन । महिला ने अपना विवाह आदिवासी से किया है । बच्चों के स्कूल में आया है । दीन-दुनिया से दूर इस वनवास में राज रचाती हुई सुखी है…।

एक घर के आगे रुग्ण वृद्धा लेटी है—फटी चटाई पर । सिर के बाल उड़ गए हैं । पता नहीं इसे क्या बीमारी आ लगी है । चल-फिर नहीं पाती । लगता है, इसी तरह किसी दिन मरी हुई मिलेगी…।

टेपिओका के खेत के पार हम दूर निकल जाते हैं । सूखे पत्तों के बीच से छन-छन, मन-मन करता हुआ पानी गधेरे की ओर बह रहा है । ऊँचे-ऊँचे पेड़ हैं । पहाड़ियाँ दूर तक चली गयी हैं ।

घने वृक्ष की शीतल छाया में हम लोग एक पत्थर पर बैठकर सुस्ता रहे हैं । एक भटका हुआ लम्बा-तगड़ा आदिवासी सामने खड़ा हो जाता है । नंगे शरीर पर मात्र कौपीन पहने है । लम्बा भाला हाथ में चमक रहा है ।

कुछ पल खड़ा रहकर, पास ही एक पत्थर पर दोनों हाथों से अपना कपाल थामे बैठ जाता है ।

दुखी, उदास, हारा, थका ।

कुछ क्षण बाद वह सहसा उठता है और चुपचाप जंगल की ओर ओझल हो जाता है ।

"ये लोग हमेशा जंगल में ही रहते हैं । शहद इकट्ठा करते हैं ।" हमारे साथ खड़ा आदिवासी बतलाता है ।

दूर एक चौड़े पत्थर पर आदिवासी महिलाएँ नहा रही हैं--लगभग वस्त्रहीन अवस्था में ।

अंजुली में भर-भरकर हम पानी पीते हैं । पूरी बस्ती देखने के बाद सड़क के किनारे खड़े हो जाते हैं—कभी कोई ठेला या जीप गुजरे तो सुल्तान की बैटरी पहुँचे ।

कुछ आदिवासी बच्चों ने केले का तना छीलकर छोटी-सी गाड़ी बनाई है । अपने आँगन से उठाकर इसे सड़क तक ले आए हैं । सड़क पर चले, तभी तो गाड़ी मानी जाएगी ।

रस्सी की सहायता से एक नन्ही बच्ची इठलाती हुई उसे सड़क पर चलाने का प्रयास करने ही लगती है कि पीछे से पत्थरों से लदा एक भारी ट्रक गुजरता है और नन्ही गाड़ी पहिए से पिचककर छिलके की शक्ल में बदल जाती है ।

उस टूटी हुई गाड़ी की ओर बच्चों की उदास आँखें घूम जाती हैं ।

बनने से पहले ही अक्सर टूट जाते हैं नन्हे खिलौने !

यह सड़क मैसूर की तरफ जाती है ।

फादर जकरायस ने युक्लिप्टस के बाग लगाए हैं । छोटे-छोटे कोमल पौधे अभी आदमी की ऊँचाई तक भी न पहुँच पाए हैं । कुछ बड़े होने पर इनसे तेल निकाला जाएगा । इन्हीं पौधों के किनारे-किनारे हम बढ़ रहे हैं—भतेरी की तरफ । यहाँ पनियाँ आदिवासी रहते हैं । हमारे साथ चिप्पू भी है । यह गाँव उसी का है ।

"सारे केरल में 84 प्रतिशत आदिवासी इसी क्षेत्र में रहते हैं ।" फादर जकरायस कहते हैं । फिर सड़क के किनारे एक वृक्ष की ओर इंगित करते हैं, "यह रोजवुड-ट्री है !"

टूटी-फूटी झोंपड़ियाँ । दुबले-पतले आदिवासी—जंग लगी कील जैसे ।

अधेड़ थम्पी फादर कल्याणम् (विवाह) के विषय में पूछते हैं तो वह सकुचाने-सा लगता है ।

फादर फिर जोर देकर पूछते हैं तो बतलाता है कि अभी कल्याणम् नहीं हुआ । कुलपति (गाँव का मुखिया) वधू खोजेगा । जिससे भी वह तय करेगा, उसी से होगा कल्याणम् ।

घुँघराले बालों वाली एक तरुणी अपनी झोंपड़ी के द्वार पर खड़ी है । फादर के माध्यम से पास बैठे आदिवासी से पूछते हैं, "अबलुडे पेर एण्ड ?" यानी इसका नाम क्या है ?

सुनते ही युवती भाग जाती है ।

कुलपति बतलाता है कि अभी कुछ समय पहले इसके पति की मृत्यु हुई है । बच्चे कुछ बड़े हो जाएँ तो फिर कर लेगी शादी ।

ये लोग प्रायः सभी वस्तुएँ कच्ची ही खाते हैं ।

एक पत्ती पर अन्न के दाने रख लेते हैं और उसे ही भगवान् मानकर पूजते हैं ।

थम्पी अपनी गोद में बीमार बच्चे को लिए टहल रहा है । टूटी-फूटी झोंपड़ियाँ । लोग इनमें कैसे रहते होंगे ? केरल में तो बहुत बारिश होती है !

एक झोंपड़ी के भीतर झाँकते हैं—

मिट्टी की दीवार पर एक तुम्बी लटक रही है । दो-तीन लकड़ियाँ पड़ी हैं मिट्टी का एक बर्तन है । फटी चटाई, फटा चीथड़ा ।

यह तस्वीर है—एक घर की ।

बाहर गृहस्वामिनी बुढ़िया खड़ी है । उसके झुँझलाए चेहरे पर अजब-सा दमित आक्रोश है । घोर वितृष्णा है—गहरी निराशा ।

"अम्मा, आज क्या खाओगी ?" पूछते हैं तो वह यों ही हाथ हिला देती है, जिसका तात्पर्य है—कुछ भी नहीं ।

एक रुपया उसकी ओर बढ़ाते हैं, "टेपिओका की जड़ें खरीद लाना । आज का भोजन हो जाएगा ।"

रुपया थामते हुए भी उसकी विषादमयी आकृति के भावों में तनिक अन्तर आता नहीं तो दशहत-सी होती है । उसके बुझे चेहरे की ओर देखकर भय लगता है ।

भतेरी से लौटते समय बड़ी निराशा होती है—दुख होता है । इन दरिद्र देवताओं की व्यथा कौन समझेगा ? किसके पास है समय ?

कालीकट से रवाना होकर, हम फिर कालीकट पहुँच गये हैं । 'पच्च् वलम्' (ठण्डा पानी), 'रण्ड टी' (दो चाय) आदि मलयालम के शब्द सीख लिए हैं, नहीं तो रेस्त्राँ में जाकर असुविधा होती है । पहले उस बैरे की खोज होती है, जो कभी उत्तर भारत में रहा हो, फिर उसे समझाना पड़ता है ।

सुबह 'सी-बीच' की तरफ गए थे । मद्रास के मैरिना बीच की अपेक्षा बहुत छोटा है, पर है बहुत सुन्दर । दूर कुछ जहाज खड़े थे । कुछ स्टीमर किनारे की ओर लपक रहे थे । तट पर एक स्तंभ अंकित था—'यहाँ 20 मई, 1498 को वास्कोडिगामा उतरे थे ।'

इस 'मसाले की बगिया' को हड़पने के लिए पुर्तगाली, फ्रांसीसी, डच, अंग्रेज, अरबों ने पता नहीं कितने आक्रमण किये थे । परन्तु उसके बाद भी यहाँ के लोग अपनी संस्कृति की रक्षा कर सके—यह कम आश्चर्य की बात नहीं ।

उस दिन विश्वविद्यालय के प्रांगण में एक नृत्य-नाटिका देखी—केरल के प्राचीन इतिहास पर आधारित ।

सदियों पहले कुछ लोग व्यापार के लिए विदेश चले गये थे । वहाँ से स्वेदश लौटे तो अपने ही समाज में बहिष्कृत हो गए । वे अछूत अपने माता-पिता, पत्नी-बच्चों से मिल नहीं पाते । साथ खा नहीं सकते । बैठ नहीं पाते ।

उसी बस्ती के पास बहिष्कृत लोगों को अपनी अलग बस्ती बसानी पड़ती है । नया धर्म, नये रीति-रिवाज अपनाने पड़ते हैं । उन्हीं लोगों की करुण-कथा थी कि—हम तो व्यापार करने गये थे, तुम्हारी सुख-समृद्धि के लिए और तुमने हमें यों बहिष्कृत कर दिया ! विधर्मी बना दिया !

विजयवाड़ा के बाद हिन्दी धीरे-धीरे धूमिल होने लगती है । मद्रास में भी यही स्थिति रही । डाकखाने के नाम के अलावा शायद ही कहीं हिन्दी का बोर्ड देखा हो ! मद्रास से कालीकट के मार्ग में तो रेलवे-स्टेशनों के नाम तक केवल दो ही क्षेत्रीय भाषाओं में अंकित थे । अतः साथ बैठे यात्रियों से बार-बार पूछना पड़ता था कि इस समय हम कहाँ पर हैं ?

पर केरल में इस अपरिचय के बावजूद परिचय-सा लगता है । देवगिरि में उस दिन कितने विद्यार्थी मिले थे ! कितनी जिज्ञासा से हिन्दी-लेखन पर प्रश्न पूछ रहे थे··· कालीकट-विश्वविद्यालय में समारोह का आयोजन किया गया था । सारा काम हिन्दी माध्यम से ही हुआ था । केरल में हिन्दी-सेवी, डॉ० मलिक मुहम्मद मलयालम लेखकों से कभी-कभी हिन्दी में ही उलझ पड़ते थे ।

भारत की धार्मिक, सांस्कृतिक एकता का यहाँ विचित्र समन्वय है । हिन्दू-मन्दिरों के प्रांगण में मुसलमानों की शादियाँ होती हैं । ईसाइयों के क्लबों में हिन्दुओं की । छुआछूत क्या होती है—यहाँ के लोग नहीं जानते ।

मैं सोचता हूँ—आद्य शंकराचार्य ने केरल के नम्बूद्री ब्राह्मण को शायद यही सब सोचकर उत्तराखंड के बद्रीनाथ मन्दिर का प्रधान पुजारी नियुक्त किया होगा !

मलयालम शब्दों को समझने में अधिक कठिनाई नहीं होती । शायद इसीलिए कि मलयालम के साठ प्रतिशत शब्द संस्कृत के हैं ।

एक विद्यार्थी ने कल पूछा था—"प्रेमचन्द का देहवियोग (निधन) कब हुआ था ?"

'एम्टी' ने शाम को चाय पर बुलाया है ।

यहाँ मलयालम और अंग्रेजी पत्र-पत्रिकाओं के साथ एक हिन्दी पत्रिका की प्रति भी पड़ी है ।

'निर्माल्यम' फिल्म की सफलता ने 'एम्टी' की ख्याति में चार चाँद लगा दिए हैं । 'एम्टी' इसके लेखक ही नहीं, निर्देशक तथा निर्माता भी हैं । समय के साथ न चल सकने वालों की इस कहानी ने उन्हें अंतर्राष्ट्रीय यश प्रदान किया है । यश के साथ-साथ अर्थ भी कम न मिला । केवल पुरस्कारों से ही उन्हें 78 हजार रुपये मिले ।

'एम्टी' की "क ही बिटिया है । उसी के नाम पर उन्होंने अपने घर का नाम रखा है—सितारा !

स्वभाव से 'एम्टी' बहुत भावुक एवं 'चूजी' लगे । एक ही शिकायत है उन्हें, "भारतीय

साहित्य में भारत का प्रतिबिम्ब नहीं दीखता । हम काफ्का, कामू को जानते हैं, लेकिन हमारी अपनी ही पड़ोस की भाषा में क्या लिखा जा रहा है, हमें पता नहीं ।"

एक साधारण ग्राम-सेवक से इतने बड़े साहित्य-सेवी बनने तक उन्होंने कई मंजिलें तय की हैं । कई उतार-चढ़ाव देखे हैं । आज 'एम्टी' की गणना मलयालम के उन सशक्त लेखकों में है, जिन्होंने आधुनिक मलयालम कथा-साहित्य को नई दिशा-दृष्टि दी है ।

एक व्यंग्य-कथा कभी पढ़ी थी—'दादा का हाथी' । लेखक का नाम था—वैकोम मोहम्मद बशीर !

वेणु गोपालन से जिक्र हुआ तो बोले, "यहीं पास ही तो रहते हैं—वैपूर में । कल सुबह साढ़े एक बजे चलेंगे ।"

मैं 'साढ़े एक बजे' तैयार रहता हूँ और वेणु की 'अध्यक्षता' में चल पड़ता हूँ ।

धूप में लम्बी पद-यात्रा के पश्चात् बस मिलती है और ले चलती है रेल की पटरी के किनारे-किनारे ।

"वशीरिण्डे वीटु, एविटे आंणु ?" वे गोपालन बशीर के घर के बारे में पास बैठे बस-यात्री से पूछते हैं तो वह अँगुली से इंगित करता हुआ कहता है—"आविटे आणु ।"

मुझे आश्चर्य होता है कि बशीर कहाँ रहते हैं, ड्राइवर, कण्डक्टर, यात्री—सब जानते हैं ।

लगभग एक फर्लांग का रेतीला रास्ता तय कर बशीर के घर—'बाइलालिल-हाउस' पहुँचते हैं ।

बाहर से अभी-अभी आए हैं बशीर—पसीने से नहाए हुए । बैठक में बैठते ही चाय आ जाती है ।

लगभग तीस साल से लिख रहे हैं बशीर । देखने में सरल, सहज, विशुद्ध ग्रामीण । माथे का पसीना झाड़न से पोंछते हुए कहते हैं, "पेंशन के संबंध में शहर गया था···। मैं वर्षों तक मानसिक रोग से पीड़ित रहा हूँ न ! अतः कभी किसी मीटिंग-वीटिंग में आता-जाता नहीं । दवाएँ लेकर घर में पड़ा रहता हूँ ।"

बशीर अपने में ही मगन दीखते हैं । कहते हैं, "मुझे लोगों ने टेलीफोन लगाने के लिए कहा, पर फोन लगाकर मुझे क्या करना है ! एकान्त में पड़ा रहता हूँ । सुखी हूँ । जब मन हुआ लिख दिया । मन हुआ खेत में काम किया और मन हुआ तो सागर-तट तक घूम आया, नहीं तो चादर तानकर सो लिया ।"

विशुद्ध लेखन पर ही इनकी आजीविका आधारित है । जितना मिल गया, उसी में सन्तुष्टि । इन्होंने अपनी आवश्यकताएँ इतनी सीमित कर दी हैं कि अभाव में भी असुविधा नहीं होती ।

बशीर का कहना है—"एक + एक = बड़ा एक !"

"ह्यूमरिस्ट ही नहीं, बशीर ह्यूमनिस्ट भी हैं" वेणु गोपालन बतलाते हैं, "वादों के विवाद से ऊपर उठकर मानव-समस्याओं पर इन्होंने बहुत लिखा है।"

समुद्र के किनारे दो एकड़ जमीन पर नारियल के खेत हैं। बहुत-से पक्षी चोंच से तोड़-तोड़ कर नारियल खराब कर देते हैं। आस-पास के लोग चाहते हैं कि पक्षियों को मार दिया जाए, पर बशीर मना करते हैं। उनका कहना है कि इन वृक्षों पर हमारा ही नहीं, पशु-पक्षियों का भी अधिकार है। अतः इनका हिस्सा उन्हें दे देना चाहिए।

अपनी बगिया दिखलाते हुए बशीर कहते हैं, "यहाँ पर मैंने तरह-तरह के गुलाब लगाए थे, पर मेरी पत्नी की बकरी उन्हें चट कर गयी है।"

एक काली बकरी नारियल के पेड़ के सहारे बैठी है। जुगाली काट रही है।

"आप कब से हैं यहाँ ?" पूछता हूँ तो वह हँसते हुए उत्तर देते हैं, "मुझे यही पता नहीं कि मैं पैदा कब हुआ था। मेरे छोटे भाई ने मेरी जातकम् (जन्मपत्री) बचपन में ही जला डाली थी···।"

जिस बस में हम आये थे, अब उसी से लौट रहे हैं। कैसा संयोग है !

बाजार में अभी पहुँचे ही थे कि वेणु किन्हीं से बातों में इतना उलझ जाते हैं कि उन्हें मेरी उपस्थिति का भी भान नहीं रहता !

कुछ समय पश्चात् वह मुड़ते हैं। परिचय कराते हैं, 'ये हैं वत्सला के सनम !'

धोती-कुर्ता पहने हैं ये सज्जन। बड़ी अच्छी हिन्दी में बातें करने लगते हैं। 'वत्सला के सनम' शब्द से वेणु गोपालन का क्या अभिप्राय है, पहले समझ नहीं पाता।

पर कुछ ही देर में पता चलता है कि ये पति हैं—वत्सला के। हिन्दी के अध्यापक हैं।

वत्सला का जिक्र वायनाड में अनेक बार आया है। वायनाड के आदिवासियों के जन्म-जीवन पर आधारित उनकी फिल्म 'नेल्लु' केरल में बड़े धूमधाम से दिखलाई जा रही थी। 'चेम्मीन' की आंचलिक परम्परा की ही अगली कड़ी थी यह फिल्म।

शाम को चार बजे घर पर आने का निमन्त्रण देकर किसी आवश्यक कार्य से वह चले जाते हैं।

कालीकट से लगभग 12 किलोमीटर दूर नारियल के अँधेरे कुंजों के बीच बनी वत्सला की कुटिया (काटेज) में पहुँचे तो अँधेरा हो चुका था। कीचड़ से सने मटियाले रास्ते को बच-बचकर पार करते हुए सोच रहे थे—इतनी देर से पहुँचने पर उन लोगों को कितनी असुविधा होगी ! पर घर पर पहुँचे तो वेणु चुपके से कहते हैं, "लगता है वत्सला के सनम सुबह से अभी तक घर नहीं लौटे।"

बुलाने वाले ही नदारद।

वत्सला बड़ी ही सरल, सहज हैं। स्कूल में अध्यापिका हैं। लगता नहीं कि 'आग्नेयम्'-जैसा धधकता उपन्यास इन्होंने ही लिखा होगा।

माथे पर लाल बिन्दिया, बाईं तरफ का एक दाँत कुछ काला-काला-सा, हाथों में सोने की दो चूड़ियाँ, गले में पतली-सी चेन—सफेद फूलों वाली सिलवट पड़ी लाल साड़ी पहने वत्सला एकदम घरेलू लग रही हैं, लेखिका तो कहीं से भी नहीं ।

'आग्नेयम्' पर बातें छिड़ीं तो नायक वर्गीस की सारी कहानी वह सुना डालती हैं ।

"वर्गीस की आँखें निकाल ली गई थीं । गोलियों से उसे भून डाला था । उसकी माँ आज भी जीवित है । वायनाड के क्षेत्र में रहती है ।" कहते-कहते वत्सला का चेहरा तमतमा आता है ।

आदिवासियों पर उपन्यास लिखने से पूर्व वत्सला आदिवासियों के बीच रहीं । उनके संघर्षमय जीवन को बहुत समय से देखा है उन्होंने ।

लेखक की स्थिति पर बातें छिड़ीं तो बोलीं, "नेल्लु पर मुझे तीस प्रतिशत रॉयल्टी मिली । पहले ही संस्करण पर बारह हजार रुपये प्राप्त हुए । फिल्मीकरण के पाँच हजार और मिले ।" फिर मेरी ओर देखती हुई कहती हैं, "जानते हैं, अब तक फिल्म-निर्माता ने कितना कमाया ? छब्बीस लाख !"

वह खिलखिला कर हँस पड़ती हैं ।

पति हिन्दी पढ़ाते हैं, इसलिए वत्सला को भी हिन्दी से अनुराग है ।

"हिन्दी की जो भी पत्रिकाएँ आती हैं, अपने पति से पढ़वाकर उन्हें सुनती हूँ । शाम को गोधूलि बेला में जब अकेलेपन का अहसास बढ़ जाता है, तब लिखने बैठती हूँ । लिखने के पश्चात् कुछ हल्कापन-सा महसूस करती हूँ ।"

"अब क्या लिख रही हैं ?"

"एक विधवा तरुण ब्राह्मणी की करुण-कथा (लाख का घर) । किस तरह से उसके सगे-संबंधी ही उसे घर में बंदिनी बनाकर रखते हैं और उसके साथ बलात्कार करते हैं···।"

'एम्टी' की तरह वात्सला ने भी अपने मकान का नाम संतान के नाम पर रखा है—'अरुण !'

लौटने लगते हैं तो वत्सला दूर तक छोड़ने आती हैं ।

कीचड़ वाले मार्ग से हम फिर चल रहे हैं । अँधियारे में किसी से टकराते-टकराते बचते हैं । तभी वेणु गोपालन चहक कर कहते हैं, "अरे, यह तो वत्सला के···।"

बच्चों की तीन पहिएवाली नयी गाड़ी कन्धे पर रखे, वत्सला के सनम घर लौट रहे हैं ।

जहाँ भी बस रुकती है—बड़े-बड़े भोजनालय हैं । बसों से उतरते ही भोजनालयों के लिए लपकते हैं । जल्दी-जल्दी परोसना, जल्दी-जल्दी खाना—बसों की तरफ भागना, सब अजीब-सा लगता है । शायद इस तरह के जीवन के हम अभ्यस्त नहीं ।

दो-दो सौ आदमी एक साथ भोजन के लिए बैठते हैं । लगता है—बरात बैठी है । हाथ धोने के लिए भी नलों की कतार ! एक साथ तीस-तीस, चालीस-चालीस टूटियाँ ! कभी-कभी

इससे भी अधिक ।

"क्या ये लोग घरों में भोजन नहीं करते ?" मेरे सहयात्री कहते हैं, "जहाँ भी हम बस से उतरते हैं—यही दृश्य रहता है !"

कल वैपूर में भोजन के समय हमने देखा, श्रमिक, सफेदपोश सब साथ बैठकर भोजन कर रहे हैं । बिल प्रति व्यक्ति केवल डेढ़ रुपया ।

संभवतः यही कारण है कि लोग घर की अपेक्षा बाहर खाना अधिक पसंद करते हैं ।

कालीकट से नौ घंटे की यात्रा के बाद एर्नाकुलम पहुँचे तो साँझ हो रही थी ।

किसी ने बतलाया कि 'जी' आजकल कुछ अस्वस्थ हैं । फोन किया तो आवाज से ही पहचान गए ।

अपनी अनेक असुविधाओं के बावजूद उन्होंने उसी समय बुलाया ।

घर खोजने में यहाँ भी तनिक कठिनाई न हुई । जिससे भी पूछा, वही अगले मोड़ तक छोड़ गया । आगे का रास्ता भी बड़े स्नेह से समझा गया ।

यदि हम दिल्ली में होते, किसी साहित्यकार का पता पूछते तो क्या कोई इस तरह बतलाता ? चलता-चलता मैं सोचता हूँ ।

द्वार खोलते ही 'जी' के दर्शन हुए । ठीक वैसे ही लग रहे थे वह, जैसे वर्षों पूर्व दिल्ली में थे । वैसे ही हिम-धवल केश, चमकीली आँखें, मुस्कराता हुआ चेहरा । हाँ, उम्र की कुछ रेखाएँ अवश्य गहरी हो गई हैं—आकृति में ।

"73 साल का हो रहा हूँ । सीने में दर्द रहता है । अपने जीवन की संध्या में हूँ अब !" 'जी' कहते हैं ।

श्री जी० शंकर कुरुप, जिन्हें आदर से लोग 'जी' के ही नाम से संबोधित करते हैं, भारत के प्रथम साहित्यकार थे, जिन्हें 'ज्ञानपीठ पुरस्कार' मिला था । उसी समारोह में 'जी' को पहली बार देखा था । फिर वह वर्षों दिल्ली में रहे—राज्यसभा के सदस्य नियुक्त होने के पश्चात् ।

'जी' सरल, सहृदय हैं । उनका निर्मल व्यक्तित्व सहज ही सबको आकर्षित कर लेता है । जब तक वह दिल्ली में रहे, जब-तब कॉफी पीने ठनके घर चले जाते थे ।

वर्षों बाद फिर 'जी' के घर में कॉफी पी रहे हैं । 'जी' अंग्रेजी मिश्रित हिन्दी में कुछ अटक-अटककर बातें कर रहे हैं । कहते हैं, "मुझसे ज्यादा हिन्दी मेरी पत्नी सुभद्रा को आती है । इन्होंने बिरला जी की पुस्तक 'बापू' तथा उमाशंकर जोशी की 'गांधी-कथा' का मलयालम में रूपान्तर किया है ।"

अर्द्धवृत्ताकार कमरा । दीवारों पर विवेकानन्द, गांधी, लेनिन, रवीन्द्र बाबू के चित्र टँगे हैं । प्लास्टिक के मेजपोश पर लाल रंग के फूल खिल रहे हैं । सामने पीतल का बड़ा-सा थाल है, जिस पर पीले, सफेद फूलों का गुलदस्ता रखा हुआ है ।

"कुछ वर्ष पहले मुझे दिल का दौरा पड़ा था, पर अब ठीक हूँ । डॉक्टर भी कहते हैं कि

अब स्थिति ठीक है। लेकिन, अब अपना ध्यान किसी एक बिन्दु पर एकाग्र नहीं कर पाता। फिर भी अपने जीवन पर कुछ लिख रहा हूँ। कुछ कविताओं पर भी।"

'जी' चाहते हैं, "देश की एकता के लिए समान लिपि हमें अपना लेनी चाहिए। वह देवनागरी ही हो सकती है। भारतीय भाषाओं की कुछ चुनी हुई पुस्तकें देवनागरी लिपि में प्रकाशित की जानी चाहिए। पर मैं जानता हूँ, हमारे देश के कुछ लोग इसके लिए तैयार नहीं। इसे मैं देश का दुर्भाग्य ही कहूँगा कि हमारे देश की प्रायः सभी भाषाओं का उद्गम देवनागरी ही है, किन्तु उसे अपनाने में हम हिचक रहे हैं···।

"शेक्सपियर को हम वाल्मीकि की अपेक्षा अधिक सावधानी से पढ़ते हैं। अपनी विरासत में हमें जो मिला है, उसे भूलना बुद्धिमानी नहीं!"

इस उम्र में भी 'जी' में अद्भुत उत्साह है। देश की एकता के लिए, देश के पुनर्जागरण के लिए वह अन्त समय तक कुछ करना चाहते हैं। संभवतः इन्हीं महानताओं ने स्वयं 'जी' और 'जी' के साहित्य को शरत् एवं विश्वकवि रवीन्द्रनाथ ठाकुर के समकक्ष ला खड़ा किया है···।

सुबह कोचीन बन्दरगाह देखने जाते हैं। कोचीन को 'अरब सागर की सम्राज्ञी' कहते हैं। कच्चे काजू के बोरे लद रहे हैं। जापान, यूगोस्लाविया, रूस तथा जर्मनी के जहाज लंगर डाले खड़े हैं। हमारे साथ एक बहुत बड़े अधिकारी हैं। फटे बोरे से जमीन पर गिरे कच्चे काजू को चुपके से उठाकर जेब में रख लेते हैं···।

स्टीमर मात्र बीस पैसे में दूसरे तट तक पहुँचा देता है। एर्नाकुलम में काम करने वाले लोग झुण्ड की शक्ल में कोचीन लौट रहे हैं।

'कोचीन-शिपयार्ड' का काम हड़ताल के कारण ठप्प पड़ा है। गेट पर लाल झण्डा लिए मजदूर खड़े हैं···।

अभी-अभी सूरज उगा है! हम फिर पूर्व दिशा की ओर जा रहे हैं। चिंघाड़ती ट्रेन हवा को चीरती हुई आगे बढ़ रही है। हरीतिमा धीरे-धीरे कम हो रही है। आँखें बंद कर मैं सो जाता हूँ, पर जब नींद खुलती है तो पता चलता है कि कावेरी नदी भी पार हो गई है।

सपनों के शिखर तक

आँधी से आसमान घिर रहा है ।

देखते-देखते रास्ता ओझल हो गया है । फिर भी पूरी गति से बस भागी चली जा रही है । समझ में नहीं आता कि ड्राइवर हेलिकोप्टर की तरह उड़ाता हुआ इसे कहाँ ले जा रहा है !

इस पर भी मुझे झुँझलाहट नहीं होती । भीतर-ही-भीतर कहीं एक तरह का गहरा संतोष ही उपजता है कि चलो, बस चल तो रही है ! यदि न चलती तो हम क्या कर लेते ? सुबह साढ़े आठ बजे से बस-स्टैंड पर खड़े थे । सीटें भी पहले से ही रिजर्व थीं, फिर भी बस चलने का नाम नहीं ले रही थी ।

सामान के ऊपर मुँह लटकाए बैठे कितने बच्चे थे !

कितनी महिलाएँ !

कितने बूढ़े—लाठी के सहारे अपने को खड़ा रखने का असफल प्रयास करते हुए ।

पता नहीं हम किस शताब्दी में जी रहे हैं !

प्रातः नौ बजे चलने वाली बस दिन के साढ़े बारह बजे चल रही थी—किसी तरह लड़-झगड़कर । अब हल्द्वानी कब पहुँचेगी ? पहुँचेगी भी या नहीं ?

मैं कुछ सोच ही रहा था कि बगल में बैठे सज्जन झुँझलाए, "खिड़की तो बन्द कर दीजिए हो सैप…"

ठीक ही कह रहे थे वह । रेत अन्दर भर रही थी । मैं झट से शीशा सरकाने का प्रयास करता हूँ, पर सफल नहीं हो पाता । शीशा जिद पर उतर आया है, टूटने को तैयार है, पर झुकने को नहीं ।

मैं ही हार मान लेता हूँ ।

धूलभरी आँधी की ओर विवश भाव से देखता रहता हूँ—

चारों ओर अँधेरा घिर रहा है । प्रचंड आँधी ने सब कुछ निगल लिया है ।

खिड़की पर मैं अपना आज का अखबार लगाने की असफल कोशिश करता हूँ । तेज हवा के कारण समाचार-पत्र भी पंख फड़फड़ाता हुआ, जगह-जगह से नुच गया है ।

सामने वाले फटे पृष्ठ पर मेरी दृष्टि जाती है—इजरायल और फिलिस्तीन का जिक्र है ।

मुझे याद आता है, शेरिंग की पुस्तक 'वैस्टर्न तिब्बत एण्ड ब्रिटिश बार्डरलैंड' में कभी पढ़ा था—ईसाई के लिए फिलिस्तीन का जो महत्त्व है, एक हिन्दू के लिए वही महत्त्व कुमाऊँ का

है ।

फिलिस्तीन की तुलना कुमाऊँ से कुछ जँची नहीं…!

सामने वाली सीट पर ऊँचे बाड़े की मोटी टोपी लगाए कोई ठेठ पहाड़ी सज्जन बीड़ी पीते हुए जोर-जोर से बोल रहे हैं—'स्साला क्या होने वाला ठैरा' शैली में ।

बस के आधे से भी अधिक यात्री पर्वतीय हैं—कुमाऊँ के ।

मैं हिसाब लगाता हूँ—कुमाऊँ में कुल कितने कुमाऊँ होंगे ?

वह सामने वाली सीट है न ! उसमें एक वयोवृद्ध सज्जन बैठे हैं । अपनी वृद्धा पत्नी के साथ बैठे बड़े शान्त भाव से हथेली पर दालमोठ धर कर खा रहे हैं । जिस आस्था के साथ वह धीरे-धीरे चबाकर खा रहे हैं, वह मुझे प्रभावित किए बिना नहीं रहती । इसी आस्था के साथ अभी कुछ ही क्षण पूर्व वह हथेली पर आम काटकर खा रहे थे । बस में बैठते ही उन्होंने बड़े निश्चिन्त भाव से अपना कुर्ता उतारकर एक ओर धर दिया था । बस-अड्डे पर किसी ने बतलाया था कि ये पूरे चालीस साल बाद अपने घर जा रहे हैं ।

चालीस साल बाद !

क्षण-भर ठगा-ठगा-सा खड़ा मैं सोचता रहा—क्या यह संभव हो सकता है कि कोई आदमी चालीस साल तक अपने घर न जाए ?

चालीस साल के अन्तराल के पश्चात् घर जाने पर इन्हें कैसा लगेगा ? कितना अजनबीपन !

"क्या आप सचमुच चालीस साल बाद अपने घर जा रहे हैं ?" मैं अपनी जिज्ञासा न रोककर पूछ ही लेता हूँ ।

वह गुरु-गम्भीर भाव से सिर हिलाते हैं ।

"तब तो आपका अनुभव बड़ा अनोखा होगा—रोमांचकारी !" मैं बुड़ज्यू की ओर देखता हूँ ।

"क्या रोमांचकारी होने वाला ठैरा भाई !" वह यों ही हवा में हाथ हिलाते हैं, "डाँडे-पहाड़ सब कुछ वैसे ही होंगे ।"

"लेकिन कुछ तरक्की तो सभी जगहों में हुई है । पहाड़ों में भी । इससे इन्कार कैसे किया जा सकता है ?" मेरी इस दलील पर वह कुछ तुनकते हैं, "तरक्की-वरक्की सब वैसी ही ठहरी कागजी । अच्छा, मैं तुमसे ही पूछता हूँ—दिल्ली में ऐसा कौन-सा होटल है जिसमें पहाड़ी बैरे आज भी काम नहीं करते ?"

कुछ रुककर वह फिर मेरी ओर देखते हैं, "अच्छा, तुम तो जा ही रहे हो पहाड़ । अपनी आँखों से देख लेना । पढ़े-लिखे हो, चार आँख वाले…।"

मैं उनकी ओर देखता हूँ—

झुर्रियों से ढका चेहरा । भौं के बाल तक सफेद । उनके नीचे दो बड़ी-बड़ी उदास रक्तिम आँखें । ओझल होने के बाद भी जो मेरी ओर देखती रहीं । सारी यात्रा भर गुप्तचर की तरह मेरा

पीछा करती रहीं ।

बूँदाबाँदी शुरू हो गई है ।

मौसम देखते-देखते कितना बदल गया है !

दिल्ली से गाजियाबाद तक कारखाने-ही-कारखाने । सड़क के दोनों ओर लकीरें-सी चली गई हैं । औद्योगिक दृष्टि से यह क्षेत्र उत्तर प्रदेश में शायद सबसे समृद्ध है ।

पर, बस जहाँ भी रुकती है, दो-चार भिखमंगे घेरकर खड़े हो जाते हैं ।

"खिमु'का बीड़ी-सीड़ी कुछ हो जाए हो ।" मेरे पीछे की सीट पर बैठे यात्री अपने पड़ोसी से कहते हैं । उनकी आँखों में नींद है । नींद को भगाने के लिए ही वह सम्भवतः 'बीड़ी-सीड़ी' का सहारा ले रहे हैं ।

मुझे बेचैनी-सी अनुभव होने लगती है । पहली बार का अनुभव याद आता है, जब वे इंजन की तरह देर तक धुआँ उगलते रहे थे ।

खिमु'का और उनके आदर्श भतीजे ने बीड़ियाँ सुलगा ली हैं और वे मैले दाँत दिखाते हुए पता नहीं किस बात पर, देर तक 'खीं-खीं' हँसते रहते हैं ।

लवंगलता-सी तन्वंगी एक बालिका सबसे पीछे बैठी, किसी फिल्मी पत्रिका में डूबी है । साथ में एक बुजुर्ग हैं । बस जहाँ भी रुकती है, उतरकर अपना छत पर रखा समान देखना नहीं भूलते । बड़े शक्की स्वभाव के लगते हैं···।

ड्राइवर के पास बैठे दो यात्री अभी-अभी चढ़े हैं—मुरादाबाद से । अधेड़ होते हुए भी दोनों रंगीन मिजाज लगते हैं । महिला प्रगल्भा है । पुरुष इकहरे बदन का—धोती-कुर्ता पहने । बजरी-रोड़ी का मामूली ठेकेदार जैसा लगता है । सोने-चाँदी के गहनों से महिला लदी है । पता नहीं क्यों इतनी कृत-कृत है । पुरुष उस पर टूटा जा रहा है, बस ज्यों ही मुड़ती है, अपना सारा बोझ उस पर डाल देता है । दोनों एकतन, एकप्राण हो रहे हैं । थोड़े-से ही झटके पर उनके होंठ परस्पर अनायास ही टकरा जाते हैं ।

दिन-दोपहर चलती बस में !

बहुत-सी अवाक् आँखें कोई बहाना खोजकर बार-बार उनकी ओर मुड़ती हैं, पर दीन-दुनिया की उन्हें कुछ भी खबर नहीं !

समीप बैठे सज्जन अपना धीरज खो बैठते हैं । फुसफुसाते हैं, "मैं इन्हें जानता हूँ, मुरादाबाद के हैं । कहें तो कलई खोल दूँ ।"

"मुरादाबाद के हैं, इतना ही बहुत है । फिर कलई खोलकर क्या करेंगे ?" एक जोर का ठहाका बस में गूँजता है ।

रात । एक बजा है ।

मैं बरामदे में खड़ा हूँ । बिजली की बत्तियों से जगमगाता सारा सोया नैनीताल बड़ा सुन्दर

लग रहा है। अंग्रेजों के जमाने में 'छोटी विलायत' कहते थे इसे। 'छोटी विलायत' किसी-न-किसी रूप में अब भी है—पहले की तरह केवल कुछ साधन-सम्पन्न लोगों के लिए। 'लेकब्रिज' पर बस के रुकते ही कुली आज भी अपना 'टोकन' लिए यात्रियों की ओर उसी तरह झपटते हैं, जिस तरह बीस-पच्चीस वर्ष पहले झपटा करते थे। माल रोड पर आज भी हाथ से खींचे जाने वाले रिक्शे आसानी से देखे जा सकते हैं। प्रगति यही हुई है कि होटल अधिक बने हैं, गन्दगी अधिक बढ़ी है और झील सूखने की प्रक्रिया से गुजर रही है। झील के चारों ओर हरे-भरे वृक्षों से लदे पहाड़ भी रीते हो रहे हैं।

उस पार नैनादेवी का मन्दिर साफ दीख रहा है। 'नैनीताल क्लब' जहाँ पर नैनीताल में सबसे पहला मकान बना था—पिलिग्रिम-काटेज।

लगभग डेढ़ सौ साल के जीवन में इस नगरी ने कितना वैभव नहीं देखा। देश के कम नेता होंगे, जो यहाँ न आये हों! यहीं कहीं कोई जगह होगी, महर्षि अरविन्द अपनी पत्नी के साथ जहाँ कुछ दिन ठहरे होंगे···।

पर इस सबके बावजूद नैनीताल उत्तर प्रदेश की ग्रीष्मकालीन राजधानी भले ही कभी रही हो, पर सांस्कृतिक तीर्थ होने का सौभाग्य इसे कभी भी न मिल पाया, जो अल्मोड़ा को आज भी प्राप्त है।

शाम को घूमने निकले तो सड़कों के किनारे कारें-ही-कारें खड़ी थीं और सड़क पर आदमी-ही-आदमी। 'फ्लैट' पर मधुमक्खी के छत्ते की तरह हजारों लोग बैण्ड के पास खड़े। चलना तक मुश्किल हो गया था।

मेरे पाँव थक गए हैं।

पास ही रखी रीती बेंत की कुर्सी पर बैठ जाता हूँ।

आज सुबह से दिन-भर भागते रहे थे। नौकुचिया ताल का दृश्य बड़ा लुभावना लगा था। भीमताल के पास 'टसर-अनुसन्धान केन्द्र' जाना भी न भूले थे।

बाँज की हरी-हरी टहनियाँ एक कतार में गुलदस्ते की तरह सफेद बोतलों में रखी थीं। इन्हीं हरी टहनियों पर टसर के हरे कीड़े चिपके हुए थे।

मेरे सहयात्री कहते हैं—

बाँज के वृक्षों से कुमाऊँ के पहाड़-के-पहाड़ लदे हैं। यदि टसर-उद्योग पनप गया तो डोटियाल कुली भी भंगलेट के मोटे कपड़ों के बदले टसर ही पहना करेंगे।

वैज्ञानिक महोदय बिस्कुट के बराबर लम्बा टसर का एक चौकोर टुकड़ा मेरी ओर बढ़ाते हैं, "देखिए, बाँज की पत्तियों पर पलने वाले कीड़े इतनी अच्छी टसर बनाते हैं!"

लौटते समय वह टुकड़ा मेरी मुट्ठी में ही दबा रह गया था। गाड़ी बाँज के वनों को चीरती हुई आगे बढ़ रही थी। सड़क के दोनों ओर कुली काम पर लगे थे--फटे-चीथड़े पहने···।

मैं सीमेण्ट की ठण्डी दीवार के सहारे खड़ा हो जाता हूँ।

जल सोया हुआ है। एकदम काला लग रहा है—कहीं कोई हलचल नहीं…। दिन में यॉटस् और नन्ही-नन्ही नावें ! नावें-ही-नावें !

सोचता हूँ—वह क्षण कितना रोमांचकारी रहा होगा, जब इस झील में पहली नाव तैरी होगी ! उस नाव को लाने वाले अंग्रेज मिस्टर पी० बैरन ने उस समय का वर्णन विस्तार से अपने यात्रा-संस्मरणों में किया था ! निरीह पर्वतीय कितने कुतूहल से नाव और उस पर विराजमान गौरांग महाप्रभुओं को देख रहे थे ! नैनी झील और उसके चारों ओर की पहाड़ियों को सदियों से अपनी पैतृक सम्पत्ति बतलाने वाले थोकदार नरसिंह को भी उन्होंने नाव पर बिठला लिया था। झील की परिक्रमा के समय एक कोरे कागज पर पेन्सिल से उससे लिखवा लिया था कि झील ही नहीं, आसपास की सारी पहाड़ियों को भी वह 'कम्पनी सरकार बहादुर' उर्फ ईस्ट इंडिया कम्पनी को सौंपता है।

—क्रेगलैण्ड के ऊपर पहाड़ की उस चोटी पर सुशोभित गवर्नमेंट हाउस की भव्य इमारत को बनाने के लिए अधिकांश सामग्री इंग्लैंड से मँगवाई गई थी।

—ऊँची पहाड़ियों पर अंग्रेजों की डाँडियाँ ढोते-ढोते कितने मजदूरों के कन्धे छिल गए थे !

—माल रोड पर काले लोगों को चलने की अनुमति नहीं थी !

—द्वितीय विश्वयुद्ध के समय गोरों की बटालियनें यहाँ आई थीं। पाषाण देवी के मन्दिर जाती कितनी पर्वतीय महिलाओं ने उनके भय से अपनी लाज बचाने के लिए तालाब में कूदकर जल-समाधि ले ली थी !

मैं सोचता हूँ—वे उस पुरुष से कहीं अधिक साहसी होंगी, जिसने कोरे कागज पर दस्तखत करके अपनी इस कुँवारी धरती को फिरंगियों के हाथ सौंप दिया था !

मेरे ठीक सामने अंधकार में पहरेदार की तरह खड़ा बाँज का अधकटा वृक्ष है। पत्ते हवा में हिल रहे हैं। सुबह 'टसर-वैज्ञानिक' से हुई बातें सहसा याद आ जाती हैं—

'केवल सौ रुपये इन्वेस्ट करने पर, हर परिवार चार-पाँच महीने में पन्द्रह-सोलह सौ रुपये कमा सकता है।'

बाँज जिसे कुछ स्थानीय लोग 'बाँझ' भी कहते हैं—रूखेपन के कारण, यह रेशम उगलेगा और छप्पर फाड़कर सोना बरसाएगा—किसी ने कभी सोचा न होगा।

पर, पता नहीं क्यों, मुझे लगता है—'दिल्ली अभी दूर है, बहुत दूर।'

चालीस साल बाद घर लौटने वाले बुड़ज्यू की आँखों में जो भाव था, कुछ-कुछ वैसा ही शायद मेरी आँखों से भी झलका होगा। तभी एकाएक वैज्ञानिक महोदय ने गम्भीरता से पूछा था, "क्या आपको विश्वास नहीं हो रहा है ?"

मैं यों ही हँस दिया था।

"कश्मीर से अरुणाचल तक बाँज के वनों की कतार चली गई है। इस योजना में अगर हम कामयाब हो गए तो प्रतिवर्ष करोड़ों का फारेन-ऐक्सचेंज कमा सकेंगे। हम लोग जापान से

बाजी मार ले जाएँगे, चीन से भी ।"

वह पंचनद का प्राणी हिमालय की इस उपत्यका में, वर्षों से चली आ रही अपनी अटूट तपस्या में सफल हो ! दुआएँ देता मुड़ा ही था कि अपने आवरण में स्वयं ही लिपट गए—रस्सी पर टँगे टसर के सूखे कीड़ों से टकरा पड़ता हूँ । उन्हें उठा ही रहा था कि···।

"बाबू शाब, आप सोए नहीं ?" मैं चौंककर देखता हूँ—नर-कंकाल-सा चौकीदार लाठी लिए सामने खड़ा है । "खटर-पटर सुनकर नींद टूट गई ।" वह सहमा-सहमा-सा मेरी ओर देखता हुआ कहता है, "आपके संगी-साथी लोग शो गए ?"

मैं सिर हिलाता हूँ ।

"तुम्हें रात-भर जागना पड़ता है क्या ?" पूछता हूँ ।

"हुजूर, जागने की ही नौकरी ठैरी !"

"दिन में क्या करते हो ?"

"बस्स, साहब की कोठी में थोड़ा राशन-पानी का काम···।" वह सामने देखता है, "करना ही पड़ने वाला ठैरा बाबू शाब !"

'ठैरा बाबू शाब' शब्द से उसकी सारी आन्तरिक विवशता बाहर उभर आती है ।

घुटनों तक की मैली फटी धोती ।

कुर्ता फटा हुआ ।

नंगे पाँव—हड्डियों का ढाँचा ।

आँखें गड्ढे में धँसी ।

गाल बिल्कुल पिचके हुए । लगता है हड्डियों के बाहर केवल चमड़ी का आवरण खींच-तानकर किसी तरह चढ़ा दिया है । मांस कहीं रत्ती-भर भी नहीं ।

इतना दुबला-पतला, मरियल आदमी कभी कहीं पहले भी देखा हो, याद नहीं आता । यदि एक बार पहले इसे न देखा होता तो निश्चित ही मैं इस समय डर जाता ।

"क्या नाम है ?"

"खीमानन्द !"

"कहाँ के रहने वाले हो ?"

"चखुटिया का !"

"कब से हो सर्विस में ?"

"यही कोई बाईस-चौबीस साल से ।"

"कितनी तनख्वाह मिलती है ?"

वह यों ही देखता है । शून्य में हाथ हिलाता है, "क्या मिलने वाली ठैरी ! खाऊ डिपाटमैण्ट हुआ । अपने घर भरने से ही लोगों को फुर्सत नहीं···। हम गरीबों को कौन पूछता है शाब ?"

"यह तो ठीक है पर कुल मिल कितना जाता है ?"

"हुज़ूर, आपसे क्या छिपाऊँ ? कुल दो सौ सात रुपये मिलते हैं खुस्क !"

चौबीस साल यानी दो सौ अट्ठासी महीने यानी आठ हजार सात सौ रातें जागने के बाद केवल दो सौ सात रुपये मात्र !

"घर में कौन-कौन है ?"

"लम्बा-चौड़ा परिवार है । गाँव से अभी जवाब आया है, इजा मरणासन है । बौज्यू पिछले माघ में गुजर गए । सयानी बेटी की शादी करनी है । बदनामी हो रही है···!"

अबोध भाव से वह सब बतला देता है ।

"कितने बच्चे हैं तुम्हारे ?"

"कुल तीन हैं—दो लड़कियों के बाद इस जाड़ों में एक लड़का हुआ है ।"

"उसे दूध देते हो ?"

"दूध कहाँ से !" वह अँगुलियाँ नचाता है, "बौज्यू के क्रिया-कर्म का उधार अभी चुकाना है । घर को भी हर महीने कुछ भेजना ही पड़ता है । खेती-पानी वहाँ ऐसी ही ठैरी । पहाड़ के खेतों में क्या उपजने वाला ठैरा । जितना बोया, उतना भी निकल गया तो भौत है !"

कहीं दो का घण्टा बजता है ।

"आप कल फजर से जा रहे हैं, शाब ?"

मैं सिर हिलाता हूँ । मुझे उसका 'साहब' कहना अखरता है, पर क्या करूँ !

"नैनीताल एक ही दिन में देख लिया ? लोग तो महीने-महीने-भर ठहरते हैं···।"

"हाँ, काफी कुछ देख लिया !"

"हनुमान गढ़ी भी गए ? वहाँ एक मशीन लगी है शाब । कहते हैं जिससे तारे-नक्छत्र पास ही चमकते दीखते हैं ।"

मैं कमरे की ओर लौटता हूँ । सोचता हूँ—तारे-नक्षत्र पास से ही चमकें या दूर से, पर इनके नक्षत्र भी क्या कभी चमकेंगे ?

मेरे आगे-आगे चलता नर-कंकाल अब पता नहीं कहाँ ओझल हो गया है ।

सुबह पाँच बजे हर हालत में उठना है, इसके बावजूद सारी रात मुझे नींद नहीं आती ।

बाँज, बुरौंज, देवदार सब पीछे छूट गए हैं । अब चीड़ के वनों की कतारें साफ दिखलाई दे रही हैं । नृत्य की-सी मुद्रा में खड़े अनेक वृक्ष पथरीली छिछली चट्टानों पर उगे हैं, पत्थरों के बीच पाँव जमाए, हर आँधी-तूफान का सामना कर रहे हैं ।

इन्हीं भी अपने अस्तित्व की कितनी चिन्ता है !

पर, पता नहीं क्यों मुझे ये वृक्ष अच्छे नहीं लग रहे हैं ! मैंने आसमान को छूते, सीधे खड़े—ऊँट के रंग के, मुलायम छिलकों वाले, जैसे ताजे वृक्ष भिगराड़ा के जंगलों में देखे थे, वैसे सुन्दर, स्वस्थ पेड़ क्यों नहीं उगते ?

चन्दनी रंग का पिरोल-ही-पिरोल सारे वनों में बिखरा हुआ है । पिरोल—यानी चीड़ की

सुई-जैसी लम्बी नुकीली पत्तियाँ, यानी वन-आग यानी गद्दे यानी कागज की लुग्दी ।

किसी ने कल बतलाया था कि सूझ-बूझ वाले किसी तरुण पर्वतपुत्र ने पिरोल के उपयोग के बारे में कई महत्त्वपूर्ण अनुसन्धान किए हैं । कैंची के पास कुछ कार्य आरम्भ हो रहा है । लोगों का कहना था कि 'पिरोल पाण्डे' की योजनाएँ सफल हो गईं तो बहुत-से लोगों को रोजगार मिल जाएगा···।

हर पेड़ के तने पर मिट्टी का एक गिलास टँगा है, जिस पर बूँद-बूँद लीसा टपक कर एकत्र हो रहा है ।

'आग से सावधान' का बोर्ड भी कहीं लगा है ।

बचपन में देखी आग यानी वन-आग मुझे सहसा स्मृत हो आती है । रात्रि के सघन अंधकार में बने जंगलों से ढका जलता हुआ पहाड़ । लपलपाती आग की लकीर-सी कौंध जाती थी चारों ओर ।

पर जब जले वनों के पास से गुजरते थे तो सब कुछ कितना उदास लगता था ! पिरोल की अन्तहीन परतों के स्थान पर केवल काली राख बिखरी होती···।

पिरोल का उपयोग हो जाए तो जंगल की ही नहीं, पेट की भी आग बुझ सकती है···।

दूर किसी काफल के पेड़ पर परकटा लमपुच्छिया पंछी उड़ने का असफल प्रयास कर रहा है । फटे चीथड़ों से ढके डोटियाल कुली फलों की नन्ही-नन्ही नाजुक पेटियों का पहाड़ झुकी पीठ पर उठाए भुवाली की ओर जा रहे हैं । सिर से पाँव तक पसीने से नहाए हुए ऊँट की पीठ-जैसी चढ़ाई पार कर रहे हैं । डगमगाता हुआ हर कदम सँभल-सँभलकर रख रहे हैं । तेनजिंग नोर्के ने बर्फ से ढके एवरेस्ट पर एक बार चढ़कर अमरत्व प्राप्त कर लिया, पर इन्होंने यंत्रणाओं के अब तक पता नहीं कितने एवरेस्ट पार किए होंगे ! बर्फ के मार्ग की अपेक्षा अभावों के अग्निपथ को पार करना संभवतः अधिक दुष्कर होगा ।

"ए दाइ, भारि ले जाएगा ?"

हाँ, दाइ यानी डोटियाल—दाइ भारि ढोने के लिए ही पैदा हुआ है । जरूर ले जाएगा भारि । क्यों नहीं ले जाएगा ?

सड़क के किनारे की दीवार के सहारे बक्सों का पहाड़ टिकाकर दाइ पानी 'खाने' के बाद बीड़ी 'खाने' लगता है । किसी चौपाये के स्थान पर दो पाये को रखना शायद अधिक लाभदायक रहता है । क्योंकि भूखा चौपाया काम नहीं करता—थककर बैठ जाता है, पर भूखा दाइ मरते दम तक काम करता रहता है । अन्तिम साँस तक बोझ ढोता चला जाता है ।

किसी मनुष्य की आवश्यकताएँ क्या किसी पशु की आवश्यकताओं से भी कम हो सकती हैं ?

चालीस साल बाद घर लौटने वाले बुड़ज्यू अगर इस समय मेरे साथ होते तो मुँह फुलाते हुए अवश्य चहक पड़ते— 'देखो, मैं कहता था न । ऐसे ही डोटियाल तब भी दीखते थे, जब मैं चालीस साल पहले घर छोड़कर दिल्ली गया था···।'

"यह 'पोटेटो-फार्म' है ।" साथ बैठे सज्जन नीचे उतार की ओर अँगुली से इशारा करते हैं, "यहाँ आलू पर अनुसन्धान कार्य भी होता है ।"

लम्बा-चौड़ा एक बोर्ड दिखलाई देता है । क्या लिखा है, जल्दी में पढ़ नहीं पाता । जब तक मैं पीछे मुड़कर देखूँ जीप दूसरे मोड़ की ओर बल खाती हुई मुड़ने लगती है और सब कुछ ओझल हो जाता है ।

गरम पानी पहुँचने की जल्दी है शायद ।

कैंची के कैंचीनुमा मोड़ देखते-देखते पार हो जाते हैं । नीम करौली बाबा के आश्रम पर श्रद्धालु भक्तों की भीड़ है । दरवाजे पर बहुत-सी कारें खड़ी हैं । रास्ते में दो घड़ी रुककर लोग पुण्य-लाभ अर्जित करने से नहीं चूकते ।

गरम पानी पहुँचते ही गर्मी बढ़ने लगती है । जीप से उतरते ही पूरियों का स्वाद याद आ जाता है । पन्द्रह-बीस साल पुरानी स्मृतियाँ भी···।

दुकानों के आगे हरी-हरी ताजी सब्जियाँ भरी पड़ी हैं ।

"इतनी अच्छी ताजी सब्जियाँ···!" मैं कह ही रहा था कि पास खड़े एक स्थानीय सज्जन बोल पड़ते हैं, "स्सैप, ये सब इगाडावालों का चमत्कार है हो !"

'इगाडा' से चमत्कार के बारे में पहले भी काफी सुना था । अब यह चमत्कार प्रत्यक्ष देख रहा हूँ ।

"सब्जियाँ उगाकर लोग नोन-तेल का बन्दोबस्त तो कर ही सकते हैं ।" मेरे सहयात्री एक खीरा खरीदते हुए कहते हैं, "पिछले साल रानीखेत में टिमाटरों का ढेर देखकर मैं चकरा गया । पके ही नहीं, कच्चे टिमाटर भी पैक किए जा रहे थे । मैंने पूछा तो कहते थे कि यहाँ से त्रिवेन्द्रम तथा आसाम भेजते हैं । इगाडा वालों ने नए किस्म के टिमाटरों के बीज तैयार किए हैं···।"

टमाटर के बदले 'टिमाटर' शब्द इनके मुँह से सुनना बड़ा अच्छा लगता है···।

जीप के पास ही, सड़क के किनारे छल-छल, कल-कल मीठे पानी का नन्हा-सा झरना अबाध गति से बह रहा है ।

छोटा-सा एक बच्चा कुतूहल से गिरते पानी की ओर देख रहा है । दोनों अंजुरियों से भर-भरकर शीतल जल पीती अपनी माँ से पूछ रहा है, "मम्मी, यह पानी इसी तरह दिन-रात बहता रहता है ?"

दिल्ली की भीषण गर्मी में एक-एक बूँद पानी के लिए कितना पसीना बहाना पड़ता है । प्रातः नौ बजे से ही नल सीटी देने लगते हैं । अतः इस निरन्तर बहने वाली अमृत जल-राशि को देखकर उसका आश्चर्य प्रकट करना अस्वाभाविक नहीं लगता ।

कहते हैं कि यह जिज्ञासु शिशु प्रथम बार पर्वतों के दर्शन कर रहा है । अतः बार-बार प्रश्न पूछता जाता है—नचिकेता की तरह । परसों हलद्वानी में कह रहा था—"पहाड़ों पर लोग मकान कैसे बनाते होंगे ? वे तो यों होते हैं !" अपनी छोटी-सी हथेली उसने यों पहाड़ की तरह

खड़ी कर दी थी ।

किसी ने कह दिया था कि कौसानी से आइसक्रीम के पहाड़ दीखते हैं । तुम खोद-खोदकर जितनी चाहो खाना !

अतः वह बार-बार उझककर आइसक्रीम का पहाड़ खोजता है । पर धुन्ध के कारण कुछ दीखता नहीं तो स्वयं ही खीज उठता है । एक पहाड़ के बाद दूसरा पहाड़, फिर नीली-नीली धुँधली शृंखलाएँ और फिर धुँधला आसमान ।

धुआँ छोड़ती एक बस सामने से निकल जाती है । बोरे की तरह आदमी भीतर ठुँसे हैं । सैवारी रंग की, धूल से सनी, अस्त-व्यस्त वर्दियाँ पहने सैनिक छुट्टियाँ बिताने घर लौट रहे हैं । लिपस्टिक लगा एक सिन्दूरी चेहरा पास खड़ी कार में से झाँक रहा है । सुराल, कुर्ता, ऊनी दगेली, सिर पर ऊँचे-ऊँचे बाड़े की ढीली-ढाली टोपी पहने नेतानुमा सज्जन सड़क के किनारे खरामा-खरामा जा रहे हैं । हाथ में कोई स्थानीय समाचार-पत्र है ।

इनका चेहरा उन सज्जन के चेहरे से बहुत मिलता-जुलता है, जो मेरे परिचित हैं । इसी तरह के किसी अन्य क्षेत्र में स्थानीय नेता हैं, जिनकी भैंस पंचायतघर में बँधती थी । अपनी जमीन पर जिन्होंने ग्राम-सभा का बगीचा रोपकर सबको उपकृत कर दिया था । संजायत धन से कन्या-पाठशाला की ऐसी इमारत बनाई थी, जो बरसात से पहले ही जमीन पर लोट गई थी···।

गत सत्ताईस साल की प्रगति के आँकड़े देखे जाएँ तो इस दिशा में देश ने संभवतः सबसे अधिक प्रगति की होगी ।

कल तल्लीताल जाते समय एक महानुभाव कह रहे थे, "एल०बी०एल० का जमाना है, जो जो न करे, सो कम है !"

मैं समझा नहीं । इस पर वह जोर का ठहाका लगाते हैं—"लूटो, बाबा, लूटो !"

कितने ही पड़ाव पार हो गए हैं !

जीप हाँफती हुई भागी चली जा रही है । काले-काले बादल अब फिर घिर रहे हैं । रानीखेत पीछे छूट गया है, पर मैं रानीखेत के बारे में ही सोच रहा हूँ । कैण्ट से आगे, घने वनों को पार करती हुई जीप सहसा रुक गई थी ।

दूर तक फैले बगीचे-ही-बगीचे !

"यही है चौबटिया ।" जीप से उछलकर एक सज्जन बाहर कूद पड़ते हैं ।

"यहाँ के सबसे महत्त्वपूर्ण स्थानों में से है—चौबटिया ।"

चौबटिया यानी चौराहा !

सदियों से 'मां फलेषु कदाचन्' के दर्शन पर आस्था रखने वाले भारतीयों को फल की उपयोगिता पर सबसे पहले अंग्रेजों ने इसी चौराहे पर दीक्षित किया था—लगभग सौ साल पहले ।

तब से इस पर्वतीय क्षेत्र के लोगों के मन में कर्म के साथ-साथ फल की कामना भी जागृत हो गई ।

इस गरीब इलाके में यही एक ऐसा उद्योग है, जो दो-चार रुपये की पूँजी से आरंभ होकर चार-छह साल में गुड़ की दो-चार भेलियाँ, कनिस्तरी भर तेल और आँगड़ी-पिछौड़ी की व्यवस्था कर सकता है । सड़े-गले, कौवे के चोंच मारे हुए, जमीन पर गिरे कुछ फल बच्चों के पेट तक भी पहुँच जाते हैं ।

कहते हैं—इन कल्पवृक्षों की बदौलत कई घरों में अब दो जून चूल्हे जलने लगे हैं । अतः तुलसी के पौधों के साथ-साथ लोग इनके विरुवे भी उगाने लगे हैं ।

आज प्रातः एक कृषि वैज्ञानिक कह रहे थे—उत्तर प्रदेश की केवल चार प्रतिशत भूमि में ही फल और सब्जियाँ उगाई जाती हैं···। इस हिसाब से पहाड़ों में ही अभी कितने चौबटियों की आवश्यकता होगी···?

"हमारा यही प्रयास है कि कुमाऊँ को स्विट्जरलैंड कैसे बनाया जाए ?"

"कुमाऊँ को स्विट्जरलैंड बनाने की अपेक्षा कुमाऊँ को कुमाऊँ ही बना रहने दें तो आपकी बड़ी कृपा होगी ।" मेरे इस तर्क पर वह नेतानुमा महानुभाव कुछ खिन्न-से हुए थे ।

पता नहीं यह दिमागी दासता कब जाएगी ? कब जाएगी अपने को हीन समझने की प्रवृत्ति ?

हर स्थान का अपना सौन्दर्य है । अपनी विशेषता है—अपनी महत्ता । स्विट्जरलैंड के पहाड़ सुंदर हैं तो कश्मीर और कुमाऊँ के पर्वतों की भी अपनी विशेषताएँ हैं ।

पच्चीकारी किए हुए काठ के छोटे-छोटे दरवाजे कितने अच्छे लगते हैं ! काले पाथर से छँहे मकानों का अपना अलग सौन्दर्य है । रंग-बिरंगी घाघरी, आँगड़ी, बेल-बूटेदार पिछौड़ी पहने, नाक की नोक से ही ऊपरी हिस्से तक झक्क् पिठ्याँ लगाए, लाल मोटे चन्दक की गोल नथ में पर्वतीय तरुणियाँ जितनी सुन्दर लगती हैं, क्या वह प्रभाव स्कर्ट, साड़ी या लिपस्टिक में आ सकता है···!

मुझे याद आता है—अपने भारत-प्रवास में तोक्योवासी कोकी सन किमोनो पहनकर बड़ी शान से दिल्ली की सड़कों पर घूमते थे । पर हमारे गाँव में तो बूढ़े लोग भी अब मिर्जई पहनना अपमान समझते हैं । जापानी किमोनी की अपेक्षा कुमाऊँ की मिर्जई शायद अधिक ही सुन्दर लगती है !

डाँडे-ही-डाँडे हम दूर निकल आए हैं । जंगल बहुत घने हैं यहाँ । सड़क से ही काफल के वृक्ष साफ दिखलाई दे रहे हैं ।

दो नन्हे बच्चे दो बड़ी-सी टोकरियों में काफल लिए खड़े हैं । ताजे हरे पत्ते पर काफल रखकर जंग लगी तकड़ी से तौल रहे हैं । दूसरी ओर बट्टे के स्थान पर छोटा-सा गोल पत्थर रखा है । खाकी जीन की मैली-सी जाँगिया स्याही के धब्बों से भरी पड़ी है । लट्ठे की सफेद कमीज

मैल से एकदम काली लग रही है । दोनों नंगे पाँव धूप में खड़े हैं । जब भी कोई बस सामने से गुजरती है, अपने दुर्बल हाथों से भारी टोकरा बड़ी मुश्किल से उठाए, अत्यधिक उत्सुकता से उस ओर लपकते हैं ।

बसों के रुकने या चलने के प्रतिबिंब बच्चों के मासूम चेहरों पर धूप-छाँह की तरह उभरते और ओझल हो जाते हैं…।

"क्या करते हो भुला तुम ?" एक से पूछता हूँ ।

वह खिसियाता हुआ अपने मैले दाँत दिखाता है । उसके दाँत, होंठ सब जामुनी हैं । लगता है अभी-अभी इसने किनमोड़े खाए हैं !

"पढ़ता हूँ…।"

"किस क्लास में ?"

"सात में…।"

मैं उसकी ओर देखता रहता हूँ ।

"तुम तो काफल बेच रहे हो । पढ़ते कब हो ?"

क्षण-भर के लिए उसके मन में असमंजस का-सा भाव उपजता है, फिर कुछ सोचता हुआ कहता है, "आजकल इस्कूल में छुट्टियाँ हैं ।"

"काफल बेचने से कितना कमा लेते हो ?"

वह खिः-खिः हँसने लगता है, "किताब-कापियों के पैसे निकल जाएँगे…।"

"काफल कहाँ से लाते हो ?"

"इजा जंगल से तोड़ लाती है…।"

इतने में एक बस आ जाती है । टोकरा घसीटता हुआ वह बस की ओर छलाँग लगाता है—"ताजे-ताजे काफल ले लो ।"

इसकी टोकरी में बासी काफल हैं और साथ वाले की में ताजे । दोनों साथ-साथ बस की ओर लपकते हैं तो यात्रियों का झुकाव ताजे काफलों की ओर ही होता है । मेरी समझ में नहीं आता कि अपना बासी काफलों का टोकरा यह ताजे काफलों के साथ क्यों ले जाता है ? जब तक ताजे काफल हैं, बासी कौन खरीदेगा ? जब तक ताजे काफल बिकेंगे, रात हो जाएगी । अतः इसे दूसरे मोड़ पर खड़ा होना चाहिए था । इसमें इतनी भी व्यावसायिक बुद्धि नहीं ?

पर्वतीय होते ही हैं जन्मजात सरल !

"यह गल्ली है—?" आगे बैठे एक वरिष्ठ पत्रकार कहते हैं, "हमारा गाँव…!"

साँझ का मंद-मंद प्रकाश बिखर रहा है । पहाड़ की धार के पास छोटा-सा गाँव दीख रहा है—चलती जीप से । दूर गहरी घाटी तक बिखरे सीढ़ीनुमा खेत—खेत-ही-खेत । उनके ऊपर काले पाथर से छँहे कुछ घर । घरों के आगे कुछ वृक्ष ।

बादल नहीं हैं । न सूरज में तपिश । ठण्डी-ठण्डी हवा चल रही है । अल्मोड़ा पहुँचने

की सबको जल्दी है। अतः जीप फर्राटे से आगे भाग रही है।

गल्ली गाँव धीरे-धीरे पीछे छूट रहा है। मुझे लगता है, आज दिन-भर की यात्रा के बाद रात को जहाँ पहुँचेंगे, उसका नाम भी गल्ली होगा। कल का अन्तिम पड़ाव चम्पावत में होगा। सुना है वहाँ भी गल्ली, झिंझाड़ के नाम के गाँव आज भी विद्यमान हैं।

झटके के साथ तभी जीप रुकती है।

एक विक्षिप्त-सा आदमी चलती जीप के सामने खड़ा हो गया है। लगता है कम उम्र में ही यह 'परम' अवस्था को प्राप्त कर चुका है। इसकी ही नहीं, पाँच-सात अन्य प्राणियों की प्राण-रक्षा के लिए प्रभु को धन्यवाद देकर फिर आगे बढ़ते हैं...।

एक मोड़ के बाद दूसरा मोड़, एक पहाड़ के पश्चात् दूसरा पहाड़ पार करते-करते लगता है, अब बहुत आगे निकल गए हैं।

सब थके हैं। एक पुल के पास रुक जाते हैं। चाय के खोखों के अलावा अधिकांश दुकानें बाल-मिठाई से पटी पड़ी हैं।

कौन कह सकता है कि यहाँ किसी चीज का अभाव होगा ? मिठाइयों का ढेर देखते ही भूख मिट जाती है।

टूटे प्यालों में सड़ियल-सी 'चाहा' पिलाने के बाद दूकानदार पूरे पैसे वसूलता है। यानी कि 'यात्री' समझकर हमारी जेब भी काटता है। भोले-भाले, सरल-सहज लोग जब 'जेब काटने' की जैसी मुद्रा बनाते हैं तो अच्छे नहीं लगते। पुजारी को कसाई का धन्धा करते देख जो भावना उपजेगी, वैसा ही कुछ-कुछ होने लगता है...।

पुल के पास तक अकेला ही टहल आता हूँ। कहते हैं—यहीं कोई स्थान है, जहाँ स्वामी विवेकानन्द कभी रुके थे।

नदी पार करने के पश्चात् दूर कहीं काले पहाड़ की काली पीठ पर दिपदिपाती बिजली की बत्तियाँ दीखती हैं। घूँ-घूँ करते ट्रक चढ़ाई पर चढ़ रहे हैं। मेरे सहयात्री को दुःख है कि हम सूर्यदेव के मन्दिर न जा पाए।

वह पीछे मुड़कर दिखा रहे हैं—

नंगे पहाड़ की चोटी पर पेड़ों का एक छोटा-सा गुच्छा—अँधियारे में धब्बा-जैसा दिखलाई दे रहा है।

"अंग्रेजों की फौजें यहाँ तक चली आई थीं। चन्द राजाओं की फौजें इस पार थीं। लोगों का कहना है कि वहाँ पर पहले बहुत घना जंगल था, अंग्रेजों ने ही जिसे जला दिया था...।"

उनकी 'परी देश' की जैसी कहानी अभी चल ही रही थी कि अल्मोड़ा शहर की सीमा-रेखा के भीतर, सड़क के किनारे सहसा जीप रुक जाती है।

"यह गल्ली मुहल्ला है ?"

—खुबानी, आड़ू, नाशपाती सुदूर गाँवों के बगीचों में इसलिए सड़ जाती हैं कि उन्हें शहर तक ले जाने की व्यवस्था नहीं।

—कल 'सहकारी औषधि निर्माण केन्द्र', रानीखेत गए थे। जड़ी-बूटियों से बनी इतनी अच्छी आयुर्वेदिक औषधियाँ बनाई जाती हैं, पर उनके वितरण के लिए व्यवस्थित बाजार नहीं।

—मुंस्यारी के पास ठीक हिमशिखरों की तलहटियों में सेब के बागों की भरमार है। कहते हैं, इतने मीठे, रसीले सेब शायद ही कहीं पैदा होते हों। पर सब वहीं-के-वहीं रह जाते हैं। उन्हें बर्फीले दुर्गम मार्गों से ढोने का प्रबंध नहीं…।

"अरे चलना नहीं !" मेरे साथी कहते हैं, "शाम को हर हालत में चम्पावत पहुँचना है।"

अल्मोड़ा के आसपास के क्षेत्र लौटते समय देखेंगे—निश्चय कर हम फिर प्रस्थान करते हैं।

सूरज कब उग गया है।

कच्ची-पक्की सर्पाकार सड़कों पर जीप उछलती हुई फिर से दौड़ लगाने लगती है। सिटोली के वनों से उस पार कुछ दूसरे ही रंग के पहाड़ दीखते हैं…।

कुछ मील चलने के बाद चितई के मन्दिर के आगे हम ठिठक जाते हैं।

सड़क से कुछ ही गज की दूरी पर मन्दिर का धवल द्वार है, जिस पर ढेर सारी घंटियाँ बँधी हैं। हाथ में पकड़ी रस्सी से छोटे-छोटे मेमनों को खींचते हुए भक्तजन मंदिर की ओर जा रहे हैं।

"अ लेले…!"

"मैं ऐंऐं…!"

मेमना फिर आगे बढ़ता है—रस्सी के खिंचाव के साथ-साथ।

यह गोल्ल देवता का मन्दिर है। यहाँ पशु-बलि दी जाती है।

मन्दिर के चारों ओर छोटी-बड़ी घंटियों का झालर बँधा है। एक नन्हे काले मेमने को बाँज के पेड़ के नीचे बड़ी श्रद्धा से नहलाया जा रहा है। पानी पड़ते ही मेमना बीच-बीच में जर्रर्-से रोंगटे खड़ा करता है।

त्रिपुण्डधारी पुजारी उसके माथे पर मंत्र पढ़ते हुए पिठ्याँ लगा रहे हैं।

एक अधेड़-सा पुरुष उसकी पीठ सहला रहा है।

मुझे लगता है—बलिपथ का राही यह मासूम मेमना अब कुछ ही क्षणों का अतिथि है।

चबूतरे के पास एक ओर बकरा बँधा है। छुट्टियों में घर आया एक सैनिक पालथी मारे बैठा है—आगे की ओर बढ़ाए अपने हाथ में अक्षत-पुष्प लिए। पास ही घूँघट काढ़े एक युवती है। एक छोटा-सा बच्चा उसकी गोदी में छिपा 'दूध' पीता हुआ चहक रहा है।

जब यह युद्ध के मोर्चे पर होगा, इसकी पत्नी ने गोल्ल देवता की ओर जौं हाथ करते हुए एक पाठ 'भाका' होगा और साथ में बकरी की एक पाठी भी…।

दर्शन करके हम लौट रहे थे तो रस्सी खींचकर बकरियों को मंदिर की ओर ले जाने वाले नये-नये झुण्ड आ रहे थे । माथे पर पिठ्याँ, घुटनों तक की सफेद धोती, कुरता, दगेली और चौड़े बाड़े की सफेद टोपी ।

हम फिर पूर्व की ओर जा रहे हैं—नेपाल-भारत की सरहद की ओर । गहरे उतार के बाद अब लम्बी चढ़ाई है ।

यह सारी सड़क कच्ची है । तनिक भी पहिया फिसला नहीं कि···

मुझे याद आता है, ऐसे ही एक पहाड़ को हमने केरल में पार किया था—कालीकट से वायनाड जाते हुए । पश्चिमी घाट का वह पहाड़ भी ऐसा ही डरावना था ।

सीधी आसमान को छूती कठोर काली चट्टान ।

बित्ते-भर का रास्ता !

नीचे देखते ही रोंगटे खड़े हो जाते थे···।

शैलेश मटियानी का गाँव बाड़ेछीना बहुत पीछे छूट गया है ।

"शैलेश मटियानी हैं ?"

प्रत्युत्तर में राह चलते सज्जन ने कहा था, "यहाँ तो एक ही मटियानी है, जो आटे की चक्की वाला है !"

हमें तो चक्की वाले नहीं, 'पापड़ बेलने वाले' संघर्षशील मटियानी की खोज थी ।

अतः आगे चल पड़े थे ।

प्रमुख मार्ग से हटकर जीप छोटी-सी सड़क पर बायें हाथ की ओर मुड़ती है—हल्के ढलान की ओर ।

सड़क के ऊपर बोर्ड लगा है । लिखा है—जागेश्वर !

जागेश्वर—प्राचीन मंदिरों का तीर्थ !

अभी-अभी कुछ महीने पहले यहाँ से चन्द राजा पवन चन्द की अष्टधातु की बहुमूल्य मूर्ति चोरी चली गई थी, जिसकी कीमत पचास लाख रुपये से ऊपर कूती गयी थी । कहते हैं, नटराज (जो चोरी से अब अमेरिका चली गई है) के बाद भारत में यही मूर्ति सबसे महत्त्व की थी···।

देवदार के हरे-भरे गगनचुम्बी वृक्ष । जटा गंगा का पावन तट !

नदी के बहाव की दिशा में हम हौले-हौले उतर रहे हैं ।

नीलम-सी सुन्दर, स्वच्छ घाटी के किनारे रुकते हैं । चारों ओर देवदार-ही-देवदार के वृक्ष हैं ।

सामने सदियों पुराने दो देवदार वृक्षों की छाया में छोटे-बड़े अनेक मन्दिरों का समूह है ।

मन्दिर के उस द्वार पर काँटेदार तारों के साथ-साथ ताला भी लटक रहा है, जहाँ पहले वह ऐतिहासिक मूर्ति रखी रहती थी, वहाँ अब निविड़तम अन्धकार है ।

मध्ययुग के लकुलीश शैवमत का कभी यह महत्त्वपूर्ण केन्द्र रहा होगा। स्थानीय लोगों का मत है कि जागेश्वर या यागेश्वर के नाम से जिस लिंग की यहाँ पूजा होती है, वह द्वादश ज्योतिर्लिंगों में से एक है…।

नाना आकार-प्रकार के अनेक शिवलिंग रखे हुए हैं—मंदिरों के बाहर, मंदिरों के भीतर।

इतिहासवेत्ताओं का मत है कि तीन कालों में इन मंदिरों का निर्माण हुआ होगा—

ईसा की आठवीं शताब्दी से दसवीं तक, यानी पूर्व कत्यूर-काल।

ईसा की ग्यारहवीं शताब्दी से चौदहवीं शताब्दी तक, यानी उत्तर कत्यूर-काल।

चन्द-काल—पन्द्रहवीं से अठारहवीं शताब्दी तक।

अभी भी चन्द राजाओं की दो विशाल कांस्य प्रतिमाएँ एक मंदिर में रखी हुई हैं—अँधेरे कोने में।

इन मूर्तियों की भी समुचित सुरक्षा की व्यवस्था नहीं की गई, तो किसी दिन ये भी अन्तर्धान हो जाएँगी।

बाहर खादी के खाकी कपड़ों में वह चौकीदार खड़ा है, मूर्ति की चोरी का जो साक्षी था।

"आपने देखा था मूर्ति उठाते हुए ?" पूछता हूँ तो वह हाथ जोड़कर खड़ा हो जाता है, "देखा क्यों नहीं स्सैप ! मेरे हाथ-पाँव बाँध दिये थे। मेरे मुँह से खून बह रहा था। मैं चिल्लाया था…"

कहते हैं, मूर्ति मिल गई है, पर मैं सोचता हूँ—ऐसी ऐतिहासिक महत्त्व की कितनी मूर्तियाँ होंगी, जो बैजनाथ, बागेश्वर, चम्पावत आदि स्थानों से चोरी चली गईं। उनका क्या कहीं कोई हिसाब है ?

जागेश्वर, दन्या के बाद घाट—दो, गगनचुम्बी पर्वत-श्रेणियों के गह्वर में एक नीली नदी उफनती हुई बह रही है। विशाल पत्थरों से टकराता हुआ दुग्ध धवल फेन। नीचे देखते ही रोंगटे खड़े हो जाते हैं…।

अभी-अभी रामेश्वर के पास पनार के तट पर कुछ क्षण ठिठके थे। पनार की रेत में सोने के कण पाए जाते हैं। कुछ लोग उन्हें बटोरने का व्यवसाय भी करते हैं।

सोने के कण कहाँ से बहकर आते होंगे…?

पुल पर घंटियाँ और काले चीर बँधे हैं…। प्रेत-बाधा के लिए किसी ने बाँध दिए होंगे। सामने ही श्मशान है।

सड़क के किनारे पत्थर पर बैठकर हम चाय पीते हैं। पुल के सिरे पर ही चाय के तीन-चार खोखे हैं। जमीन पर चादर बिछाकर एक अधेड़-सा आदमी तरह-तरह की मालाएँ बेच रहा है—रुद्राक्ष की बड़ी-बड़ी मालाएँ…।

तभी बस का एक यात्री हमारे समीप खड़ा हो जाता है। कुछ बोलना जरूरी है, अतः

बोल पड़ता है, "आप लोग किधर जा रहे हैं ?"

"चम्पावत की तरफ।"

"मैं भी वहीं जा रहा हूँ, उसी तरफ का हूँ—कुमूँ का।"

"खास कुमूँ ?"

"जी हाँ, खास कुमूँ—बाजार के ही पास···।"

"चम्पावत यानी काली कुमूँ यानी कुमूँ !"

—कुमूँ कैसाइटस् असीरियनों की प्राचीन राजधानी थी, भूमध्य सागर के पास—ईसा से लगभग एक हजार साल पहले।

—सोर, सीरा एलम नामक स्थान वहाँ भी कभी विद्यमान थे।

—असीरियन ही थे वे लोग, जिन्हें पौराणिक गाथाओं में असुर कहते हैं।

—कैसाइटस् का ही अपभ्रंश 'खस' है। कुमाऊँ की लगभग आधी आबादी इसी 'खस' वंश की है।

सम्राट् अशोक ने अपनी पुत्री चारुमती का विवाह खस राजकुमार देवपाल से किया था।

—खस यानी कस शब्द से ही 'कैस्पियन (सागर) नाम पड़ा।

—अल्मोड़ा के पास कसार देवी के शिलालेख ईसा से लगभग दो सौ साल पुराने हैं। कसार शब्द कैसाइटस् का ही बिगड़ा हुआ रूप है। उस इलाके को कभी 'खसिया टोला' भी कहा जाता था···।

'कुमूँ' शब्द सुनते ही मुझे श्री वैष्णव का स्मरण हो आता है, जिन्होंने इस दिशा में कई महत्त्वपूर्ण खोजें की हैं।

ईसा से सैकड़ों वर्ष पूर्व कैसाइटस् असीरियनों का साम्राज्य कुमाऊँ, नेपाल तथा पश्चिमी तिब्बत तक फैला था। उनकी संस्कृति के अवशेष आज भी यहाँ किसी रूप में विद्यमान हैं। चन्द राजाओं के राज्य से कई शताब्दियों पहले, उनकी भी राजधानी कुमूँ ही थी, जिसे अब चम्पावत कहते हैं। अपने प्रिय शहरों एवं क्षेत्रों के जो नाम कैस्पियन-तट पर उनके अपने देश में थे, उन्हीं को कैसाइट्स ने यहाँ भी प्रचलित किया था। पिथौरागढ़ को आज भी लोग सोर कहते हैं। सीरा और और एलम के नाम से आज भी यहाँ के दो इलाके सम्बोधित किए जाते हैं···।

कुमूँ अभी तीस किलोमीटर दूर है।

लोहाघाट यानी लोहित घाट के पास कुछ क्षण ठिठकते हैं। दूर एक ढलवाँ मैदान दिख रहा है, जहाँ की मिट्टी रक्तिम दिखलाई पड़ रही है। लोग कहते हैं—यही वह स्थान है, जहाँ कभी बाणासुर संग्राम हुआ था।

असुर अर्थात् असीरियन !

असीरियनों का यहाँ ईसा से लगभग आठ सौ साल पहले साम्राज्य था। पास ही देवदार के वनों के समीप शोणितपुर (सुई) उनकी राजधानी थी, जहाँ आज भी कुछ अवशेष हैं···।

लोहावती—लोहित गंगा के किनारे-किनारे अब हम आगे बढ़ रहे हैं—खास कुमूँ की ओर ।

मानेश्वर के निकट सड़क के किनारे पीले रंग का एक बोर्ड लगा है । फ्रांसीसी भाषा में लिखा है—वाल दे चम्पा ! अर्थात् चम्पावत की घाटी ।

हरी-भरी घाटी । देवदार के वृक्ष-ही-वृक्ष । इतने घने कि भूमि पर सूर्य का प्रकाश भी पहुँच न पाता होगा ।

पहाड़ों में घिरी इस उपत्यका में शताब्दियों पुराने वैभव के चिह्न आज भी यत्र-तत्र कहीं देखने को मिल जाते हैं ।

दूर तक फैले इन डरावने जंगलों को देखते ही लगभग बीस साल पहले देखी हॉलीवुड की एक फिल्म याद आ जाती है—'मैनईटर ऑफ चम्पावत !' विश्वविख्यात शिकारी जिम कार्बेट की इस आखेट भूमि में आज भी सिंह सुगमता से देखे जा सकते हैं । आज भी गाँवों के लोग उस दरियादिल साहसी 'ग्वर स्वाप' की रोमांचकारी कहानियाँ सुनाते हैं…।

बालेश्वर के मंदिर के भग्नावशेष धीरे-धीरे समाप्त हो रहे हैं । कहीं कोई देख-रेख नहीं । चन्द राजाओं का किला अब केवल चारदीवारी मात्र शेष रह गया है । प्राचीन प्रतिमाएँ खेतों की दीवार पर लगी हैं ।

शेर, भालू और आलू की यह उपत्यका अब उद्यानों की उपत्यका में बदल रही है । यही है वह क्षेत्र जिसने सत्तावन के स्वाधीनता संग्राम में अंग्रेजों से डटकर लोहा लिया था, जिसकी कीमत चुकाने में उन्हें सौ साल लग गए । जब तक अंग्रेज रहे, उन्होंने भूलकर भी इस क्षेत्र का विकास न होने दिया । हाँ, यत्र-तत्र रमणीय स्थानों में अपनी बस्तियाँ अवश्य बसा डालीं । लोहाघाट के पास 'ऐवट-माउण्ट' अंग्रेजों के वैभव एवं विलासिता की प्रतीक आज भी खण्डहर रूप में विद्यमान है…।

छोटा-सा कस्बा ! बिखरी हुई आबादी । काले पत्थरों से छँहे छोटे-छोटे दुमंजिले मकान—सब प्रायः एक ढंग से बने हुए । पुराने घरों के द्वार की लकड़ी पर पच्चीकारी का काम । असीरियन कैसाइटस् और चन्द राजाओं की राजधानी कुमूँ में अब अवशेषों के अतिरिक्त कुछ भी शेष नहीं ।

—सैलानियों के लिए यह स्थान बड़ा महत्त्वपूर्ण हो सकता है ।

—फल-उद्योग का विकास हो गया तो सम्भवतः सदियों से चली आ रही निर्धनता दूर हो जाएगी…।

सूरज सिर पर चढ़ रहा है । हम लौट रहे हैं ।

'वाल दे चम्पा' की चोटी से सहसा पीछे मुड़कर झाँकता हूँ—

ऊँघता हुआ एक गरीब शहर अब गरीब नहीं रहा…

अब भारत में श्रमदान से बनाए जाने वाले सर्वप्रथम मोटर-मार्ग से हम आगे बढ़ रहे हैं । लोहाघाट के पास पुल पर अंकित है--धूनाघाट उन्नीस किलोमीटर ।

विसंग के कच्चे रास्ते पर धूल उड़ रही है । सामने वाल पहाड़ ने पारसियों की जैसी गोल टोपी पहन रखी है । कहते हैं--यह कोट का पहिया है--चन्द राजाओं का प्राचीन किला । आक्रान्ताओं को रोकने के लिए वह सिंह-द्वार का काम करता था ।

अभी-अभी हम मैपट (मायावती) गए थे, जहाँ अपनी कैलास-मानसरोवर यात्रा के समय स्वामी विवेकानन्द आए थे । यहीं पर उन्होंने बैलूर-मठ के बाद भारत में अपना दूसरा आश्रम स्थापित किया था--अद्वैताश्रम !

अँधेरे घने वनों से घिरा यह आश्रम । यहाँ के दातव्य औषधालय से पता नहीं कितने निर्धनों को प्राण-दान मिला होगा । औषधालय के दुमंजिले भवन के नीचे, रोगियों के एक कमरे के बाहर दीवार पर नीली तख्ती लगी है । लिखा है--इस कमरे को बनाने का खर्चा रोम्याँ रोलाँ ने दिया था ।

नोबेल पुरस्कार विजेता, फ्रांसीसी लेखक, परमंहस, विवेकानन्द तथा गांधी जी के परम भक्त स्वर्गीय रोम्याँ रोलाँ के ट्रस्ट से अभी भी कभी-कभी इस आश्रम को अनुदान मिलता है···।

विख्यात चित्रकार नन्दलाल बसु, डॉक्टर जगदीश बसु आदि कितने ही लोग यहाँ आए थे और उन्होंने···।

“यह क्या है···?” तभी साथ बैठे यात्री सहसा पूछते हैं तो मैं चौंकता हूँ । गहरी तन्द्रा-सी टूटती है । अचकचाकर देखता हुआ कहता हूँ--“इसे ढेरनाथ का मंदिर कहते हैं···।”

इसके बाद खेतीखान, धूनाघाट सब एक-एक कर पार हो जाते हैं ।

फलों के उद्यान यहाँ दूर-दूर तक फैले हैं । सारे काली कुमूँ क्षेत्र में जितने अधिक वृक्ष यहाँ लगे, उतने शायद ही कहीं लगे हों । ऐसा शायद ही कोई परिवार हो, जिसने बगीचे न लगाए हों । जिनके पास अधिक भूमि नहीं, उन्होंने भी आँगन पर कुछ विरुवे रोप दिए हैं ।

लगता है, धम्मपद के 'अप्प दीपो भव' की तरह यहाँ के लोगों ने भी यह मूलमंत्र अपना लिया है कि अपना विकास स्वयं करना है ।

लोग कहते हैं कि इस क्षेत्र के प्रायः सभी विद्यालय यहाँ के स्थानीय लोगों ने अपने स्वयं के अनुदान एवं श्रमदान से स्थापित किए हैं ।

सारा दिन चलते-चलते सोर की सीमा पर पहुँचे तो रात के नौ बज चुके थ । घाट की दुर्गम चढ़ाई चढ़ते समय ऐसा लगता था कि जीप अँधेरे के सैलाब को चीरती सीधे आसमान की ओर जा रही है···।

गुरना के पास देखा--एक सरदार जी अपनी पत्नी तथा बच्चे के साथ अँधियारे में सड़क के किनारे-किनारे निश्चिन्त भाव से टहल रहे हैं ।

बस्ती से दूर, इतने घटाटोप अँधेरे में !

मंदिर के समीप हम रुक जाते हैं ।

ड्राइवर कहता है इस मंदिर तक सकुशल पहुँच पाने की खुशी में, प्रभु के प्रति कृतज्ञता प्रकट करने के लिए यहाँ प्रायः सभी ड्राइवर हाथ जोड़ते हैं । जो रुक नहीं पाते, वे यों ही सिर झुकाकर अभिवादन करते हैं ।

मैं देख रहा हूँ—हमारे साथी ड्राइवर ने भी कुछ-कुछ ऐसा ही किया है ।

"चट्टान से ऊपर-नीचे देखते ही सिर चकराने लगता है ।" हमारे एक सहयात्री माथा पकड़कर बैठ जाते हैं ।

इस मार्ग का संभवतः यह सबसे भयंकर पहाड़ है ।

आवास बहुत ऊँचे स्थान पर स्थित होने के कारण सारा शहर साफ दिखलाई देता है । रात्रि के गहन अंधकार में बिजली की टिमटिमाती हुई असंख्य बत्तियाँ । सारी घाटी स्वप्नलोक-जैसी लगती है । अल्मोड़ा, नैनीताल में रात का दृश्य बड़ा मनोरम लगता है, पर यहाँ का सौन्दर्य कुछ दूसरा ही है ।

मुग्ध भाव से पता नहीं, कब तक देखता रहता हूँ ।

"पिथौरागढ़ उत्तरांचल की दिल्ली है ।" एक सज्जन कहते हैं । दिल्ली को आदर्श शहर मानना कहाँ तक युक्तिसंगत है ? इमारतों के ढेर से शहर नहीं बन पाते । शहर का भी अपना व्यक्तित्व होता है । इसके लिए सुनियोजित योजना नहीं, एक दृष्टि की भी आवश्यकता होती है…।

फिर भी इस उपत्यका के सीने में उभर आया नवजात नगर अच्छा लगता है ।

जब से इसके पास मैग्नासाइट मिला है, यहाँ एक नई हलचल शुरू हो गई है…।

पूरे पहाड़ से जूझने का वह अभियान देखने लायक था । कल रास्ते में एक ट्रक देखा था, जिसमें पत्थर के रोड़ी-जैसे छोटे-छोटे टुकड़े लदे थे ।

"यह क्या है ?" पूछता हूँ तो एक सज्जन उत्तर देते हैं, "मैग्नासाइट ।"

मैं एक टुकड़ा उठा लेता हूँ ।

तो यही है वह मैग्नासाइट, जिसकी इन दिनों इतनी चर्चा है ! भारत में अब तक सेलम ही प्रमुख स्थान है, जहाँ मैग्नासाइट प्रचुर मात्रा में निकाला जाता है ।

मुझे याद आता है, गत वर्ष सेलम-स्टेशन के पास हमने जो कारखाना देखा था, वह संभवतः मैग्नासाइट का ही था । रेल की पटरी से कारखाना जुड़ा हुआ था । सफेद गिट्टियाँ दूर से ही चमक रही थीं ।

स्टेशन के पास होने के कारण वहाँ ढुलाई-खर्च का प्रश्न न था, पर यहाँ तो यही सबसे बड़ी समस्या है…।

सफेद धूल उड़ रही है । दो आदमी एक बोरिंग मशीन मजबूती से थामे हैं । तेजी से

घूमती हुई नुकीली छड़ देखते-देखते कठोर चट्टान छेद रही है । खड़िया का जैसा सफेद पाउडर इधर-उधर बिखर रहा है । दो आदमी उस मशीन को किसी तरह सँभाले हैं, उनके सारे शरीर मशीन के घुमाव के साथ-साथ काँप रहे हैं ।

इन छिछली चट्टानों में ऐसी कितनी ही मशीनें लगी हैं ।

रात को सुरंगें फटती हैं तो बड़े भयंकर विस्फोट होते हैं । पत्थर के बड़े-बड़े टुकड़े हवा में उड़ते हुए दूर तक चले जाते हैं ।

एक के बाद एक ट्रक लद रहे हैं । चारों ओर हलचल-सी मच रही है ।

"मैग्नासाइट इस्पात के कारखानों में काम आता है । तमिलनाडु में सेलम की खानें अधिक-से-अधिक 10-12 साल और चलेंगी ।" पास खड़े भूगर्भवेत्ता कहते हैं ।

"उसके बाद क्या होगा ?" सहसा मैं पूछता हूँ ।

"इन खानों से वह कमी पूरी हो सकती है । अल्मोड़ा में भी प्रचुर मात्रा में मैग्नासाइट निकाला जा रहा है ।"

"यहाँ की खानों से प्रतिमास कितना निकलेगा ?" कुछ सोचता हुआ पूछता हूँ ।

"चार हजार टन प्रतिमास का 'टार्गेट' है अभी तो ।"

दो करोड़ रुपये की यह योजना 20 साल तक चलेगी । हमारे देश में 45 हजार टन मैग्नासाइट प्रतिवर्ष विदेशों से आयात होता है । मुझे लगता है, इन खानों के आरंभ होने के बाद मँगाने की आवश्यकता न रह जाएगी ।

"अभी तो उत्तरांचल में अन्य स्थानों में भी मैग्नासाइट मिलने की सम्भावना है—देवलथल, बलवाकोट में···।" समीप ही खड़े एक अपरिचित-से सज्जन कहते हैं ।

"कोरिया से आयात किया जाने वाला मैग्नासाइट अच्छी क्वालिटी का होता है ।" भूगर्भवेत्ता सज्जन बतलाते हैं, तो सहज ही जिज्ञासा होती है, "उसका मूल्य कितना होता है ?"

"900 रुपये प्रति टन ।" वह उत्तर देते हैं ।

मैं हिसाब लगाता हूँ—45 हजार टन का मूल्य कितना होगा ? 48 हजार टन मैग्नासाइट जो इधर प्रतिवर्ष निकलेगा, उसकी कीमत क्या होगी ?

"उत्तर प्रदेश सरकार को कितनी रॉयल्टी मिलेगी ?" पूछता हूँ ।

"तीन रुपये प्रति टन ।"

मजदूरों को कितना मिलेगा ? मैं पूछना चाहता हूँ, पर पूछता नहीं ।

मैग्नासाइट की गिट्टियों के ऊपर चूल्हा जलाकर कुछ मजदूर भोजन बना रहे हैं । चावल तैयार हो गए हैं । आँच पर रखी पतीली में बुद-बुद कुछ उबल रहा है । बहुत-से मजदूर घेरे की शक्ल में बैठे टुकुर-टुकुर पतीली की ओर देख रहे हैं । आधे बदन नंगे हैं । सफेद धूल से सारे शरीर सफेद लग रहे हैं—साधुओं के जैसे !

"ये कहाँ के मजदूर हैं ?"

"उड़ीसा के ।"

सैनिकों के गढ़--पिथौरागढ़ में हम लोग बहुत आगे निकल आए हैं । सड़क के किनारे एक झोंपड़ी के आगे धुआँ छोड़ती लकड़ियों पर एक काली केतली चढ़ी है--अल्युमीनियम की । एक-दो गिलास काठ की पट्टी पर उलटे रखे हुए हैं । इसे 'होटल' कहते हैं--जहाँ यात्रियों को 'चहा' मिल जाती है ।

अच्छी कद-काठी का एक बूढ़ा आदमी झुककर अँगीठी में फूँ-फूँ करता हुआ गीली लकड़ियाँ सुलगाने का असफल प्रयास कर रहा है ।

उसकी बूढ़ी आँखों में ढेर सारा काला धुआँ भर गया है । इसलिए वह गीली आँखें पोंछता हुआ बाहर चला आता है । शायद कुछ देर बाद लकड़ियाँ स्वयं ही सुलगने लगेंगी ।

"बुड़ज्यू कब से हैं यहाँ ?"

"पच्चीस-छब्बीस साल से ।"

"छब्बीस साल में क्या परिवर्तन देखे आपने ?"

यों ही हँस देते हैं बुड़ज्यू ।

"पहले कहाँ थे ?"

"मिलिट्री में···।"

दूसरे विश्वयुद्ध के समय बुड़ज्यू बर्मा मोर्चे पर थे । 'रिटायर' होने के बाद उन्होंने चाय का यह 'खोखा' खोला, जिससे दो वक्त की रोटी निकल जाती है ।

बुड़ज्यू बतलाते हैं कि उनके दोनों के दोनों बेटे फौज में हैं । एक भतीजा फौज में है । तीसरा भानजा भी इसी वर्ष 'नेवी' में भर्ती हो गया है । उनके गाँव से शायद ही कोई घर हो, जहाँ के लड़के फौज में न हों ।

अकेले पिथौरागढ़ जिले में जितने लोग 'मिलिट्री' में हैं, उतने शायद ही भारत के किसी एक अन्य जिले में हों ।

कहते हैं--दूसरे विश्वयुद्ध के समय गाँवों में सिर्फ महिलाएँ, बच्चे और अशक्त बूढ़े ही रह गए थे । कोई मरता था तो औरतें अपने कंधों पर मरघट तक शव ले जाती थीं···।

पनुवाँनौला के डाँडों पर से साँझ का डूबता हुआ सूरज कितना अच्छा लग रहा है ! कश्मीर, कुमाऊँ और नेपाल के पर्वतों में बड़ी भिन्नता है । एक के बाद एक--परस्पर इतने गुँथे हुए पहाड़ अन्यत्र कहीं नहीं दीखते ।

अभी-अभी मार्ग पर एक बोर्ड देखा था । एक तीर के ऊपर 'मिरतोला' लिखा था ।

"मिरतोला यहाँ से अधिक दूर नहीं ।" सहयात्री कहते हैं ।

श्री यशोदा माँ वैरागिनी ने कभी यहाँ एक आश्रम स्थापित किया था--'उत्तर वृन्दावन आश्रम' । उनके शिष्य श्री कृष्ण प्रेम उर्फ रोनाल्ड निक्सन विश्वविद्यालय की प्राध्यापकी छोड़कर कृष्ण-भक्त सन्त हो गए थे । प्रारम्भ के 2-3 वर्षों तक घर-घर जाकर भिक्षा माँगते थे ।

अब न माँ वैरागिनी हैं, न कृष्ण प्रेम । फिर भी यह आश्रम चल रहा है । कई भक्तों के

लिए यह आज भी प्रेरणा-स्रोत बना है ।

इस क्षेत्र की विशेषता है कि जो प्रकृति-प्रेमी एक बार यहाँ आ गया--वह सदा के लिए यहीं का होकर रह गया ।

सिगौली की सन्धि के बाद भारत में ब्रिटिश सेनाओं के सर्वोच्च कमाण्डर जनरल ऐवट अपनी सीमाओं का निरीक्षण करने एक बार लोहाघाट आए । यह स्थान उन्हें इतना पसंद आया कि सेना की नौकरी छोड़कर, इंग्लैंड न जाकर उन्होंने 'ऐवट माउण्ट' में ही एक नया इंग्लैंड बसा लिया था···।

सुविख्यात अमेरिकी चित्रकार अर्ल ब्रूस्टर भारतीय दर्शन से प्रभावित होकर अपनी जवानी के दिनों में ही भारत-भ्रमण के लिए निकल पड़े थे । अल्मोड़ा उन्हें इतना आकर्षक लगा कि वे यहाँ से लौटकर फिर कहीं भी न गए । सिमतोला की 'स्नो-व्यु' कुटिया में अंत समय तक रहे ।

अर्ल ब्रूस्टर बहुत संपन्न परिवार के थे । विश्वविख्यात फ्रांसीसी चित्रकारों के संपर्क में रहे । सुप्रसिद्ध लेखक डी०एच० लारेन्स के परम मित्र थे ।

अपनी कुटिया से सामने दीखने वाले हिमालय के एक ही दृश्य को जीवन-भर चित्रित करते रहे । अपने जीवन-काल में उन्होंने न जाने कितने चित्र बनाए, पर कभी उन्हें प्रदर्शित नहीं किया ।

अमेरिका में अपनी संपत्ति के ब्याज से वह जीवन-यापन करते रहे । अभी लगभग 10-15 साल पूर्व उनका देहान्त हुआ था···।

शाम का सूरज कब का छिप गया है । उसी दिशा में अब हँसिया-सा चाँद निकल आया है । सिटोली के चीड़-वनों के ठीक ऊपर, कभी दीखता है, कभी ओझल हो जाता है । काले-काले उनीले बादलों पर चाँदी की-सी लकीर चमकती है । साँ-साँ करते चीड़ के पेड़ हवा के झोंकों से कभी एक साथ इस ओर झुकते हैं तो कभी दूसरी ओर । इतने लय के साथ वृक्षों को नृत्य करते मैंने पहले कभी नहीं देखा था ।

जीप से उतरकर हम पिरोल पर टहलने लगते हैं ।

धुँधली-धुँधली घाटियाँ । दूर कहीं पारे की तरह चमकती जल-धारा । ठंडी-ठंडी मंद हवा ।

"यक्षों की अलकापुरी इसी उत्तरांचल में थी कहीं ।" मैं अपने साथ खड़े यात्री से कहता हूँ तो शायद उन्हें सच नहीं लगता ।

"जगह-जगह यक्षों की प्रतिमाएँ आपने देखीं न?"

वह यों ही सिर हिला देते हैं ।

"अल्मोड़ा का जाखण देवी (यक्षिणी देवी) का मंदिर भी देखा ही होगा ?"

कहते हैं कि एक चीनी कवि पूनम की रात में नौकाविहार के लिए निकला । दर्पण-सा

निर्मल स्वच्छ जल और उसमें अठखेलियाँ करता भरा-पूरा चाँद ! वह विभोर होकर चाँद को पकड़ने के लिए लपका ही था कि छपाक से नदी में गिरकर डूब गया ।

पर मैं सोचता हूँ—हिमालय को छूने के लिए जो भी लपके, वे डूबे नहीं, तर गए···।

सुप्रसिद्ध वैज्ञानिक बसी सेन विश्वविख्यात वैज्ञानिक जगदीशचन्द्र बसु के शिष्यत्व में 12 साल रहने के बाद यहाँ आए और जीवनपर्यन्त यहीं रहे ।

विश्व-कवि रवीन्द्रनाथ ठाकुर ने दो बार यहाँ की यात्रा की थी । टाम्सन-हाउस, जहाँ एक बार स्वामी विवेकानन्द ठहरे थे, उसी में रवि बाबू भी अपनी पहली यात्रा के समय रुके थे । तपेदिक से पीड़ित उनकी पुत्री का देहावसान संभवतः यहीं हुआ था···।

स्वामी विवेकानन्द ने यहाँ की एक नहीं तीन यात्राएँ कीं । पहली बार दण्ड-कमण्डलु लिए भोजन के लिए भिक्षा माँगते हुए, काठगोदाम से पैदल आए थे ।

दूसरी बार कसारदेवी की गुफा में उन्होंने समाधि लगाई थी ।

तीसरी यात्रा में बहन निवेदिता भी उनके साथ थीं । इसी यात्रा के दौरान मायावती में उन्होंने अद्वैताश्रम की स्थापना की थी ।

सामने शोरगुल मचा है । 10-12 साल का किशोर बालक रो रहा है । दुकानदार कुत्ते के पिल्ले की तरह उसका कान खींच रहा है और गंदी-गंदी गालियों की बौछार करता हुआ बेरहमी से चाँटे-पर-चाँटे लगा रहा है । लड़के के गन्दे कपड़े तार-तार फटे हैं ।

"क्यों ? क्या हुआ ? क्या हुआ ?" सब एकसाथ चीखते हैं ।

"यह स्साला चोर, मिठाई खा रिया था । इसका बाप यहाँ छोड़ गिया था कि कुछ काम-धाम सिखा दो । पर इस स्साले से क्या नौकरी-वौकरी होगी ! यह तो म्मेरे ही चूना लगा रिया ए···।" दुकानदार हाँफता हुआ कहता है ।

लोग किसी तरह बीच-बचाव करके उसे छुड़ाते हैं ।

लड़का नाली के पास बैठा चुपचाप रो रहा है ।

उस अँधियारे में मुझे कहीं दो बूढ़ी आँखें चमकती दीखती हैं, जो बुड़ज्यू की हैं, जो चालीस साल बाद घर लौट रहे थे ।

इस समय वह होते तो अवश्य कहते, 'देखो, मैं कहता था न ! ये गरीब बच्चे 'प्लेन्स' में ही नहीं, घर में भी पिटते हैं—आज भी पिटते हैं ।'

अभी क्या उमर है इसकी ! इसके ये खाने-खेलने के दिन हैं फिर यह पशु की तरह क्यों पीटा जा रहा है ?

आज यहाँ से चला जाना है । यात्रा अब समाप्त होने की दिशा में बढ़ रही है । अतः कुछ प्राचीन स्थानों को देखने चले जाते हैं । चन्द राजाओं की इस राजधानी में प्राचीन वैभव के कुछ चिह्न यत्र-तत्र दृष्टिगोचर होते हैं ।

लगभग 1100 साल तक राज्य करने के बाद एक नहीं, इतिहास के अनेक अध्याय बदल गए ।

यहीं कहीं राजमहल के पास से जब महाकवि भूषण की डोली गुजरी होगी तब चन्द राजा ने कवि के प्रति अपना आभार प्रकट करने के लिए डोली में कहारों के साथ अपना भी कन्धा लगा दिया होगा ।

शिवाजी की मृत्यु के बाद भूषण किसी ऐसे स्वाभिमानी हिन्दू राजा की खोज में थे, जिसमें अभी भी कुछ गौरव एवं गरिमा की भावना शेष हो । चन्द राजाओं में उन्हें वह सब दीखा, तो एक दिन साहूजी का दरबार त्यागकर वह यहाँ चले आए थे…।

सुबह कसार देवी के प्राचीन मन्दिर गए ।

पास ही लामा गोविन्द तथा ली गौतम की कुटिया तक भी हो आए…।

पहिए अब पीछे लौट रहे हैं ।

बाजार, खेत, बगीचे, जंगल सब पीछे छूट रहे है । उस मार्ग पर हम चल रहे हैं, जिस पर होकर लगभग 60 साल पूर्व पहली मोटर काठगोदाम से अल्मोड़ा आई थी—पूरे तीन दिन में ।

क्या प्रगति भी इसी रफ्तार से आ रही है ? मेरी आँखें 'इगाडा' के सुनहरे सपनों और 40 साल बाद घर लौटने वाले बुड़ज्यू के निराश चेहरे के बीच अटक जाती हैं ।

झेलम से हरिन बांगा तक

श्रीनगर से जब रवाना हुए तो आसमान बादलों से घिरा था । इसलिए हवा में तनिक ठण्डक थी । कँपकँपी का-सा अहसास हो रहा था । दिल्ली से चलते समय जो कपड़े पहने थे, वे अब हर दृष्टि से अपर्याप्त लग रहे थे । इसलिए सभी साथियों ने जल्दी-जल्दी एकाध गरम कपड़ा तन पर डाल लिया था ।

सीमा सुरक्षा बल की जीपें श्रीनगर की चौड़ी सड़कों को चीरती हुई आगे बढ़ रही थीं । अभी बारामूला जाना है । वहाँ से रात को मौरा--झेलम के किनारे । सुबह तड़के वहाँ से उड़ी सैक्टर ।

इस समय शाम के चार बज रहे हैं । चारों ओर पतझड़-जैसा वातावरण है । ऊँचे-ऊँचे गगनचुम्बी वृक्ष । पर पत्र-विहीन ।

फिर भी प्रकृति की यह उदास चित्रकारी बहुत अच्छी लग रही है ।

सूरज डूबने से पहले ही साँझ उतर आई है ।

कश्मीर का सारा नक्शा आँखों के आगे घूम रहा है । हथेलीनुमा यह विस्तृत समतल घाटी और चारों ओर हिमाच्छादित पर्वतीय शृंखलाओं की कतार । एक ओर चुशूल, लेह, दूसरी ओर उड़ी, टिथवाल--छम्ब-जोरिया । इन सारी बर्फीली चोटियों पर देश के प्रहरी दिन-रात जागते रहते हैं । सन् 47, 65, 71 ! कितने ही सन्-संवत्, कितनी ही घटनाएँ, दुर्घटनाएँ । इस धरती की भुरभुरी मिट्टी और दुग्ध धवल हिम-शृंगों पर लहू के लाल छींटे आज भी कहीं-कहीं झलक पड़ते हैं ।

सन् 47 में कबायली श्रीनगर के कितने समीप आ गए थे । 65 में भारतीय सैनिक प्राणों की बाजी लगाकर, दुर्गम घाटियों को पार कर हाजीपीर के भी उस पार पहुँच गए थे । उसी तरह 71 में सैनिकों ने जो शौर्य दिखलाया, आज भी यहाँ के कण-कण में उसका गौरव-भरा सुनहरा चित्र अंकित है ।

हम लोग सीमा से लगे अन्तिम, अग्रिम मोर्चे की ओर जा रहे हैं ।

"इन क्षेत्रों में भारतीय स्थल सेना के सैनिकों से भी आगे--सबसे आगे 'सीमा सुरक्षा बल' के सैनिक तैनात रहते हैं । इनका कार्य कितना कठिन है, इसका अनुमान आपको वहीं पहुँचकर हो सकेगा ।" एक अनुभवी सज्जन बतलाते हैं ।

बारामूला पहुँचते-पहुँचते अँधियारा घिर आता है । श्रीनगर के बाद बारामूला में ही रुकने का कार्यक्रम है ।

सड़क के दोनों ओर वृक्ष अभी भी सेब से लदे हैं। लदे ही नहीं, टूट रहे हैं। नीचे से उन्हें खम्भों का सहारा दिया गया है।

कहीं-कहीं ताजे तोड़े गए सेबों का ढेर लगा है, पास ही रीती पेटियों का अम्बार।

बूढ़े-बच्चे, छोटे-बड़े सब मरद ढीला-ढाला फिरन पहने हैं। सामने उस चारागाह में भेड़ चराने वाला बच्चा अपने सीने में काँगड़ी लगाए खड़ा है। लगता है सर्दी बहुत दिन पहले आ चुकी है यहाँ।

कच्चे, धूलभरे रास्तों को रौंदती हुई जीपें अब छोटी-सी पहाड़ी पर चढ़ने का प्रयास कर रही हैं। यहाँ सुरक्षा बल के कुछ अधिकारियों से मिलना है।

एक मंजिले, अस्थायी निवास !

एक वरिष्ठ अधिकारी लम्बी, पतली छड़ी की नोक छुआ कर बतलाते चले जा रहे हैं कि इन-इन स्थानों पर हमारी कितनी चौकियाँ हैं। अमुक सैक्टर में इतनी बटालियन हैं। कितने किलोमीटर का क्षेत्र किस सैक्टर के अन्तर्गत आता है। एक बटालियन में कितने सैनिक होते हैं।

"पूरी सीमा की लम्बाई कितनी है ?"

वह बतलाते हैं, "1010 किलोमीटर।"

"किस तरह के हथियार हमारे सैनिकों को दिए जाते हैं ?"

कुछ हथियारों के वह नाम गिनाते हैं।

"पाकिस्तान की शक्ति कितनी होगी ?" मैं पूछता हूँ।

"हमारी तरह उन्होंने भी सैन्य-शक्ति के संतुलन को बनाए रखने का प्रयास किया होगा और अपने बचाव के लिए पर्याप्त सेना भी रखी ही होगी। यों इस बारे में हम अधिक बतलाना उचित नहीं समझते।"

"पाकिस्तान की भौगोलिक स्थिति सम्भवतः हमसे कुछ अच्छी है। इसलिए उसका कम्युनिकेशन अधिक अच्छा होना चाहिए…।"

"भौगोलिक स्थिति का लाभ उन्हें है या नहीं—यह सब हमारे लिए परेशानी का कारण नहीं। हम तो यही जानते हैं कि हमारी स्थिति बहुत अच्छी है।" ठहाका लगाते हुए वह हँस पड़ते हैं।

आगे वह बतलाते हैं—हमारे जवान आर्मी के जवान की तरह ही ट्रेनिंग पाते हैं।

—आर्मी के साथ पूरा-पूरा सहयोग रहता है। एक-दूसरे की आवश्यकताओं को समझते हुए हम सुनियोजित ढंग से काम करते हैं।

—युद्ध के समय हम लोग आर्मी के अन्तर्गत कार्य करते हैं।

—जम्मू-कश्मीर के अलावा पंजाब, राजस्थान, कच्छ, नागालैंड, मणिपुर, भारत-बांगला देश सीमा आदि अनेक क्षेत्रों में सीमा-सुरक्षा बल की टुकड़ियाँ काम कर रही हैं। 80 प्रतिशत से अधिक हमारी टुकड़ियाँ इस समय सीमाओं में हैं।

—सीमा-सुरक्षा बल अपने ढंग का एक अनूठा संस्थान है। मिलिट्री का जैसा सारा काम इसके द्वारा होता है, फिर भी इसे विशुद्ध रूप से मिलिट्री नहीं कह सकते। पुलिस का काम भी इससे लिया जाता है, फिर भी इसे पुलिस नहीं मान सकते। भिन्न-भिन्न क्षेत्रों में इसके कार्य भिन्न हैं। जहाँ एक ओर अग्रिम मोर्चों पर निरन्तर निगरानी का काम है, और युद्ध के समय शत्रु के आक्रमण का मुँहतोड़ जवाब देना, वहाँ दूसरी ओर राजस्थान, पंजाब, बंगाल आदि में तस्करी को रोकना भी—बाढ़ के समय राहत पहुँचाना—शत्रु की गतिविधियों पर निगरानी रखना—घुसपैठियों को रोकना—सीमा के उस पार शत्रु की स्थिति का जायजा लेते रहना आदि।

—जहाँ-जहाँ सीमा-सुरक्षा बल है, वहाँ-वहाँ ये प्रयास निरन्तर किए जाते रहे हैं कि सीमावर्ती लोगों का सद्‌भाव प्राप्त करते हुए किस तरह सीमाओं की सुरक्षा को सुदृढ़ किया जाए।

—मिलिट्री की अपनी एक विशिष्ट कार्य-पद्धति है। बहुत-सा काम मिलिट्री से संभव नहीं, वह सीमा-सुरक्षा बल कर लेती है।

"जब देश में सेना है, पुलिस है, फिर एक अलग संगठन बनाने की क्या जरूरत थी ?"

"आपका प्रश्न ठीक है। पर इसकी आवश्यकता भी कम महत्त्वपूर्ण नहीं मानी जा सकती। कच्छ-क्षेत्र में पाकिस्तान की घुसपैठ के पश्चात् तत्काल प्रधानमंत्री श्री लालबहादुर शास्त्री का ध्यान इस ओर गया कि सीमाओं की सुरक्षा तथा निगरानी के लिए एक पैरा-मिलिट्री संगठन बनाया जाए तो अधिक अच्छा रहे। तत्कालीन सेनाध्यक्ष जनरल चौधरी तथा गृह-सचिव ने लम्बे विचार-विमर्श के बाद इसकी रूपरेखा तैयार की और उसे कार्यान्वित कर दिया। कुछ ही समय में अपनी कार्यकुशलता के कारण इसने काफी लोकप्रियता हासिल कर ली।"

"जम्मू और कश्मीर सैक्टर में कब से काम कर रही है ?"

"लगभग 11 साल से…"

"अब तक कौन-से उल्लेखनीय कार्य किए ?"

वह कुछ क्षण सोचते हुए उत्तर देते हैं, "बहुत-से। जैसे 71 की लड़ाई में योगदान बहुत महत्त्वपूर्ण रहा है। अग्रिम मोर्चों पर शत्रु की सेनाओं से टक्कर लेकर सेना के आगे बढ़ने का मार्ग प्रशस्त किया। बांदीपुर सैक्टर में बर्फीले क्षेत्रों में हमारे जवान सीमा पर ही नहीं डटे रहे, आगे भी बढ़े। इसी तरह रूपरी दर्रे में घुसपैठियों को रोका। गुरेज सैक्टर में शत्रु के हथियाए 170 किलोमीटर क्षेत्रों को मुक्त किया।"

कुछ देर के औपचारिक एवं अनौपचारिक वार्तालाप के बाद जब हम लोग बाहर निकले तब एकदम अँधेरा था। ठण्ड थी।

हम मौरा की ओर चल पड़ते हैं।

सिंहपुरा के बाद बारामूला शहर आ गया है।

बादलों ने बरसना शुरू कर दिया है। तीखी हवा चुभ रही है। शहर की दिपदिपाती

रोशनी के अलावा सब जगह अँधेरा है, गहन अँधेरा ।

सैनिकों के लिए जो डॉक्टरी सुविधाएँ उपलब्ध हैं, उनका लाभ स्थानीय लोगों को भी मिलता है । किसी रोगी की स्थिति अधिक गंभीर होने पर सीमा-सुरक्षा बल की गाड़ियाँ उन्हें बेसकैम्प के अच्छे अस्पतालों तक ले जाने की व्यवस्था करती हैं ।

कश्मीर की दराज घाटी में साइबेरिया के बाद संसार में सबसे अधिक सर्दी पड़ती है । सीमा-सुरक्षा बल के जवान वहाँ के स्थानीय निवासियों को भयंकर शीत से बचाने के लिए लाखों रुपये के कम्बल आदि बाँटते हैं । आवश्यकता पड़ने पर वस्त्र, भोजन भी जुटाते हैं ।

लगभग दो घंटे की दुर्गम यात्रा के बाद एक सँकरे पुल को पार करके छोटे-छोटे बैरकों के सामने जीपें रुक जाती हैं ।

सर्दी बढ़ गई है । बाहर बारीक ओले गिर रहे हैं । ऐसे ओले प्रायः बर्फ पड़ने से पहले गिरा करते हैं—पहाड़ों में ।

जीपों से निकलकर बैरकों में पहुँचते-पहुँचते हम सब बुरी तरह भीग जाते हैं ।

बिजली की शक्ति इतनी क्षीण है कि बहुत बडा बल्ब भी मोमबत्ती से अधिक प्रकाश नहीं दे पा रहा है ।

ओलों के कारण जमीन एकदम सफेद हो गयी है । पहाड़ों की चोटियों पर शायद बर्फ गिर गई हो । झेलम का गँदला, मटमैला पानी विशाल पत्थरों से टकराकर, भयंकर शोर के साथ इधर-उधर बिखर रहा है ।

हम लोग ठीक नदी के दायें किनारे पर रुके हैं । बरामदे में खड़े होने के पर एक-एक लहर को आसानी से गिना जा सकता है ।

रात्रि-भोजन के समय स्थानीय अधिकारियों से देर तक अनौपचारिक बातों का सिलसिला चलता है । गत युद्ध के समय यहाँ की सैन्य-शक्ति कैसी थी ? हमारी फौजें किस तरह आगे बढ़ीं ? स्थानीय लोगों ने किस-किस तरह से सेना को सहयोग दिया ?

सीमित साधन एवं सुविधाओं के बावजूद किस तरह प्रसन्न रहा जा सकता है—लगता है यहाँ के सैनिक एवं सैनिक अधिकारी इस रहस्य को भली भाँति जानते हैं ।

एक बंकर में रसोईघर है । वहाँ से भोजन के कमरे तक लाते-लाते खाना ठण्डा हो जाता है । पापड़ पर पानी के छींटे तैरते साफ नजर आते हैं । फिर भी पिकनिक जैसा माहौल है । छोटी-सी बात पर देर तक कहकहे लगते हैं ।

काठ के एक हॉलनुमा कमरे में सैनिक-चारपाइयाँ कतार में लगी हैं । अपने-अपने 'स्लीपिंग बैग' में घुसकर इस ठिठुरती शीत से हम त्राण पाने का प्रयास करते हैं ।

बाहर अभी भी ओले गिर रहे हैं ।

झेलम की उफनती लहरें रह-रहकर चट्टानों से टकरा रही हैं ।

अभी सोए कुछ ही घंटे बीते हैं कि जागने का क्रम शुरू हो गया है । छह बजने से पहले ही

किसी एक अग्रिम चौकी के लिए रवाना होना है ।

लगता है सैनिक हमसे भी पहले जाग गए हैं । एक बहुत बड़े काले पतीले में पानी खौल रहा है—मेहमानों के नहाने के लिए । पर किसी में भी हिम्मत नहीं होती । मुँह पर पानी चुपड़कर ही सब संतोष कर लेते हैं ।

जल्दी-जल्दी 'मोर्चे का नाश्ता' लेकर सब तैयार होने लगते हैं । जूते उतार दिए हैं हमने और बर्फ पर पहने जाने वाले लम्बे बूट पहन लिए हैं । कुछों के लिए बरसातियाँ हैं, शेष के लिए अगली चौकी से प्रबंध किया जाएगा । दो-तीन सहयात्रियों ने मिलिट्री के टोप भी धारण कर लिए हैं, सर्दी और बरसात से बचने के लिए ।

झेलम के बायें किनारे-किनारे फिर काफिला आगे बढ़ने लगता है ।

झेलम पर लकड़ी के बड़े-बड़े लट्ठे बह रहे हैं । उस पार कहीं-कहीं कोई गाँव दिखलाई दे रहा है । भेड़ें चरती हुई ।

नदी के उस पार की पहाड़ी पर उड़ी कस्बा साफ दिखाई दे रहा है । सड़क के किनारे, एक पत्थर पर लिखा है—'श्रीनगर 109 किलोमीटर ।'

हम लोग बायें तट के साथ-साथ चल रहे हैं । सड़क गीली है । चारों ओर कुहासा ।

उड़ी का पुल पार करके अब नन्दसिंह रोड पर हैं । इस समय नौ बजने को हैं । सड़क के उस पार से गश्ती दल के बन्दूकधारी सिपाही अपनी ड्यूटी पूरी करके कैम्प की ओर लौट रहे हैं—बारिश में भीगते हुए ।

कहीं-कहीं सड़क धँस गई है ।

सूनी घाटियों में नदी का शोर बड़ा डरावना लगता है । ड्राइवर के ठीक सामने आयताकार शीशा लगा है, जिसमें पीछे दूर कहीं बहती नदी का गँदला पानी साफ दिखलाई दे रहा है ।

यह जावला है । हम यहाँ कुछ क्षण के लिए रुक जाते हैं ।

एक बंकर में घुसकर चाय का आनन्द लेते हैं । इस सर्दी में गरम-गरम चाय बहुत अच्छी लग रही है ।

यहाँ के सैनिकों की बरसातियाँ तथा टोप लेकर हम फिर यात्रा आरम्भ करते हैं ।

बेस-कैम्प के पास सब लोग सहसा ठिठक पड़ते हैं ।

दूर सामने, छिछली पहाड़ी की धार पर आयताकार एक नन्हा-सा कमरा जैसा कुछ दीख रहा है—

"यह है वह चौकी ।"

उस पार कोई गाँव है ।

एकदम रूखे पहाड़—नंगे । पेड़-पौधे विहीन ।

बरसाती, टोप तथा बर्फ वाले जूते पहनकर हम 'ऐवरेस्ट अभियान' की मुद्रा में निकल पड़ते हैं, अग्रिम चौकी की दिशा में ।

पर, अभी पुल के पास घाटी तक पहुँचे ही थे कि कीचड़ में पाँव रपटने लगते हैं । ऐसी

स्थिति में पहाड़ी पर चढ़ना असम्भव है । प्राणों की बाजी लगाकर कौन ऊपर चढ़े ? अतः पास के बंकर्स, खाइयाँ आदि देखकर, यहीं से लौटने का कार्यक्रम बनता है ।

दूर कहीं हमारी दूसरी चौकी है । वहाँ से सीमा के उस पार का सारा नजारा साफ़ दीखता है । पर वहाँ पहुँचना भी अब कठिन है ।

कोलाहल-भरे शहरों और गाँवों में बैठकर कल्पना भी नहीं की जा सकती कि जो सैनिक उन चट्टानों पर खड़े हैं, उनकी क्या-क्या कठिनाइयाँ हो सकती हैं ? जाड़ों में बर्फ गिरने पर तीन-तीन, चार-चार महीने शेष संसार से ये अलग-थलग पड़ जाते हैं । न चिट्ठी-पत्री, न किसी तरह की कोई खोज-खबर ही । डिब्बों में बंद सब्जी, चाय, अनाज आदि आवश्यक वस्तुओं का भंडार पहले से ही भर दिया जाता है, ताकि जब तक ये मानव-निर्मित 'नन्हे द्वीपों' में निर्वासित रहें, कोई कठिनाई न हो ।

प्रायः बहुत-से सैनिकों को हिम-दंश की शिकायत हो जाती है । भयंकर शीत के कारण पाँव या हाथ की अँगुलियाँ नीली पड़ने लगती हैं, तब उन्हें हैलिकोप्टर की सहायता से बेस-कैम्पों में लाया जाता है ।

इन जनशून्य बर्फ से ढकी पहाड़ियों में देश की रक्षा के लिए ये तरुण क्या-क्या कष्ट सहन नहीं करते ! अपने जीवन के सबसे सुनहरी दिन, इन्हीं खंदक-खाइयों में समाप्त कर देते हैं ।

एक गुफानुमा बंकर में कुछ क्षण विश्राम के बाद हम फिर लौट पड़ते हैं—उड़ी और मौरा की ओर ।

सुबह जो कपड़े पहने थे, शीत से बचने के लिए, उन्हें उतारकर साधारण वस्त्र धारण कर लेते हैं । पुल के इनारे-किनारे अभी तक रुई के फाए की तरह पिघलते हुए ओले बिखरे पड़े हैं । अब बारह बजने को हैं । मौरा से हमें बाँदीपुर सैक्टर की ओर जाना है ।

उड़ी सैक्टर से यह एकदम भिन्न दिशा में है—पश्चिम से पूर्व की ओर । बारामूला शहर के बाद दूसरी दिशा को हम मुड़ जाते हैं—कश्मीर घाटी को बीच से पार करते हुए ।

किसी पहाड़ की सफेद चोटी पर सुरक्षा बल की बटालियन का मुख्यालय है ।

बंकरों में इस तरह से सैनिक रहते हैं, ऐसे स्थानों पर गोला-बारूद तथा अस्त्रों-शस्त्रों को छिपाकर रखा जाता है, ये बैरक जवानों के लिए हैं । टिन की चादरों से छँहा एक लम्बा-सा क़मरा है—अस्पताल । बिस्तरों पर दो-तीन रोगी । स्थानीय लोगों के इलाज के लिए सुविधाएँ भी यहाँ उपलब्ध कराई जाती हैं ।

सामने हिमाच्छादित पहाड़ी के उस पार है—पाकिस्तान द्वारा हथियाया गया क्षेत्र । 1971 में यहाँ के जवानों ने भी अद्भुत शौर्य का परिचय दिया था ।

यहाँ पहुँचते-पहुँचते शाम के चार बज जाते हैं । यहाँ से अग्रिम चौकियों में जाने का कार्यक्रम पहले से निश्चित था, परन्तु कल रात बर्फ गिर जाने के कारण वहाँ पहुँच पाना कठिन

लगता है ।

सूरज डूबने से पहले ही हम लोग श्रीनगर की ओर रवाना हो जाते हैं जहाँ रात को रुकना है ।

सुबह 'बी०एस०एफ० हिल' जाने का कार्यक्रम बनता है । एक पूरे पहाड़ के ढलान पर कार्यालय फैला हुआ है ।

पहाड़ी के उस किनारे पर प्रशिक्षार्थी निशाना साधने का अभ्यास कर रहे हैं । तड़ातड़ गोलियाँ चल रही हैं ।

क्षितिज के उस पार—दूर कहीं बर्फीली चोटियाँ चमचमा रही हैं । कमान्डेन्ट अँगुली से इशारा करके बतलाते हैं, "वे जो तीन चोटियाँ आकाश को छूती दीख रही हैं, वहाँ भी हमारी चौकियाँ हैं ।"

सुनहरे बर्फ की उस अन्तिम लकीर पर किसी मनुष्य के रहने की कल्पना कम रोमांचकारी नहीं लगती ।

2

विमान हिचकोले खाता हुआ श्रीनगर के चारों ओर बिखरी पर्वत-शृंखलाओं के ऊपर उड़ रहा है । जहाँ तक दृष्टि जाती है, बर्फ ही बर्फ । पहाड़ ही पहाड़ ।

हमें दिल्ली से होते हुए शाम को कलकत्ता पहुँचना है । वहाँ से नागालैण्ड की ओर ।

दमदम से चलते समय आसमान बहुत साफ लगता है । पश्चिमी बंगाल की सीमा पार कर अब हम बांगलादेश के ऊपर उड़ रहे हैं ।

हरी-भरी धरती ।

नारियल के पेड़ ।

बाँस की झाड़ियाँ

जगह-जगह नदियों का जाल ।

जोरहाट उतरकर दीमापुर की राह लेते हैं ।

यहाँ से नागालैण्ड शुरू हो जाता है । मैदानी भाग समाप्त होकर पहाड़ियों का सिलसिला । यहाँ पर अन्तिम हवाई अड्डा तथा अंतिम रेलवे स्टेशन है ।

दीमापुर उतरने से पहले एक सहयात्री श्री डे बतलाते हैं कि वह कोहिमा में डाक-तार विभाग में काम करते हैं ।

"कौन-सी भाषा बोली जाती है वहाँ ?"

"नागासामी । यों सात-आठ जिलों में फैले इस छोटे-से प्रदेश में 10-12 बोलियाँ प्रमुख

रूप से बोली जाती हैं । पर 'नागासामी' के रूप में एक मिली-जुली भाषा उभर रही है ।"

"परिवार वहीं है ?"

"जी नहीं । शादी नहीं बनाया ।"

"क्यों ?"

"कोहिमा में मकान की बड़ी किल्लत है ।"

"इसी कारण विवाह नहीं किया ?" तनिक अचरज से पूछता हूँ ।

"जी हाँ । मकान के अलावा वहाँ पानी की भी डिफिकल्टी है । एक बाल्टी पानी का मोल एक टका ।"

दीमापुर से कोहिमा का रास्ता बड़ा विचित्र लगता है । कितना हरा ! छल-छल, कल-कल करता काला जल । दूर-दूर छितरी नागाओं की बस्तियाँ । घने वन ।

धान के लहलहाते खेत । गेरुवा मिट्टी ।

केले की झाड़ियाँ ।

सड़क के किनारे भी नागाओं की छितरी हुई बहुत-सी बस्तियाँ । चटाई की तरह बुनी बाँस की सुन्दर दीवारें ।

हम लोग कोहिमा—नागालैण्ड की राजधानी के निकट पहुँच रहे हैं ।

अनेक घुमावदार मोड़ों को पार करती हुई जीपें भागी चली जा रही हैं—ऊँचे-ऊँचे पहाड़ों की ओर ।

दीमापुर—दिम्सापुर यानी 'हिडिम्बापुर' दूर कहीं पीछे छूट गया है । लगभग 74 किलोमीटर की दूरी तय कर ली है । अब हम दो पर्वत-शृंखलाओं के मिलन-बिन्दु पर बसे नगर के निकट हैं—सागर की सतह से पूरे 5 हजार फुट ऊँचे ।

भीड़-भरे बाजार से होकर जीपें चढ़ाई की दिशा में ऊपर सरक रही हैं—टेड़े-मेढ़े सर्पाकार मार्गों से ।

यह नागालैण्ड की राजधानी है ।

यहाँ के अधिकांश स्थानों के नाम पेड़-पौधों के नाम से जुड़े हैं । इस पहाड़ी पर पर्याप्त मात्रा में पाया जाने वाला पौधा है—कियु-ही । उसी के नाम पर इस स्थान का नाम पड़ा है— किय-ही-मिया यानी कोहिमा, जिसका अर्थ है—कियु-ही के लोग ।

सचमुच बड़े विचित्र हैं कियु-ही के लोग ।

यहाँ का हर व्यक्ति हमेशा मुस्कराकर बातें करता है । कश्मीर से केरल तक का लगभग सारा भारत मैंने देखा है, किन्तु इतने जीवन्त लोग शायद ही कहीं हों । इन्हें देखकर खिले हुए ताजे फूलों का स्मरण हो आता है ।

यहाँ के लोग तन से ही नहीं, मन एवं मस्तिष्क से भी स्वस्थ, संपन्न हैं—उदार, सहिष्णु, सुहृदय ।

सचमुच यह पुरुषार्थियों का प्रदेश है । एक भी भिखारी कहीं भीख माँगता नहीं दीखता ।

भारतीय संघ के इस 16वें राज्य का आविर्भाव सन् 1963 में हुआ । यह क्षेत्र वर्षों से समस्याग्रस्त रहा है । ब्रिटिश सरकार भारत से विदा होते समय विरासत में जो विकट समस्याएँ छोड़ गई थी उनमें एक यह नागा-समस्या भी है । यहाँ की भोली-भाली योद्धा जाति को भ्रमित करने में विदेशी तत्त्वों का भी कम सहयोग नहीं रहा, जिनके प्रभाव में आकर हजारों नागाओं ने एक दिन हथियार उठा लिए और देश से पृथक् एक नए राज्य की माँग शुरू कर दी ।

नागा-प्रदेश की हरित भूमि पर इस रक्त-गाथा की समाप्ति का इतिहास भी कम रोचक-रोमांचक नहीं रहा ।

दूसरे विश्वयुद्ध में लेनिनग्राद के बाद लेनिनग्राद की जैसी कठिन लड़ाई कोहिमा के मैदान में लड़ी गई थी । इस युद्ध में नागाओं ने जिस त्याग एवं बलिदान का परिचय दिया, उससे अंग्रेज जनरल स्लिम बहुत प्रभावित हुआ । भारत से विदा होते समय उसने बहुत बड़ी मात्रा में अस्त्र-शस्त्र इन्हें भेंटस्वरूप प्रदान किए । जापानी तथा मित्र राष्ट्र के हथियारों के ढेर भी इन्हें सहजता से सुलभ हो गए, जिनके कोई भी दावेदार न रहे । नागा जन्मजात सैनिक होते हैं । विश्वयुद्ध के समय आधुनिक हथियारों से वे भली भाँति परिचित हो चुके थे । उधर विदेशी मिशनरियों के कुछ पृथकतावादी तत्त्वों का प्रभाव रहा । इन सबका परिणाम यह हुआ कि एक दिन हजारों नागाओं ने विद्रोह का झण्डा उठा लिया और 'स्वाधीनता' के लिए छापामार युद्ध छेड़ दिया ।

हमारे कुछ पड़ोसी देशों ने इस आग में घी का काम किया । उन्होंने भूमिगत नागाओं को छिप-छिपकर आधुनिकतम हथियार ही नहीं दिए, बल्कि अपनी भूमि में इन्हें आमंत्रित कर छापामार युद्ध का प्रशिक्षण भी दिया ।

किन्तु यह क्रम कालान्तर में अधिक चल न पाया । भारतीय सैनिकों ने बड़े शांत भाव से इस चुनौती को स्वीकार किया । मुट्ठी-भर विद्रोही लोगों की आकांक्षाओं को विफल करते हुए नागालैण्ड की शान्तिप्रिय जनता का संरक्षण करते रहे । उन्होंने जनकल्याण के अनेक उल्लेखनीय कार्य किए । बिखरे हुए गाँवों को एक समूह के रूप में सुसंगठित किया और उन्हें हर संभव सहायता दी ।

ऐसे ही कठिन काल में नागा-प्रदेश में सीमा सुरक्षा बल का गठन किया गया । वे सन् 1973 के आरम्भ के दिन थे । समस्या प्रायः असम्भव लगती थी, पर उस असम्भव को सम्भव किया सुरक्षा बल ने ।

इस अर्द्ध-सैनिक संगठन ने कुछ ही समय में अपना चमत्कार दिखलाना शुरू कर दिया । नागालैण्ड के ही अंगामी, लोथा, सेमा, आओ, चांग, फोम आदि जन-जातियों के तरुणों की एक पूरी बटालियन तैयार कर ली ।

कुछ समय पश्चात् जिन भूमिगत विद्रोही नागाओं ने आत्म-समर्पण कर दिया था, उन्हें भी सुरक्षा बल में सम्मिलित कर लिया गया। इनकी एक अलग बटालियन खड़ी कर दी और इन्हें ही विद्रोही नागाओं से निपटने का कठिन कार्य सौंप दिया गया।

यह प्रयोग सफल रहा।

ये लोग वर्षों तक भूमिगत रहकर युद्ध कर चुके थे। नागालैण्ड के बीहड़ वनों की चप्पा-चप्पा भूमि से ये परिचित थे। विद्रोहियों की युद्ध-नीति का इन्हें ज्ञान था। अतः नागा-समस्या के समाधान में इनका योगदान उल्लेखनीय रहा। जब जो काम इन्हें सौंपा गया, पूरी निष्ठा से इन्होंने पूरा किया।

नागा-चरित्र की सबसे बड़ी विशेषता यही है, जिसे वे एक बार अपना मान लेते हैं, उसके लिए कोई भी त्याग कर सकते हैं। कभी किसी नागा सैनिक ने विश्वासघात किया हो—एक भी ऐसा उदाहरण खोजने पर नहीं मिलेगा।

कोहिमा की सीमा पार कर हम कुछ और आगे निकल आए हैं। एक बहुत बड़े द्वार के ऊपर अर्द्ध-चन्द्राकार वृत्त में बटालियन का नाम लिखा है। इसी के आगे सहसा जीपें रुक जाती हैं।

आज हमें यहीं विश्राम करना है।

शाम को अंगामी-नृत्य दिखलाया जाता है। हमारे जवान स्थानीय नागाओं के साथ, उन्हीं के परिधान पहनकर विजय-नृत्य करते हैं।

सिर पर पंख, हाथों में भाले, थिरकते पाँवों की गति के साथ—'हो-हो-हो' की अजीब-सी आवाज।

बस्ती से दूर जंगल में सैनिकों ने अपना एक अलग संसार बसा लिया है। भारत के भिन्न-भिन्न प्रदेशों के लोग। भिन्न-भिन्न भाषाएँ। राष्ट्रीय एकता का यह अनूठा उदाहरण है।

"नागालैण्ड में 14 प्रमुख जातियों की एक-दूसरे से भिन्न 14 भाषाएँ हैं। जिन नागा जवानों को आपने भर्ती किया है, उन्हें आदेश किस भाषा में देते हैं ?" कमान्डेण्ट से पूछता हूँ।

"इसकी भी एक कहानी है।" वह उत्तर देते हैं, "प्रारम्भ में तो एक-दूसरे से बात करना यानी एक-दूसरे की बात समझना भी संभव न था। किन्तु हमने देखा कि यहाँ हिन्दी चलचित्र बहुत पसंद किए जाते हैं। अतः उन्हीं चलचित्रों की सहायता से इन्हें हिन्दी का प्रथम ज्ञान कराया गया। बाद में धीरे-धीरे सब हिन्दी समझने लगे। अब ऐसी कोई कठिनाई नहीं।"

दिल्ली की अपेक्षा यहाँ रात जल्दी घिर आती है। शाम को जल्दी अँधेरा छाने लगता है। घोर अन्धकार और ठिठुरती सर्दी के सम्मिश्रण से वातावरण कुछ दूसरा ही हो जाता है—एकदम डरावना।

बियाबान घाटियाँ।

घने वन ।

बहुत-से सैनिक एवं अधिकारी अपने परिवारों के साथ रहते हैं, शेष अकेले ।

इस अँधेरे में टार्च के सहारे रास्ता खोजते हुए हम लोग सैनिकों की इस बस्ती की परिक्रमा कर रहे हैं ।

दाईं तरफ एक बहुत बड़ा कमरा है । बाहर 'कल्याण-केन्द्र' का बोर्ड लगा है । सैनिकों की पत्नियाँ कताई-बुनाई के काम में व्यस्त हैं । खाली समय के इस सदुपयोग से उन्हें आर्थिक लाभ भी होता है ।

ऊपरी ढलान वाले कमरे में विदेशी नस्ल की विशाल गायें हैं । दूध की समस्या इन्होंने अपनी ही डेरी से यों हल कर ली है ।

आन्ध्रवासी, तेलुगुभाषी डॉक्टर सुभाषचन्द्र बोस की शिकायत है कि हमने उनका अस्पताल नहीं देखा ।

सैनिकों के 'चायघर' में जलेबी तली जा रही हैं । बेंच पर लोग यों ही बैठ जाते हैं । बाईं ओर की बेंच पर तीन ग्रामीण नागा बैठे हैं ।

कमान्डेण्ट परिचय कराते हैं, "यह गाँवबड़ा (गाँव का मुखिया) है ।"

मैं हाथ मिलाता हूँ ।

"आपका नाम ?"

"मल्लो अंगामी ।"

"और ये ?" बगल में बैठे दो अन्य नागाओं की ओर जिज्ञासा से इंगित करता हूँ ।

"यखोले और निजो सेले ।"

"गाँव कौन-सा है ?"

"चदेना ।"

लाल चादर, जिसमें काली-काली तिरछी धारियाँ हैं, मल्लो अंगामी अपने तन पर कसकर लपेटे है । पाँवों में नाममात्र के यों ही पहने फटे जूते हैं । गले में माला है—अजीब-से पत्थरों की ।

"इस माला के पहनने से क्या होता है ? दुभाषिए की ओर देखकर पूछता हूँ ।

"इसे लगाने से लड़की आता है । नहीं लगाने से भाग जाता···।" वह झेंपता हुआ कहता है कि सब जोर से हँस पड़ते हैं ।

"कितना बच्चा है ?"

"सात ।"

"कितना शादी किया ?"

"एक भी नहीं ।"

"फिर बच्चा कहाँ से आया ?" सहज आश्चर्य से पूछता हूँ ।

"अपना नहीं, किसी और का बच्चा है, उसे पालता हूँ ।"

मल्लो अंगामी बड़ा विचित्र-सा लगता है। उसके सिर पर चुटिया है। दुभाषिए से पूछता हूँ तो वह बतलाता है कि यह हिन्दू नागा है।

ऐसी ही शिखाएँ दो अन्य साथियों की भी हैं।

"अण्डर ग्राउण्ड नागा आप लोगों को परेशान तो नहीं करते ?"

"नहीं, पहले फीजो का आदमी आता था कभी-कभी। अब नहीं आता। पहले जवान लड़कों को अपने साथ पकड़कर ले जाता था और अपनी फौज में भर्ती कर देता था।"

"फीजो अब कहाँ है ?"

"बाहर भाग गया है।"

"अपने गाँव से आप कभी बाहर भी गया है ?"

"हाँ, एक बार इम्फाल गया। एक बार जोरहाट।"

"बन्दूक चलाना जानता है ?"

"हाँ।"

"पूजा करता है ?"

"साल में दो पूजा—कैफनी और सिक्कीनी।"

नागालैण्ड में चुनाव होने ही वाले हैं अब। इसलिए पूछता हूँ, "वोट किसे देगा ?"

"वोट देगा। पता नहीं किसे ?" वह चालाकी से हँस पड़ता है।

अपने गाँव आने का आमंत्रण देता है वह।

"क्या खिलाएगा, पिलाएगा ?"

"मधु पिलाएगा—बिना हिसाब। सुअर का ताजा मांस खिलाएगा।"

नागालैण्ड में कच्ची शराब को मधु कहते हैं। एक अधिकारी बतलाते हैं।

"जी०बी० यानी गाँवबड़ा क्या होता है ?" पूछते हैं।

"यहाँ के गाँवों की एक अलग व्यवस्था है। गाँवबड़ा ही सारे झगड़े सुलझाता है। यह किसी अपराधी को मौत तक की सजा दे सकता है।" अधिकारी महोदय उत्तर देते हैं।

"यहाँ बी०एस०एफ० के आने से क्या फायदा हुआ ?" तनिक रुककर अंगामी से पूछता हूँ।

"बौत ! नहीं तो पहले गण्डागोल हो जाता था, अब नहीं होता।"

"और क्या काम करता है यह ?"

"गाँव को मोदोत देता है।"

हाथ मिलाकर वे चलने लगते हैं। एक बार पुनः मधु-पान का आमन्त्रण देते हैं।

रात को भोजन के समय डॉ० बोस बतलाते हैं, "यहाँ बड़े भयंकर किस्म के मच्छर होते हैं। अभी कुछ दिन पहले एक आदमी को मलेरिया हुआ था। रात-ही-रात में उसके सारे बाल बर्फ की तरह सफेद हो गए थे।"

भयंकर मच्छरों की भयावनी कहानी सुनकर हम घबराते हैं। निश्चय करते हैं कि प्रातः यात्रा आरम्भ करने से पहले कुनीन की गोलियों का सेवन अवश्य किया जाए।

इस प्रस्ताव को सर्वसम्मति से पास कर हम लोग सोने चले जाते हैं—कोहिमा शहर।

रात को गहन अंधकार में सामने ही उस पहाड़ी पर बिजली की बत्तियाँ टिमटिमा रही हैं।

"वहाँ क्या है ?"

"जे०पी० के साथ वहाँ पादरी माइकेल स्काट की ऐतिहासिक शान्तिवार्ता हुई थी।"

16 अगस्त, 1973 को तथाकथित नागा विद्रोही सरकार के 'प्रधानमंत्री' स्कैटो स्वू ने जूनोबोटो में ही 'विद्रोही नागा सरकार' की समाप्ति की घोषणा के साथ आत्मसमर्पण किया था और व्रत लिया था कि अपना शेष जीवन वह नागा प्रदेश तथा भारत की सेवा में समर्पित करेंगे।

प्रातः आठ बज रहे हैं।

कतार में जीपें खड़ी हैं।

सबसे आगे वाली बन्द जीप में सुरक्षा बल के उच्च अधिकारी हैं। अस्त्र-शस्त्रों से सुसज्जित कुछ सैनिक, जो रास्ते में किसी भी खतरे का सामना कर सकते हैं। जीप के ऊपर लाल रंग की बत्ती लगी है।

इसके बाद जीपों की कतार।

अन्तिम जीप पर भी हथियारों से लदे सैनिक हैं।

चलने से पहले ड्राइवरों को आदेश दे दिए गए हैं कि जीपों की दूरी सौ मीटर से कम कभी भी नहीं रहनी चाहिए।

कारवाँ चल पड़ता है—जूनोबोटा की ओर। लगभग 184 किलोमीटर की यात्रा आज पूरी करनी है।

हवा इतनी ठण्डी है कि सूरज की किरणों के ताप का आभास भी नहीं होता। जीपें ढलान की ओर फिसलती हुई आगे बढ़ रही हैं—जैसे एक-दूसरे को छूने के लिए उनमें होड़ लगी है। दूर जहाँ तक दृष्टि जाती है पेड़-ही-पेड़, जंगल-ही-जंगल, पहाड़-ही-पहाड़ हैं। क्षितिज को छूने उन नीले पहाड़ों की ओर हम पता नहीं कहाँ जा रहे हैं ? जूनोबोटो उसी दिशा में शायद कहीं होगा।

रास्ते में नागा-तरुण, तरुणियाँ कन्धों पर कुदालियाँ रखे गाते हुए खेतों की ओर जा रहे हैं। बस्ती से मीलों दूर हैं इनके खेत। घने वनों के बीच। सब लोग इस तरह हँसते-खेलते जा रहे हैं, जैसे काम करने नहीं, पिकनिक मनाने किसी सैरगाह की ओर बढ़ रहे हों।

पीछे से बच्चों की भी एक अलग टोली है। ये भी कोई खुशी का गीत गा रहे हैं। जीपों को देखते ही सब हाथ हिलाने लगते हैं।

पुल के उस पार एक अधेड़ नागा मात्र कच्छा पहने, कन्धे पर बन्दूक रखे जंगल की ओर

ओझल हो रहा है । इसके पाँवों में जूते भी नहीं हैं ।

इधर लम्बे अरसे से यहाँ शान्ति है । विद्रोहियों के साथ कोई भी झड़प नहीं हुई, इसलिए जन-जीवन सामान्य गति से चल रहा है ।

हमारी जीप का ड्राइवर ठिगने कद का नागा तरुण है, बीको ।

यह बतलाता है कि जितने भी बड़े-बड़े नागा विद्रोही हुए हैं, सब उसी के गाँव के हैं । स्कैटो, आइजैक, कैता, जुहेतो आदि ।

चौजुबा पहुँचते-पहुँचते सवा दस बज जाते हैं । इस छोटे कस्बे में भी चुनाव को सरगर्मी है । नागाओं की छोटी-छोटी दुकानें हैं । छोटे-छोटे बच्चे पीठ पर लम्बी टोकरियाँ लादे जा रहे हैं । यहाँ के डाकखाने के पोस्टमास्टर कोई बिहारी सज्जन हैं—हजारीबाग के ।

एक छोटे-से बच्चे से कुछ देर बतियाते हैं । यह 'ओनली इंग्लिश' जानता है ।

लगता है, यह सारा प्रदेश ही 'ओनली इंग्लिश' वाला है ।

अब एक बजने वाला है । हम सताका के नन्हे-से कस्बे में प्रवेश करते हैं । यहाँ सीमा सुरक्षा बल की महत्त्वपूर्ण बटालियन है—जिसके अधिकांश सैनिक भूतपूर्व विद्रोही नागा हैं ।

जनरल जुहेतो से हमारा परिचय कराया जा रहा है—

"आप कभी विद्रोही नागाओं के सेनापति थे । अब हमारी बटालियन के सम्मानित कमाण्डेन्ट ।"

शेर का जैसा चौड़ा पंजा जुहेतो मिलाने के लिए आगे बढ़ाते हैं । कुछ देर की औपचारिक बातों के बाद वह बीच में बैठकर अपने अनुभव सुनाते हैं—

" 18 साल मैं अण्डरग्राउंड रहा । इतने अनुभव थोड़े-से समय में किस तरह बतला सकता हूँ ? सन् 1954 में मैं भूमिगत हो गया था । जनरल कैतो तब हमारे सुप्रीम कमाण्डर थे । आरंभ में ही मुझे जनरल का पद दिया गया था । तब नागालैण्ड की जनता हमारे साथ थी । हमारे अभियानों में उनका हर तरह का सहयोग होता था ।

" मार्च, 1954 में इसी सताका गाँव में हमने 'असम आर्म्ड पुलिस' के 79 सिपाहियों को बन्दी बनाया था । उनसे हथियार छीने । जनरल थिमय्या ने युद्ध-विराम की बड़ी कोशिश की, पर उन्हें सफलता नहीं मिली ।

" 1961 में हमने एक पुलिस चौकी की रसद लाइन काट दी थी । तब भारतीय वायुसेना ने लड़ाकू विमानों का प्रयोग किया । एक डकोटा अपनी लाइट मशीनगन से ही मैंने मार गिराया और क्रू के नौ आदमियों को बन्दी बना लिया था । 5 घायलों को शीघ्र मुक्त कर दिया था, शेष को डेढ़ वर्ष बाद रंगून सरकार को सौंपा था ।

" हम लोग अपने 1080 सैनिकों के साथ प्रशिक्षण के लिए पूर्वी पाकिस्तान भी गए थे । चटगाँव के पास हमने ट्रेनिंग ली थी । वहाँ से 5 लाख रुपये के हथियार लेकर हम फिर

नागालैण्ड लौटे थे । ”

“जंगल के रास्तों का अनुमान कैसे लगाते थे ?” हम पूछते हैं ।

“हमारे पास दूसरे विश्वयुद्ध के नक्शे थे, जिनकी सहायता से हम कहीं भी जा सकते थे। 1 नवम्बर, 1968 को हमने 'रिवोल्यूशनरी गवर्नमेन्ट आफ नागालैण्ड' की स्थापना की थी ।”

“तथाकथित 'नागा फैडरल गवर्नमेन्ट' से आपके दल का क्या मतभेद रहा ?”

“जी हाँ । भूमिगत नागाओं के ही कई ग्रुप बन गए थे । फैडरलवालों ने हमारे कई नेताओं की हत्या की, जिनमें हमारे जनरल कैतो प्रमुख हैं ।”

“मतभेद का कारण क्या रहा ?” मैं पूछता हूँ ।

“उनसे हमारा सैद्धान्तिक विरोध था । हमारी मान्यता थी कि अलग देश की माँग करना मूर्खता है । भारतीय संघ के अन्तर्गत ही हमें नागालैण्ड के विकास के कार्य करने चाहिए । वे इससे सहमत न हुए । जब मैंने अपने साथियों के साथ बी०एस०एफ० ज्वाइन किया तो वे कहने लगे कि मैंने 'बिट्रे' किया है । पर इसका फैसला तो आने वाला समय ही करेगा कि मैंने भला किया या बुरा ।”

“अब स्थिति कैसी है ? क्या भूमिगत नागा अब भी सक्रिय हैं ?”

“जिस क्षेत्र में इस समय आप हैं, पहले यह विद्रोही नागाओं का गढ़ था । हमने उनका यहाँ सफाया कर दिया है । इसके बाद मुझे चौजुबा क्षेत्र मिला । वहाँ भी समझा-बुझाकर विद्रोहियों को शान्त किया ।” जनरल जुहेतो कहते चले जाते हैं, “अब यहाँ कोई परेशानी नहीं ।”

जुहेतो कुछ सोचते हुए आगे कहते हैं, “जिस स्थान पर इस समय हम बैठे हैं, यहीं हमने फैडरलवालों के 11 आदमी मार डाले थे ।”

“चीन में भी अभी कुछ नागा विद्रोही हैं ?”

“जी हाँ, जनरल आईजैक हैं । वे भी मेरे ही प्रदेश के हैं—सेमा ।”

इसके बाद जुहेतो हम लोगों को जंगल के करीब ले जाते हैं, जहाँ कुछ देर बाद गोलियाँ चलने की आवाज आती है । बी०एस०एफ० के जवानों की भूमिगत नागाओं से मुठभेड़ ।

युद्ध का यह सारा दृश्य कृत्रिम है । इसके द्वारा जनरल हमें यह दिखलाना चाहते हैं कि वे विद्रोही नागाओं को किस तरह पकड़ते हैं ।

सीमा सुरक्षा बल की इस बटालियन के असिस्टेण्ट कमान्डेन्ट हैं भूतपूर्व ब्रिगेडियर तोखुबी । यह भी कभी विद्रोही थे । इन्होंने एक ही आक्रमण में 'असम आर्म्ड पुलिस' के 59 जवानों को मारा और छह गाड़ियों को नष्ट कर दिया था । 18 साल तक यह भी भूमिगत रहे ।

पर बाद में सीमा सुरक्षा बल में सम्मिलित होकर यहाँ के विद्रोहियों को समाप्त करने में इनका महत्त्वपूर्ण योगदान रहा है । सन् 1975 में इनकी सेवाओं के लिए इन्हें भारत सरकार ने 'शौर्य-चक्र' प्रदान किया ।

यहाँ के प्रायः सभी अधिकारी पत्ती-छाप कपड़े पहने हैं, ताकि जंगल में इन्हें पहचाना न जा सके। आफीसर्स-मैस की दीवार पर कपड़े में अंकित ताजमहल का चित्र है, जिसके नीचे लिखा है--

एक बादशाह ने दौलत का सहारा लेकर, उड़ाया मजाक हम गरीबों का।

इस समय हम भारत के उस क्षेत्र में हैं, जहाँ पाँच बजे सूर्य उदय होता है और पाँच बजे अस्त। अलग-अलग 3 स्थानों से बिजली मिलने पर भी रात को प्रायः अँधियारा रहता है।

यहाँ सर्दी अधिक है। निचली घाटियों से कुहासा ऊपर उठ रहा है--धुएँ की तरह। दूर किसी घर में गिटार वज रहा है--चा-चा और जाज संगीत की ध्वनि।

अधुनातन और प्राचीन--

नागालैण्ड में दोनों साथ-साथ हैं।

सीमा सुरक्षा बल का यहाँ भी एक प्रमुख केन्द्र है। यहाँ भी वही सब है--अस्पताल, कैण्टीन, कल्याण-केन्द्र…।

जूनोबोटो की सर्दी खाकर प्रातः ही निकल पड़ते हैं--कोहिमा होते हुए दीमापुर की ओर। इस सारी यात्रा में हमने केवल 3-4 पक्षी देखे। कौवा एक भी नहीं। हाँ, रास्ते में गायों के साथ चरते हुए मिथुन अवश्य थे।

दमदम अवाई अड्डे से हम जीप द्वारा हसनाबाद जा रहे हैं--इच्छामती नदी के किनारे। इसी के पास से लगती है--बांग्लादेश-सीमा। रास्ते में--

गन्दी बस्तियाँ।

भिखारियों की भीड़।

नंगे बच्चे।

ताड़ के वृक्ष।

मतिया बाजार, रघुनाथपुर, बशीरघाट और शाम को हसनाबाद।

2158 किलोमीटर लम्बी बांग्लादेश से लगी सीमा की सुरक्षा के साथ-साथ सुरक्षा बल के जवान तस्करी को भी रोकने का काम करते हैं।

साँझ का सूरज इच्छामती की रंग-बिरंगी धाराओं में कहीं डूब रहा है। नदी के बीच में टीले की तरह सीमा सुरक्षा बल का युद्धपोत 'चित्रांगदा' लंगर डाले पड़ा है। 1971 में इसने पाकिस्तान के एक जहाज को डुबोया था।

स्पीड बोट 'करेज' में बैठकर हम 'चित्रांगदा' तक पहुँचते हैं। सीमा पर किस तरह तस्करी रोकी जाती है--इसका प्रदर्शन कल किया जाएगा।

'चित्रांगदा' में विमानभेदी तोपें लगी हैं। रात के अँधियारे में लंगर उठता है और भक्-भक् इंजन चलने लगता है। नदी का पानी गँदला है। पता नहीं चलता कि यह नदी के बहाव की

दिशा में बढ़ रहा है या विपरीत ।

हाँ, इतना पता अवश्य है कि हम लोग सुन्दरवन-क्षेत्र की ओर बढ़ रहे हैं--सागर की दिशा में ।

एक ओर बांग्लादेश है, दूसरी ओर भारत । दोनों ओर अँधेरा है ।

13 मील प्रति घंटे की गति से पोत आगे बढ़ रहा है । रात के अँधियारे में बिजली की रोशनी से चमकती धाराएँ फ्रान्सिसी पेंटिंग का जैसा आभास दे रही हैं । ठंडी हवा बह रही है । दूर किनारे पर मछुआरों के चिराग जल रहे हैं ।

हम छत पर बैठे हैं ।

रात को हिंगलगंज में, बीच नदी में 'चित्रांगदा' लंगर डाल देता है । इसी नदी में हमें शेष रात गुजाकर प्रातः फिर हसनाबाद लौटना है ।

इच्छामती, कालिन्दी, रायमंगल तथा हरिनबांगा, एक ही नदी के अनेक नाम हैं ।

रात को जहाज की बत्तियाँ भी बुझ जाती हैं तो सब अजीब-अजीब-सा लगता है ।

प्रातः दिन निकलने से पहले ही पोत लंगर उठा देता है–

मछुआरों की नावें ।

देवहाटा–डॉ० विधानचन्द्र राय का गाँव ।

नारियल के कुंज ।

धान के खेत ।

पोत हसनाबाद की ओर मुड़ रहा है । 'करेज' फिर निकट आ रहा है, जिसके ऊपर झण्डा फहरा रहा है ।

सींयन : जहाँ इब्सन आज भी जीवित है

जुलाई 29 । सुबह नौ बजकर बीस मिनट । नौ पच्चीस पर ट्रेन ओस्लो से सींयन के लिए रवाना होती है ।

ओस्लो में दो रेलवे स्टेशन हैं—दोनों की दूरी दो-तीन किलोमीटर से अधिक नहीं । एक से ट्रेनें लिलि हामेर की ओर जाती हैं, यानी उत्तर-पूर्व दिशा की ओर । दूसरे से दक्षिण-पश्चिम ।

'सी' और 'स' के उच्चारण से अक्सर भ्रम हो जाता है, जिसका खमियाजा मुझे ही भुगतना पड़ता है ।

समय कम रह गया है और गलत स्टेशन पर आ गया हूँ ।

अतः उलझन में हूँ ।

आखिर भाग-दौड़ करके उस प्लेटफार्म पर पहुँच ही जाता हूँ, जहाँ सींयन के लिए ट्रेन छूटने ही वाली है ।

केवल एक मिनट रह गया है !

हमारे देश के प्लेटफार्मों की अपेक्षा भीड़ बिल्कुल भी नहीं । लोग निश्चिंत भाव से प्लेटफार्म पर टहल रहे हैं । लगता है, यात्रियों की संख्या निर्धारित सीटों से भी कम है । शायद इसीलिए इतनी सुविधा है ।

मैं देख रहा हूँ, यात्री अपनी-अपनी सीटों पर इत्मीनान से बैठ गए हैं । कुछ लोग पत्र-पत्रिकाएँ पढ़ने में व्यस्त हैं ।

पहिए हौले-हौले, बिना किसी शोरगुल के सरक रहे हैं । ठीक नौ पच्चीस पर गाड़ी रवाना हो रही है ।

न सीटी ।

न भीड़ ।

न शोर ।

बड़े आराम से ।

नन्हे-नन्हे द्वीप । लगा है बाईं ओर सागर है—ओस्लो फीयोर्ड ! पानी की फटी चादर दूर तक चली गई है…

भू-वैज्ञानिकों का कहना है कि लाखों वर्ष पहले उत्तरी ओस्लो ज्वालामुखी क्षेत्र था । कालान्तर में वह धँस गया । उसी से बना है—यह फीयोर्ड !

इसी के किनारे-किनारे रेलगाड़ी दक्षिण दिशा की ओर बढ़ रही है ।

विशाल पोत खड़े हैं—लंगर डाले ।

यहीं पास ही, दाहिनी दिशा में 'वाइकिंग संग्रहालय' है, जिसे कुछ ही दिन पहले हमने देखा था ।

तीन घंटे, पाँच मिनट का सफर !

आबादी कम, क्षेत्रफल अधिक । शायद इसीलिए इतना अमन-चैन है !

एक गुलाब की कली पचास क्रोनर की !

लोग खुशी से खरीदते हैं ।

हम एक अँधेरी टनल से गुजरते हैं । पूरा पहाड़ छेद दिया है—इस किनारे से उस किनारे तक ।

अँधेरा-ही-अँधेरा, जो किसी भी तरह समाप्त होने को नहीं आ रहा है । अँधेरे से रेलगाड़ी गुजरती है—पहाड़ के पेट में से होकर, तो ठंड अधिक लगती है और शोर भी अधिक सुनाई देता है ।

टनल पार करते ही, सामने खुले में शहर दीखता है । किंचित् राहत-सी मिलती है । जैसे काला पर्दा हटा हो ।

हरे-भरे फार्म !

बाईं ओर फिर लहराता सागर !

यह ड्रमन है !

ड्रमन शहर के विषय में, सामने बैठे यात्री बातें कर रहे हैं कि यह एक बड़ा बंदरगाह है, कि यहाँ की आबादी इतनी है कि···

पर मेरा ध्यान बार-बार इन रीती सीटों की ओर जा रहा है ।

हवाई जहाज की तरह आरामदेह !

दूध के झाग की तरह सफेद झक्-झक् !

इब्सन पर लिखी पुस्तक मेरे साथ है ।

मैं कभी बाहर के मनोरम दृश्य देखता हूँ, कभी निगाहें पुस्तक पर टिका लेता हूँ ।

मुझे याद आता है, भारत में इस समय नार्वे के राजदूत भी इब्सन हैं—ट्रेन्फ्रेड इब्सन । उन्होंने इब्सन के बारे में बहुत-सी बातें बतलाई थीं । इब्सन पर एक दुर्लभ पुस्तक भी पढ़ने को दी थी अपने पुस्तकालय से । विख्यात नाटककार इब्सन के पोते तथा नॉबिल पुरस्कार से सम्मानित साहित्यकार ब्योंन्सन के नाती हैं !

यानी दादा इब्सन !

नाना ब्योंन्सन !

अपने युग के दो महान् साहित्यकार । सचमुच यह कैसा संयोग है !

रेलगाड़ी पूरी गति से भाग रही है ।

विशाल टैंकर !

फिर नौकाएँ !

स्टीमर !

सागर की लहरों को छूकर आती शीतल बयार !

ओस्लो विश्वविद्यालय के डॉ० फ्लॉतीन ने यात्रा की व्यवस्था करवा दी थी । बतलाया था कि सींयन रेलवे स्टेशन पर मुझे लेने 'इंटरनेशनल इब्सन सोसायटी' के अध्यक्ष आएँगे । वे एक स्थानीय नार्वेजियन दैनिक पत्र के प्रधान संपादक भी हैं ।

'मैं उन्हें पहचानूँगा कैसे ?' मैंने शंका व्यक्त की थी ।

'वे स्वयं आपको पहचान लेंगे । उस स्टेशन पर जितने यात्री उतरेंगे, उनमें आप अकेले होंगे ।' उनका इंगित मेरी भारतीय पोशाक से था ।

इसलिए इस समय इस चिन्ता से मुक्त हूँ कि सींयन पहुँचकर कहाँ भटकूँगा ।

भाषा का भी कुछ प्रश्न रहता है । नार्वे में अंग्रेजी से काम चला लेना बहुत आसान नहीं लगता ।

लार्विक सामने है । नार्वे के बड़े बंदरगाहों में इसकी गणना है ।

सामने की सीट पर एक जर्मन महिला बैठी है । सींयन तक जा रही है । इतनी छोटी स्कर्ट-सी पहने है कि देखने वालों को शर्म लग रही है ।

लार्विक के तट पर पानी में तैरते लट्ठों का अम्बार लगा है । जल की शांत सतह पर जगह-जगह धारीदार दरियाँ-सी फैली हैं—दूर-दूर तक ।

एक डीजल-बोट सफेद लकीर बनाता हुआ तेजी से भाग रही है ।

जल-पाँखियों का झुण्ड निरभ्र आकाश में उड़ता हुआ पता नहीं कहाँ जा रहा है !

अब हम दक्षिण नहीं, उत्तर-पश्चिम दिशा की ओर जा रहे हैं । यहाँ से सींयन की दूरी अधिक नहीं ।

सींयन वह शहर है, जहाँ अब से लगभग 154 वर्ष पूर्व 20 मार्च, 1828 को हेनरिक इब्सन का जन्म हुआ था । इब्सन के जीवन के आरम्भिक दिन, सुनहरे दिन, इसी शहर में बीते थे…

गाड़ी की गति धीरे-धीरे कम हो रही है । बाईं ओर एक बिखरा हुआ शहर दिखलाई दे रहा है । आसपास फॉर्म । बड़े-बड़े चरागाह । दूर-दूर तक छिटकी बस्तियाँ । हरे-भरे वृक्षों से घिरे घर ।

सामने एक बहुत बड़ा बोर्ड लगा है ।

लिखा है, रोमन लिपि में—

सींयन !

मैं उतरता हूँ। कंधे पर मिजोरम का बना ऊनी 'शान्ति निकेतन' झोला है—हरे रंग का।

उतरते ही खोजती निगाहों से इधर-उधर देखता हूँ। मुझे उस अजनबी व्यक्ति की तलाश है, जो मुझ अजनबी को तलाश रहा है कहीं !

कुछ ही क्षण बाद। लम्बे, छरहरे शरीर तथा सफेद बालों वाले वृद्ध तरुण मेरी ओर लपकते हुए आते दिखलाई देते हैं। लम्बा चेहरा। गंजा सिर।

"आप ही हैं मिस्टर 'योशी' ?"

नार्वेजियन में 'ज' का उच्चारण 'य' ही होता है।

मुस्कराता हुआ स्वीकृति में सिर हिलाता हूँ तो वे मेरे दोनों हाथ आत्मीयता से थाम लेते हैं—

"मुझे ए०इ० हौलेण्ड कहते हैं···मैं 'अन्तर्राष्ट्रीय इब्सन सोसाइटी' का अध्यक्ष हूँ··· 'वार्देन' (संदेश) दैनिक पत्र का प्रधान संपादक भी···"

निकट ही उनकी छोटी कार खड़ी है।

वे स्वयं ड्राइव करते हुए सबसे पहले मुझे इब्सन के घर ले जाते हैं।

"जिस जमाने में इब्सन का जन्म हुआ था, यह बहुत ही छोटा कस्बा था। आबादी होगी कोई अट्ठारह सौ या दो हजार। एक बड़ा-सा गाँव भी कह सकते हैं—कस्बानुमा। इस समय इसकी आबादी है 45 हजार। जिस घर में इब्सन का जन्म हुआ था, वह बीच कस्बे में था। तब कस्बे में लकड़ी चीरने वाली आरा-मशीनों का शोर था। आसपास प्राकृतिक झरने थे। उनका शोर भी कुछ कम नहीं होता था···" हौलेण्ड आगे बतलाते हैं, "इब्सन का परिवार सम्पन्न था। बड़ा आलीशान घर था, जो आसपास की अन्य भव्य इमारतों के साथ 1886 की आग में जलकर राख हो गया था। तब इब्सन का परिवार कस्बे के एक छोर में चला गया था रहने के लिए···।"

हम मुख्य कस्बे से हटकर, एक किनारे की दिशा में आगे बढ़ते हैं।

एक सफेद कोठी की ओर इंगित करते हुए हौलेण्ड बतलाते हैं, "यही है वह घर—'इब्सन बेनस्टाप', जहाँ इब्सन ने अपने शैशव के स्वप्निल दिन बिताए थे। यहाँ वह 6 से 14 वर्ष की अवस्था तक रहे थे···"

हरे-भरे आँगन के किनारे, एक पेड़ के नीचे वह कार खड़ी करते हैं।

उतरते हुए एक खिड़की की ओर इशारा करते हैं, जो इस आँगन की तरफ है, "इसी खिड़की पर बैठकर बालक इब्सन अपने नाटकों के बाल-कलाकारों को निर्देशन दिया करते थे। आस-पास के बहुत-से बच्चे एकत्र करके उन्होंने एक बाल नाटक-मंडली बना ली थी। इसमें घर के नौकर-चाकरों तथा परिवार के अन्य लोगों का भी सहयोग ले लेते थे···"

हम अब रंगमंच भूमि के निकट हैं।

"यह घर नहीं, विश्व के नाट्य-प्रेमियों का अब एक तीर्थ बन गया है।" हौलेण्ड बुदबुदाते

हुए कहते हैं ।

"काफी नया-नया-सा लगता है···।" पूछता हूँ ।

"नहीं-नहीं, केवल 182 वर्ष पुराना है । सन् 1800 में बना था ।"

काठ का फर्श !

काठ की सफेद दीवारें ।

सफेद दरवाजे, सफेद खिड़कियाँ ।

अभी भी वे अधजली मोमबत्तियाँ रखी हैं, जो इब्सन के जीवन-काल में जलाई गई थीं ।

काठ की मेज पर वही मेजपोश है—सफेद रंग का, जो तब बिछा रहता था···

दीवारों पर टँगे रंगीन चित्र, अभी तक उसी भाँति ज्यों-के-त्यों सजे हैं ।

अब हम रसोईघर की ओर जा रहे हैं । अभी सारी वस्तुएँ ठीक वैसी ही रखी हैं । लगता है, जैसे अभी-अभी रसोई तैयार हुई है ।

पेड़ के पूरे तने को आगे से काटकर, पीछे पीठ टिकाने के लिए, उसी लकड़ी का एक हिस्सा वैसे ही रख दिया है । एक ही लकड़ी के टुकड़े की, बिना पायों की यह कुर्सी अपने में अनेक विशेषताएँ लिए है । दरवाजे के पास, आम आदमियों के बैठने के लिए इसका इस्तेमाल किया जाता होगा । सैकड़ों साल पहले नार्वे में ऐसी ही कुर्सियों का चलन था ।

दर्पण भी दीख रहा है, इब्सन के पिता जिसका प्रयोग दाढ़ी बनाने के लिए किया करते थे ।

हमारे साथ-साथ चल रही विशेषज्ञा, गाइड बतलाती जा रही हैं, "रसोईघर नीले रंग का है, ताकि मक्खियों से बचा जा सके···।"

काठ की सीढ़ियाँ चढ़कर, हम ऊपर वाले काठ के कमरे में प्रवेश करते हैं ।

"इसी कमरे में इब्सन को 'जंगली बतख' नाटक लिखने की प्रेरणा मिली थी ।"

छोटे-बड़े तरह-तरह के लकड़ी के चर्खे भी रखे दिखलाई दे रहे हैं, जिन पर इब्सन की माताजी नियमित रूप से ऊन काता करती थीं ।

उस जमाने में घर के लोग अपने लिए आवश्यक ऊन स्वयं ही चरखे पर कात लेते होंगे ।

"जब इब्सन यहाँ रहते थे, यहाँ बहुत-सी पुस्तकों का अम्बार लगा रहता था ।" वैक्य विक्स्युस का शालीन स्वर है ।

जब हमने इस संग्रहालय में प्रवेश किया था, तब देखने का जो शुल्क चुकाया था, उसका टिकट अब तक मेरी मुट्ठी में दबा पड़ा है ।

हम छत पर बने दूसरे कमरे में जाते हैं—यह है शिशु इब्सन का शयन-कक्ष ।

सफेद चारपाई ।

कढ़ी हुई दुग्ध-धवल सूती चादर ।

नीचे गद्दा ।

मेज पुराने ढंग की ।

हम फिर नीचे उतर रहे हैं । शेष कमरे भी देखने हैं अभी ।

इब्सन के परिवार का चार्ट है, दीवार पर । लिखा है—इब्सन का वंश-वृक्ष !

"इस बड़े-से कमरे में इब्सन नाटकों की रिहर्सल किया करते थे ।"

इब्सन की बहन का एक चित्र है, रंगीन ।

"इनकी मृत्यु बचपन में ही हो गई थी…।"

सागर में तैरते एक पुराने मॉडल का जलयान ।

"इब्सन के दादा इस जहाज के कप्तान थे ।"

पीछे के कमरे में जलाने के कोयले रखे हैं, वैसे ही रखे हैं, उस युग से, उसी तरह ।

चाय की केतली !

चम्मच !

प्याले !

दोहपर !

गर्मी महसूस हो रही है ।

संग्रहालय के कुछ चित्र खींचते हैं और बाहर निकल आते हैं, अभी और भी बहुत कुछ देखना है । इब्सन की स्मृतियों से जुड़ी अन्य जगहों में जाना है ।

बाहर तेज धूप है ।

आसपास फार्म ।

फिसलती हुई कार फिर आगे बढ़ रही है ।

गेंहूँ की बालियाँ पक रही हैं । पीलापन-सा फैल रहा है । दाहिनी दिशा का रास्ता गाँवों की ओर जा रहा है । कहीं भीड़ नहीं । कहीं शोर-गुल नहीं । संसार का सारा कार्य-व्यापार मौन-मंथर गति से चल रहा है । पश्चिम की आपाधापी की संस्कृति के कहीं कोई लक्षण नहीं ।

"सींयन का क्या अर्थ होता है ?" हौलेण्ड से पूछता हूँ ।

"वह स्थान जहाँ पानी बिखरा रहता है ।" वह उत्तर देते हैं ।

सागर का तट !

यानी फीयोर्ड !

बहुत-से झरने !

शायद इसीलिए इस स्थान को 'सींयन' कहते होंगे !

हौलेण्ड इब्सन के बारे में बतलाते-बतलाते स्टियरिंग पर से अचानक हाथ छोड़ देते हैं, "ऐसी गर्मी यहाँ कभी नहीं पड़ी…।"

डर लगता है, कहीं दुर्घटना न हो जाए !

इन्हीं सड़कों पर, गलियों पर इब्सन का बाल्यकाल बीता था। इब्सन के पिता कनुट इब्सन व्यापारी थे। कस्बे के गण्यमान्य व्यक्तियों में उनकी गणना थी। व्यापार के साथ-साथ छोटे-मोटे कारखाने भी चलाते थे…

तब इब्सन का घर शाही घर था। विशाल इमारत। शानदार कमरे।

सुख-सुविधा की सारी वस्तुएँ।

किन्तु समय ने कुछ ऐसी करवट ली कि शनैः-शनैः सब समाप्त होने लगा। व्यापार में मंदी, कारखानों में घाटा, जिसका परिणाम अन्ततोगत्वा परिवार को भुगतना पड़ा। अन्त में वह घड़ी भी आयी, जब वेनस्टाप के घर के अलावा सब नीलाम पर चढ़ गया। कुछ भी शेष न रहा।

"इब्सन को अपने जीवन-काल में कम संघर्ष नहीं झेलने पड़े। अन्त में सींयन ही छोड़ना पड़ा उन्हें। इब्सन के जीवन के अधिकांश वर्ष, जिन्हें सबसे महत्त्वपूर्ण वर्ष कह सकते हैं, नार्वे के बाहर बीते। अपने विश्वविख्यात नाटक उन्होंने यूरोप-प्रवास में ही लिखे थे…"

हौलेण्ड आगे कहते हैं, "जब इब्सन की ख्याति दुनिया में फैल गई तो नार्वे-निवासियों ने इब्सन के सम्मान में अनेक स्मारक बनवाए। इब्सन के गुजर जाने के बाद सींयन का महत्त्व और भी बढ़ गया। सारा सींयन इब्सनमय हो गया।"

कार चल रही है, उसी गति से। हौलेण्ड बीच-बीच में हाथ भी उसी तरह छोड़ना नहीं भूलते।

सामने ही इब्सन की आदमकद कांस्य प्रतिमा है। चौकोर, विशाल पत्थर पर खड़ी। बिखरे हुए बाल, रोबीला चेहरा—लगता है, अभी-अभी बोलने लगेगा।

इसी शहर के दूसरे किनारे पर एक और संग्रहालय है इब्सन का। वहाँ जाते हुए विभिन्न दृश्य देखते चले आ रहे हैं।

"इब्सन जिस घर में पैदा हुए थे, वह अग्नि-दुर्घटना में जल गया था। वहाँ वह सिर्फ चार वर्ष ही रहे।"

यह घर भी इब्सन का ही है।

ढलवाँ हरी धरती। एक नन्हा-सा तालाब, वृक्षों की हरी छाँह में। बतखें तैर रही हैं।

हम हल्की-सी चढ़ाई चढ़ते हैं।

सामने ही है वह इमारत।

वह संग्रहालय।

एक दरवाजे पर रंगीन पेन्सिल से बंदर की जैसी आकृति खिंची है।

"यह क्या है ?" पूछता हूँ।

स्मारक की गाइड रेण्डी बतलाती हैं, "कम लोग जानते हैं कि इब्सन नाटककार ही नहीं, अच्छे चित्रकार भी थे। बचपन में अपने छोटे भाई-बहनों के मन बहलाने के लिए दीवारों,

दरवाजों पर कभी-कभी चित्रकारी भी कर लिया करते थे । दरवाजे पर बना यह चित्र तभी से सुरक्षित है ।"

मैं हिसाब लगाता हूँ—डेढ़ सौ साल से अधिक अर्सा हुआ होगा—इस रेखाचित्र को मोमिया पेस्टिल रंगों से बनाए ।

यह भव्य इमारत, इब्सन के व्यक्तिगत जीवन के अनेक प्रश्नों का समाधान उपस्थित करती है । एक लेखक के रूप में इब्सन क्या थे, इसकी भी एक झलक ।

इस कमरे में इब्सन की मेज है—लम्बी-चौड़ी । इब्सन का अध्ययन-कक्ष । कुर्सियों के हत्थे सुनहरे रंग के हैं और कुशन का रंग एकदम गहरा नीला ।

दरवाजों-खिड़कियों पर सुन्दर सुनहरे पर्दे लटक रहे हैं ।

"ये पर्दे इब्सन ने स्वयं चुने थे ।"

हम बरामदे से होकर कमरों को देखते हुए चल रहे हैं । कोने पर कुछ देखकर मैं ठिठक पड़ता हूँ—

सामने दीवार की ओर मुँह किए इब्सन खड़े हैं ।

काला लम्बा टोप !

काला लम्बा कोट !

"यह इब्सन…?" मैं कह ही रहा होता हूँ कि रेण्डी हँस पड़ती है, "यह इब्सन का 'घोस्ट' है । ठीक इब्सन-सा लगता है न ।" वह कुतूहल से चहकती हुई कहती है, "सन् 1891 में लम्बे प्रवासों से लौटने के पश्चात् इब्सन ने अब स्थायी रूप से नार्वे में ही रहने का निश्चय कर लिया था । वे ओस्लो में विशेष रूप से चर्चित हो गए थे । यात्रियों के लिए एक चलते-फिरते तीर्थ भी । उन दिनों वे ऊँचा हैट, असाधारण रूप से ऊँची एड़ी वाले जूते तथा काला लम्बा कोट पहनते थे । हाथ में प्रायः छतरी रहती थी । जब कुछ वर्ष पूर्व ट्रेंक्रेड इब्सन ने ये स्मृति-चिह्न 'इब्सन सोसायटी' को दिए तो हमने इन्हें एक लकड़ी के ढाँचे पर इस तरह सजाया कि 'घोस्ट' ठीक इब्सन-जैसा लगे । इसी तरह छतरी बगल में दबाए, इब्सन प्रायः रोज ओस्लो विश्वविद्यालय जाया करते थे…।"

मैं चकित-सा देखता रहता हूँ…

अब हम दाहिनी ओर मुड़ते हैं ।

"इब्सन का लेखन समय के साथ-साथ बदलता चला गया…।" महिला इब्सन के लेखन के विषय में विस्तार से बतलाती चली जा रही है…।

इस कमरे में चाँदी के फूल हैं—तरह-तरह के आकार के ।

"इब्सन की मृत्यु पर ये चाँदी के फूल नार्वेजियन सरकार द्वारा श्रद्धांजलि-स्वरूप अर्पित किए गए थे और वे सामने वाले सींयन शहर के नागरिकों द्वारा…"

एक मेज पर तमाम पदक रखे हुए हैं—सोने के, चाँदी के ।

"ये समय-समय पर सरकार तथा विभिन्न साहित्य संस्थाओं द्वारा प्रदान किए गए थे

उन्हें ।"

हम अब सबसे महत्त्वपूर्ण कक्ष में प्रवेश करते हैं ।

"यह कमरा⋯इब्सन की साधना-स्थली⋯यहीं बैठकर उन्होंने अपने कई नाटकों का सृजन किया था⋯"

बड़ी-सी मेज । उसके ऊपर अभी तक इब्सन के लिखे-अधलिखे कागज वैसे ही रखे हैं, जिन्हें धातु के एक बहुत भारी कलमदान से दबाकर रखा हुआ है, ताकि वे बिखर न जाएँ ।

समीप ही बेंत की कुर्सी के पास, खुले रैक पर पुस्तकों का अम्बार लगा है । प्राचीन परम्परा के अनुसार उनके पृष्ठों के किनारे कटे नहीं हैं—यह देखकर सहज ही किंचित् विस्मय होता है ।

महिला मेरे मन के भाव शायद ताड़ जाती है । बतलाती है, "इब्सन की जितनी रुचि लिखने में थी, उतनी पढ़ने में नहीं । ये कृतियाँ उनके समकालीन साथी लेखकों द्वारा उन्हें भेंट की गई थीं, किन्तु उन्हें खोलकर कभी देखा तक नहीं । तब से उसी तरह ये रखी हुई हैं ।"

अब 'इब्सन का शहर' देखने का कार्यक्रम बनता है ।

सबसे पहले 'हैनरिक इब्सन हाउस' जाते हैं । इस सांस्कृतिक केन्द्र का निर्माण 7 सितम्बर, 1973 को हुआ था ।

पास ही 'हैनरिक कॉफी हाउस' है ।

बाहर रंग-बिरंगी छतरियों के नीचे अनेक मेजें लगी हैं, अलग-अलग फल के गुच्छों की तरह । हरी, मखमली दूब । बाहर ही बैठ जाते हैं । हौलेण्ड महाशय स्वयं ही एक ट्रे में धरकर दो प्यालों में काली चाय ले आते हैं ; उसी में चीनी के चौकोर क्यूब्स भी धरे हैं । कागज के कोणाकार, छोटे-से तिकोने समोसेनुमा गत्ते की पुड़िया के भीतर दूध भी ।

वे फीकी चाय पसंद करते हैं । यूरोप में अधिकांश लोग ऐसी ही काली चाय पीते हैं । मैं अपनी भारतीय परम्परा की चाय तैयार करता हूँ—चीनी और दूध मिलाकर ।

'हैनरिक इब्सन हाउस' के अनेक भाग हैं । एक कक्ष पेण्टिंग का है । एक विशाल पुस्तकालय है—इब्सन से संबंधित अनेक पुस्तकें ।

अब हम 'इब्सन-थियेटर' में प्रवेश करते हैं । बहुत सुंदर, आधुनिकतम सभागार । नारंगी रंग की अद्‌भुत छटा । 740 दर्शकों के बैठने की व्यवस्था⋯

"यहाँ प्रायः इब्सन के नाटकों का मंचन होता रहता है ।" मेजबान बतलाते हैं ।

'इब्सन हाउस' के बाहर हरे-भरे वृक्षों की सघन छाया में इब्सन की प्रतिमा ।

साफ-सुथरा शहर ।

कहीं एक छिलका तक नहीं ।

हौलेण्ड अपने समाचार-पत्र कार्यालय में ले जाते हैं, जहाँ अधिकांश कार्य कम्प्यूटर की सहायता से किया जाता है । इस क्षेत्र के अच्छे पत्रों में इसकी गणना है ।

शहर समतल नहीं, ऊबड़-खाबड़ धरती पर बसा है—नन्ही पहाड़ियों पर।

सागरतट !

स्टीमर !

नौकाएँ !

कुछ समय घूमने के बाद वे भोजन के लिए आमंत्रित करते हैं।

"आपको विशुद्ध नार्वेजियन भोजन कराएँगे···।" वे बड़ी उत्सुकता से कहते हैं।

भोजन आता है, पर मैं खा नहीं पाता।

कच्चे गोमांस की स्लाइसें सजाकर रखी हुई हैं—चावल के पास।

मैं केवल सलाद से काम चलाता हूँ। हौलेण्ड का दिल दुखाना नहीं चाहता। इसलिए अस्वस्थता की बात कर आइसक्रीम का सहारा लेता हूँ।

हौलेण्ड का पत्रकार धीरे-धीरे जागने लगता है।

राजनीति पर बातें शुरू होती हैं।

भारत-पाक संबंधों पर।

उनकी मान्यता है कि गत युद्धों में पहल भारत ने ही की है।

मैं उन्हें समझाने का प्रयास करता हूँ कि यह जातियों के युद्ध का प्रश्न नहीं है। पाकिस्तान से अधिक इस्लाम पर आस्था रखने वाले भारत में हैं। सबको समान हक है। धर्मनिरपेक्ष देश में सब मिल-जुलकर रहते हैं। मैं युद्ध के कारणों पर विस्तार से प्रकाश डालता हूँ, तो अंत में वे अपनी सहमति व्यक्त करते हैं। कहते हैं, इस दृष्टि से हमने सोचा नहीं···।

उन्हें इस बात का बराबर अफसोस बना रहता है कि इतने अच्छे भोजन के साथ मैं न्याय नहीं कर पा रहा हूँ।

वे अपने घर ले जाना भी नहीं भूलते।

पहाड़ी पर बना, एकान्त में।

उपहारस्वरूप मणिपुर का बना एक सुन्दर-सा ऊनी झोला उन्हें भेंट करता हूँ।

"मेरी पत्नी यूरोप-यात्रा से लौटेंगी तो इसे देखकर उन्हें बहुत प्रसन्नता होगी। हम इसे अपने ड्राइंग-रूम में सजाकर रखेंगे···।" वे अपनी प्रसन्नता व्यक्त करते हुए कहते हैं।

भारत में ही नहीं, सारे विश्व में शेक्सपीयर के बाद अन्तर्राष्ट्रीय ख्याति के प्रतिष्ठित नाटककारों में इब्सन का अग्रणी स्थान रहा है। इनके नाटकों के अनुवाद प्रायः सभी भारतीय भाषाओं में हुए हैं। मुझे याद आता है, एक नाटक का हिन्दी अनुवाद यशपालजी ने भी किया था···सम्भवतः मई में, मेरे नार्वे प्रवास से पूर्व 'एनीमी ऑफ द पीपुल' का रेडियो रूपान्तर आकाशवाणी से भारत की सभी भाषाओं में प्रसारित किया गया था। तब इस नाटक को लिखे ठीक सौ साल पूरे हुए थे···

यों इब्सन को लोग मात्र नाटककार के रूप में ही जानते हैं। कम लोगों को पता है कि वह संवेदनशील कवि भी थे। बहुत अच्छी मर्मस्पर्शी कविताएँ उन्होंने लिखी थीं।

इनके साथ-साथ इब्सन चोटी के चित्रकार तो थे ही । बचपन से ही इन्हें चित्रकारी का शौक था । अपने भाई-बहनों के मनोविनोद के लिए तरह-तरह के रंग-बिरंगे चित्र बनाया करते थे । उनके द्वारा अपने निवास वेनस्टाप की खिड़की के शीशों पर की गई चित्रकारी आज भी अतीत की अनेक भावभरी कहानियों की साक्षी है ।

एक दरवाजे पर लोमड़ी और बंदर के व्यंग्य-चित्र हैं । वास्तव में इब्सन ने अपने दोनों भाई—ओल और जोहान को इस व्यंग्य-चित्र के माध्यम से चित्रित किया था । गुरु-गंभीर-से लगने वाले इब्सन कहीं बड़े विनोदी स्वभाव के भी थे । दूसरों पर ही नहीं, अपने पर भी व्यंग्य कर लेने की कला में उन्होंने महारत हासिल की थी ।

इब्सन के बनाए सुन्दर प्राकृतिक दृश्य, अनेक तैलचित्रों में सुरक्षित हैं । इनमें 'डालेन इन टेलीमार्क', 'मानोर फ्रो फालेस्टेड' चित्र विशेष चर्चित रहे ।

शहर से लौटते समय हौलेण्ड से पूछता हूँ, "इब्सन ने यह शहर क्यों छोड़ा था ?"

"इस संबंध में बहुत कुछ कहा जा सकता है," वह उत्तर देते हैं, "किन्तु सबसे प्रामाणिक दस्तावेज है, इब्सन का वह पत्र, जो उन्होंने अपनी पुत्रवधू को एक बार लिखा था । जिसमें वे कहते हैं, 'आर्थिक रूप से परिवार का ढाँचा टूट रहा था··जिस कस्बे में कभी शान-शौकत से रहे, वही अब गरीबी के कारण पराया-पराया-सा लगने लगा । कस्बे के लोगों की कानाफूसी से भी मन उचाट होने लगा । केवल पन्द्रह वर्ष की अवस्था में ही लगने लगा कि इस शहर से निकल चलने में ही अब खैर है··फिर सामने रोजी-रोटी की समस्या थी । यही सब सोचकर 27 दिसम्बर, 1843 को मैं निकल पड़ा, एक नये संसार की खोज में । ग्रिमस्टेण्ड में एक कैमिस्ट के यहाँ काम मिल गया । एक शहर, मेरा प्यारा शहर, मेरा अपना शहर इस तरह मुझसे दूर हो गया···।' "

मेजबान आगे बतलाते हैं, "यहाँ की यादें, यहाँ के अनुभव, यहाँ की अनुभूतियाँ 'जंगली बतख', 'समाज के स्तम्भ' आदि नाटकों में बड़ी गहराई से प्रतिबिम्बित हुए हैं । वर्षों तक सींयन से बाहर रहकर भी वे किसी-न-किसी रूप में इसे जीते रहे । उनके जीवन के अनेक बहुमूल्य वर्ष यूरोप में बीते, किन्तु वे वहाँ भी अपने साथ-साथ सींयन को ले जाना न भूले ! ऐसा लगता है इब्सन और सींयन एक ही शब्द के दो पर्याय हैं···।"

नार्वे-निवासियों को गर्व है कि इब्सन का जन्म वहाँ हुआ था । वहाँ के सबसे बड़े नोट यानी एक हजार क्रोनर के नोट पर वहाँ के राजा या अन्य किसी विशेष स्मारक का नहीं, मात्र इब्सन की आकृति का रेखांकन है ।

ओस्लो के कालजुहान रोड पर स्थित उस रेस्तराँ का स्मरण हो आता है मुझे, जहाँ इब्सन नियमित रूप से ठीक बारह बजे पहुँचा करते थे । बाहर दीवार से लगी एक घड़ी थी । ज्यों ही बारह की घंटी बजती, इब्सन रेस्तराँ में होते । घड़ी खराब हो सकती थी, धोखा दे सकती थी, किन्तु इब्सन के समय में एक सेकेण्ड का भी अन्तर आ पाना सम्भव नहीं ।

कहा जाता है कि इब्सन के आने से लोग अपनी घड़ियों का समय मिलाते थे । रेस्तराँ में

वह सीट अभी भी ज्यों-की-त्यों है, जो इब्सन के लिए निश्चित थी । समय बदल गया, दीवार बदल गयी है, परन्तु वह घड़ी इब्सन की स्मृति में अभी तक, उसी तरह, ठीक वहीं पर टिक्-टिक् कर रही है···

हौलेण्ड महाशय रेलवे स्टेशन तक आते हैं, मुझे विदा देने । वे तब तक प्लेटफार्म पर खड़े बतियाते रहते हैं, जब तक गाड़ी रवाना नहीं होती ।

शाम हो रही है । जो रेलगाड़ी हमें लेकर आई थी, शायद वही लौट रही है ओस्लो की ओर ।

कुशीनारा : तथागत के अन्तिम दिन

कपिलवस्तु जाना अब संभव नहीं। समय कम है। फिर वहाँ पहुँचकर आज ही लौटना आसान नहीं। इसलिए कार्यक्रम बनता है—कशिया जाने का।

"केवल 46 किलोमीटर ही तो दूर है! शाम को वापस आना कठिन नहीं रहेगा...।"

जाड़ों के झीने दिन।

उस पर गोरखपुर!

ज्यों-ज्यों निकलने की कोशिश करते हैं, त्यों-त्यों उलझते चले जाते हैं।

कशिया!

कुशीनारा!

कुशीनगर!

बुद्ध की परिनिर्वाणस्थली!

बंधुवर उदयभान मिश्र का आग्रह है कि प्रस्थान से पूर्व, उनके निर्देशन में निर्मित वृत्ताचित्र 'कुशीनगर' अवश्य देख लें।

हाँ, तो गोरखपुर में बैठे-बैठे हम 'कुशीनगर' देखने लगते हैं।

किसी वृत्ताकार बौद्ध-विहार के ऊपर, कहीं दूर जगमगाती किरणों का जाल! उगते सूरज के सतरंगी प्रकाश बिम्ब! फिर तथागत के जीवन से संबंधित तीर्थ के प्राचीन अवशेष! शयन-मुद्रा में तथागत की विशाल प्रतिमा। वह पवित्र सरिता, उसका पावन जल, जिसमें परिनिर्वाण से पूर्व तथागत ने स्नान किया था।

कुछ ही समय में सारी झाँकी प्राप्त कर लेते हैं हम।

वास्तव में यह वृत्तचित्र नहीं, पर्दे पर साकार हुई एक जीवन्त कविता का एहसास है...

कार में बैठे-बैठे अभी तक भी वे दृश्य स्मृति-पटल पर कहीं बार-बार घूम रहे हैं।

भीड़!

धूल से अँटी टूटी-फूटी सड़कें!

धुआँ!

धीरे-धीरे सब कुहासे में सिमट रहे हैं। मुझे याद आता है, कुछ वर्ष पूर्व इसी तरह जल्दी-जल्दी में नालंदा गए थे। बहुत सुना था, पढ़ा था, किन्तु जब देखा तो और भी अधिक घनीभूत का अहसास हुआ था।

छोटी-छोटी ईंटों के खंडहर। अतीत के सनातन साक्षी। इतिहास के एक-एक पृष्ठ पर,

एक-एक युग की गौरव-गाथा के शिलालेख ।

धरती के भीतर से झाँकती वे सिल्लियों की तरह बिछी लम्बी पाषाण-शिलाएँ, जिन पर नालन्दा के मेधावी छात्र सोया करते थे । ईंट और पत्थर की छोटी-छोटी कोठरियों के आकार, उनके अध्ययन-कक्ष । कक्षों के मध्य गलियारे··· विक्रमशिला, तक्षशिला की तरह एक अद्वितीय शिक्षा-तीर्थ । सरस्वती की उपासना-भूमि ! जहाँ नेपाल, तिब्बत, मंगोलिया, चीन, बर्मा, सिंहल द्वीप के प्रतिभाशाली छात्र आते थे, विद्या अध्ययन के लिए ।

इस प्रकाश-स्तम्भ से एशिया में एक नई ज्योति का विस्तार हुआ । भारतीय दर्शन, भारतीय साहित्य ही नहीं, समग्र भारत सदेह दूर-दूर तक फैला । फला । फूला ।

उन विशाल अवशेषों को देखकर, उस क्षण कहीं यह भी लगता रहा कि जैसे मैंने ही वर्षों तक इन शिलाओं पर बैठकर बौद्ध-वाङ्मय का पारायण किया था । बौद्ध-दर्शन की दीक्षा ली थी । ये विगत के चित्र नहीं, आगत के ऐतिहासिक जीवन्त काल-खंड भी हैं ।

पीतचीवर !

भिक्षापात्र !

बुद्धम् शरणम् !

फिर राजगीर के चरणों तक पहुँचकर लौट आए थे—समयाभाव के कारण ।

कोई मेला लगा था । भिखारियों एवं कुष्ठ रोगियों का जमघट । लोग इतने गरीब भी हो सकते हैं, इसकी कल्पना सहज नहीं ।

उरबेला देखने की, जहाँ तथागत ने तपस्या की थी, आकांक्षा पूरी न हो पाई थी···

अजातशत्रु की, नहीं-नहीं, विम्बिसार की भी राजधानी···

उससे पूर्व, अनेक वर्ष पूर्व देखा था—साँची । विदिशा के बाद ।

विशाल प्रस्तर तोरण-द्वार !

सारिपुत्त, मौद्गल्यायन की स्मृतियों से जुड़ी अतीत की कई कड़ियाँ···

कहीं-कहीं पत्थरों के खम्भे-से रह गए हैं आज—आसमान की ओर झाँकते··· नहीं-नहीं, विस्मृत अतीत में भविष्य खोजते ।

सम्राट् अशोक के पुत्र महेन्द्र, पुत्री संघमित्रा वट-वृक्ष की शाखा लिए, इसी मार्ग से सिंहल द्वीप की यात्रा पर निकले थे, जहाँ प्रथम बार ज्ञान का दीपक प्रज्वलित किया था । अनुराधापुरम् के अवशेष आज भी इस सत्य के साक्षी हैं···

"कहाँ पहुँच गए ?" कार झटके से मुड़ती है तो कोई सहसा पूछता है ।

"साँची ।" मेरे मुँह से अनायास ही निकल पड़ता है ।

"क्या कह रहे हैं हिमांशु'दा ?" चित्रा कहती है तो मुझे सहसा ख्याल आता है ।

"हाँ, कुशीनगर अभी दूर है ?" पूछता हूँ ।

"कुछ लेंगे ? भूख लग आई होगी ?"

मैं कागज के लिफाफे से मूँगफली के कुछ दाने चुपचाप उठा लेता हूँ ।

दाहिनी ओर दूर-दूर तक मटमैली चादर-सी फैली झील । किनारे पर सैंवार । पुराने घर ।

सँवारा जाता तो यह कितना सुन्दर स्थल बन जाता—पर्यटकों का स्वर्ग···

शाल-वन शुरू हो गए हैं । कई किलोमीटर के क्षेत्र में, मार्ग के दोनों ओर बाँहें फैलाए···

इस शाल-वन को देखते ही, उस शाल-वन का चित्र उभर आता है, जिसे तथागत ने अपनी चरण-धूलि से पावन किया था···ऐसे ही दो वृक्षों की छाँह में, कहीं अंतिम उपदेश दिया था—

'कोई भी वस्तु जिस रूप में प्राप्त हुई है, एक दिन अवश्य विघटित होती है आनंद ! इसीलिए कहता हूँ—पूर्णता की ओर बढ़ो ।'

कहते-कहते बुद्ध ने अपनी पलकें मूँद ली थीं और वे ध्यान में लीन हो गए थे—विलीन हो गए थे महासमाधि में ।

ये ही अन्तिम आप्त वचन थे तथागत के, जिनकी अमृत वाणी से नई चेतना के स्वर प्रस्फुटित हुए थे । शान्ति के, ममता के, समता के, त्याग के सौ-सौ सूरज उगे थे···करुणा की अमृत वर्षा हुई थी···

निरन्तर पैंतालीस वर्ष तक बुद्ध धर्म तथा संघ का प्रचार करते रहे थे । वैशाली, जेतवन, श्रावस्ती, राजगृह, सारनाथ, बोधिगया—जहाँ-जहाँ वे गए, वहाँ-वहाँ नई चेतना का ज्वार उमड़ता चला गया···

उनके जीवन के अन्तिम दिनों का बड़ा सजीव वर्णन 'महापरिनिव्वान सुत्त' में हुआ है ।

उस वर्ष, वर्षावास से पूर्व तथागत राजगृह में थे । वहीं से एक विशाल भिक्षु-संघ के साथ उन्होंने अपनी यात्रा आरम्भ की और वैशाली पहुँचे थे । पास ही बेलुव ग्राम में उन्होंने वर्षावास का निश्चय किया । भिक्षुओं को निकट के गाँवों में भिक्षाटन की अनुमति दे दी थी ।

यह अन्तिम वर्षावास था बुद्ध का, कहीं ऐसा अहसास हो गया था उन्हें । वे कुछ-कुछ रुग्ण तो गत कुछ समय से चले ही आ रहे थे, किन्तु उन्होंने उसे दबाए रखा···

अस्सी वर्ष की अवस्था हो चुकी थी । ज्यों-ज्यों समय बीत रहा था, इस बात का अहसास तीव्रता से हो रहा था कि निर्वाण की बेला में अब अधिक देर नहीं···किन्तु भिक्षु-संघ को, अंतिम बर देखे बिना बुद्ध देह त्याग कैसे सकते थे ? इसलिए चुपचाप व्याधि सहते रहे ।

एक दिन आनंद ने प्रसन्नता व्यक्त करते हुए कहा, 'भदन्त, हमारे लिए यह कम हर्ष का विषय नहीं कि आपकी व्याधि कुछ कम हुई है, जिससे मेरी चिन्ता का निवारण हुआ है । भिक्षु-संघ को अंतिम उपदेश दिए बिना भगवान् परिनिर्वाण कैसे प्राप्त कर सकते हैं ?'

यह 'उपदेश' शब्द तथागत के हृदय में कहीं चुभा । किंचित् मंद स्वर में बोले, 'आनंद,

ऐसा कुछ भी तो नहीं है, जिसे मैंने तुमसे या भिक्षु-संघ से छिपाकर रखा हो। भिक्षु-संघ का मैं नायक बनूँ, मुझ पर आश्रित रहे यह संघ, ऐसी भी मेरी धारणा कभी नहीं रही। जो व्यक्ति ऐसा सोचेगा, वही संघ को अंतिम उपदेश देने की भ्रामक बात कहेगा···अब मैं वृद्ध हो चला आनन्द ! जरा-जीर्ण हो चुकी यह काया। इस गिरती देह को, ज्यों-त्यों चलाए रखने के पक्ष में भी मैं नहीं हूँ···'

आनंद की अम्लान आकृति में कहीं चिन्ता की मलिन रेखाएँ घिर आईं। तथागत सचमुच जाने की सोच रहे हैं, यह सत्य को जानकर भी वे स्वीकार करने की स्थिति में नहीं थे।

'तो हमारे लिए क्या अभीष्ट है भन्ते ?' शोकाकुल स्वर में उन्होंने पूछा।

'इसमें शोक का प्रश्न कहाँ है आनंद ?' तथागत ने समझाते हुए कहा, 'मेरे चले जाने के बाद तुम सबको स्वयं पर आश्रित होना है। अपना मार्ग स्वयं खोजना है। अपना दीपक स्वयं बनना है···इसलिए तुम आत्मा की शरण में आ जाओ···धर्म की शरण में···मैंने जिस धर्म और विनय का उपदेश दिया है, मेरे परिनिर्वाण के बाद वे ही तुम्हारा पथ-प्रदर्शन करेंगे···'

वर्षावास की समाप्ति पर तथागत बेलुव ग्राम से लौट आए वैशाली। महावन की कूटागार शाला में अनेक भिक्षु एकत्र हो आए थे। उन्हें भी आभास हो चुका था कि महावन की इस धरती को पवित्र करने, तथागत के चरणकमल अब लौटकर दोबारा नहीं आएँगे···

और एक दिन प्रातः वेला में वृहत् शिष्य समुदाय के साथ तथागत चल पड़े—भाँड़ा ग्राम की ओर।

लिच्छवियों के प्रति तथागत का सदैव स्नेहभाव रहा। इसलिए वैशाली से विदा होते समय उन्होंने अपना प्रिय भिक्षा-पात्र स्मृतिस्वरूप लिच्छवियों को दे दिया···

कूटागार शाला, महावन से चरण बढ़ रहे थे धीरे-धीरे। वैशाली का अपनत्व-भरा परिवेश भी छूट रहा था। वैशाली में ही प्रथम बार भिक्खुणी-संघ की स्थापना हुई थी। बोधिप्राप्ति के पाँचवें वर्ष तथागत वैशाली के कूटागार में ठहरे थे। आनंद के अनुरोध पर माँ गौतमी को तथागत ने संघ की स्थापना की अनुमति दी थी। 'विनयपिटक' के कई महत्त्वपूर्ण सूत्र वैशाली में ही रचे गए थे···

'भन्ते, किस मार्ग से, कहाँ जाना है ?' आनंद ने पूछा था।

'हस्तिग्राम, आम्रग्राम, जम्बुग्राम, भोग नगर और'···'पावा नगरी' तक आते-आते तथागत सहसा मौन हो गए थे।

जहाँ-जहाँ तथागत पहुँचते, उनके प्रवचन सुनने के लिए अपार जन-समुदाय उमड़ता चला जाता।

कई दिनों के प्रवास के पश्चात्, अंत में पावा नगरी के निकट पहुँचे। उस दिन भिक्षु-संघ को संबोधित करते हुए बुद्ध ने कहा था, 'अर्थ न जानने से धर्म का विनाश होता है, भिक्षुओ ! अतः विश्व में विवेकशील वही है जो तत्त्वतः अर्थ ग्रहण करता है···जिनका हृदय पावन है उन्हीं

के आप्त वचन का अनुशीलन करना चाहिए—वही वचन धर्म है, वही वचन ज्ञान है—वही वचन मेरा भी वचन है भिक्षुओ !'

पावा नगरी में मल्लों ने तथागत का इस बार अभूतपूर्व स्वागत किया । चुन्द ने अपने आम्रवन में विश्राम करने के लिए आमंत्रित किया, जिसे तथागत ने सहर्ष स्वीकार कर लिया ।

चुंद के ही घर भगवान् तथा भिक्षु-संघ ने भोजन भी प्राप्त किया । जो भोजन तथागत के लिए परोसा गया, उसमें, 'सूकरमद्दव' भी था । उसे ग्रहण करते ही तथागत अतिसार से पीड़ित हो उठे । दबी व्याधि भी उभर आई···

चुन्द तथागत को विदा देने इरावती नदी के पार तक आया । और आम्रवन में, सरोवर-तट पर कुछ क्षण तथागत ने विश्राम भी किया···

वहाँ से तथागत आगे बढ़े—कुशीनारा की ओर ।

'आनंद, लोग चुन्द को दोष देंगे कि उसके घर भोजन प्राप्त करने के कारण तथागत अवस्थ हो गए थे··· वस्तुतः ऐसा नहीं है आनंद ! चुन्द ने जो भी भिक्षा में दिया, सब स्नेहवश ही दिया । इसलिए उसे दोष न देना, वह दोष-मुक्त है···' तथागत बोले ।

तभी सामने हिरण्यवती नदी दीखी ।

तथागत अन्तिम स्नान कर, निकट की शाल-वन की ओर बढ़े ।

'हे आनन्द, इन दो शाल-वृक्षों के मध्य मेरा शयन रचो । यहीं मैं निर्वाण चाहता हूँ ।'

दो बिशाल शाल-वृक्ष, इन शाल-वृक्षों के बीच मैं खोज रहा हूँ और खोज रहा हूँ, उनके मध्य शयन की मुद्रा में लेटे तथागत को ।

"इस गहरे कुहासे में आगे बढ़ पाना कठिन है ।" भाई मुद्गल की आवाज से तंद्रा-सी टूटती है ।

"इतना धुंध, इतना कुहासा मैंने पहले कभी नहीं देखा ।" ड्राइवर कहता है, "इसी रोड पर कल एक्सीडेंट में पाँच आदमी मर गए थे···।"

अभी भी शाल-वन का सिलसिला चल रहा है । चल रही है गाडी ।

एक पुल आता है सीमेन्ट का ।

"इसी छोटी गंडकी को पार करके तथागत कुशीनारा पहुँचे थे ।" मिश्रजी दाढ़ी पर हाथ फेरते हुए, किंचित् सोच में डूबकर कहते हैं, "इसका जिक्र फाहियान ने भी किया था···।"

"कुशीनगर सही-सलामत, किसी तरह पहुँच तो जाएँगे, पर आज ही लौट पाना संभव लगता नहीं ।" मुद्गल कहते हैं ।

उनके स्वर में चिन्ता है—अनिश्चितता ।

हम बदलने के लिए कपड़े तो लाए ही नहीं, फिर रात को क्या पहनेंगे ?

रात घिर आई है । और भी घनी लग रही है, कुहरे के कारण ।

कुशीनगर निकट आता चला जा रहा है ।

बस्ती है। गाँव है। खेत हैं। खलिहान हैं।

कुछ ही कदम बढ़ने पर चौराहा।

प्रशान्त मुद्रा में बैठे तथागत की प्रतिमा।

दाहिनी ओर—महानिर्वाण पथ।

गाड़ी इसी पथ पर आगे बढ़ रही है।

जाड़ों के दिन। ठिठुरन-भरे। सवा आठ बज चुके हैं। चारों ओर अँधियारे की काली चादर तनी है।

"अन्तर्राष्ट्रीय गेस्ट हाउस' के विशाल प्रांगण में गाड़ी मुड़कर रुकती है।

भिक्षु बुद्धमित्र बाहर निकलते हैं। मिश्रजी के पुराने आत्मीय। बड़ी आत्मीयता से मिलते हैं। ठहरने की भी व्यवस्था कर देते हैं।

पर इसी व्यवस्था में लगभग दस बज जाते हैं।

अब इतनी रात भोजन कहाँ मिलेगा ?

आती बेर किसी ने, सड़क के किनारे कहीं एक ढाबा देखा था। उसी की खोज पर निकल पड़ते हैं···

एक बड़ा-सा झोंपड़ा।

कतार में खड़े ट्रक।

सामने बहुत-सी मैली चारपाइयाँ पड़ी हैं, जमीन से लगी। तन्दूर पर रोटियाँ सिंक रही हैं।

चारपाई पर पालथी मारकर भोजन करते हैं। बचपन में अम्मा से सुनी कहावत याद आती है—

भूख मीठी कि भोजन मीठा ?

सर्दी इतनी है कि नींद आना आसान नहीं लगता। तराई का क्षेत्र होने के कारण पहाड़ों के मौसम का प्रभाव है। अभी भी सब वैसा ही है। कल धूप निकलने पर ही लौटना संभव हो पाएगा।

सब सो गए हैं।

किन्तु मैं बाहर निकल आता हूँ।

अँधेरे में जापानी-बौद्ध विहार का श्याम वर्ण का शिखर बहुत बड़ा लग रहा है।

गन्ने के खेत !

कच्चे रास्ते !

"तथागत ने अपनी इहलीला यहीं समाप्त की थी—अब से 2531 वर्ष पहले।"

मुझे यहाँ किसी तरह का कोई कष्ट महसूस नहीं होता, बल्कि अच्छा लगता है कि यहाँ के एकान्त में किंचित् शान्ति मिलेगी।

भिक्षु बुद्धमित्र भी गेरुए रंग का कम्बल लपेटे पास आते दिखलाई देते हैं। सिंहल के

विद्यालंकार विश्वविद्यालय से राहुलजी तथा कौसल्यायनजी की तरह त्रिपिटकाचार्य हैं । कहते है—ह्वेनसांग ने अपने यात्रा-वृत्तांत में जिस लनमो यानी रामग्राम का वर्णन किया है, मैंने उसे खोज निकाला है…!

"पावा नगरी कितनी दूर है ?"

"यहीं पास ही । कल वह मार्ग आपको दिखलाएँगे, जिससे होकर कहा जाता है कि वे कुशीनारा आए थे ।"

बुद्धमित्र चले जाते हैं, किन्तु मैं उस अंधकार में खड़ा सोचता रहता हूँ ।

अश्वघोष ने 'बुद्धचरित' में तथागत की महायात्रा का वर्णन करते हुए लिखा है—

तथागत के परिनिर्वाण से शोकाकुल मल्लों में से एक वृद्ध कहता है—जिन युगचेता ने सोए मानव को जगाया, वे पश्चिम दिशा में अस्त होते हुए सूर्य की भाँति मृत्युशय्या पर पड़े हैं… जिन्होंने अपनी ज्ञान की किरणों से विश्व का अंधकार विनष्ट किया, आह, वह बुद्धरूपी सूर्य आज अस्त हो रहा है…!

अँधेरे में डूबे नगर में कुछ ढूँढ़ रहा हूँ ।

इस स्थल पर आकर मुझे अजीब-सी अनुभूति हो रही है । प्रातः हिरण्यवती के उस तट पर बैठेंगे, जिसे पार कर तथागत कुशीनारा आए थे…

प्रातः कुशीनारा-दर्शन के लिए निकलते हैं ।

सबसे पहले पहुँचते हैं—निकट के जापानी-बौद्ध विहार । वास्तुकला का अप्रतिम उदाहरण । छोटी-छोटी ईंटों का बना वृत्ताकार विहार । जहाँ भीतर तथागत की भव्य स्वर्ण प्रतिमा स्थापित की गई है ।

श्याम वर्ण के तरुण, हँसमुख भिक्षु हल्की-सी ताली बजाकर उसकी अनुगूँज सुनाकर सबको अचरज में डाल देते हैं ।

चारों ओर ईंटों की सीढ़ियाँ । खिले गुलाब । क्यारियों में नाना प्रकार के रंग-बिरंगे पुष्प महक रहे हैं ।

उसी की पूर्व दिशा में प्रवाहित हो रही है—हिरण्यवती !

ह्वेनसांग ने लिखा है—जहाँ बुद्ध का पार्थिव शरीर अग्नि को समर्पित किया गया था, वहाँ पूर्व की ओर कुआँ है ।

हम देखते हैं—वह कुआँ आज भी विद्यमान है ।

ह्वेनसांग ने लिखा है—हिरण्यवती से लगभग तीन सौ कदम की दूरी पर तथागत का दाह-संस्कार हुआ था ।

हिरण्यवती के तट पर खड़े होकर हम देखते हैं—वह स्तूप ठीक उतनी ही दूरी पर स्थित है ।

ह्वेनसांग ने लिखा है—जहाँ अग्निसंस्कार किया गया, कोयला और राख के सम्मिश्रण से

भूमि अभी भी श्यामतायुक्त है ।

कुछ-कुछ श्यामतायुक्त भूमि अब भी कहीं दीख रही है ।

तथागत के शरीरान्त के पश्चात् क्या हुआ, इसका वर्णन और भी कम मार्मिक नहीं—

'बहुमूल्य सप्त धातुओं से रथी बनाई गई । सहस्र वस्त्रों से शरीर ढका गया । सुगन्धित वस्तुएँ और फूल ! उन सबके ऊपर रत्नजड़ित वस्त्र और फिर स्वर्ण-छत्र ! मल्ल रथी उठाकर चले हिरण्यवती के तट की ओर तो अग-जग सारा संसार सहसा रो पड़ा ।

' चन्दन की विशाल चिता पर तथागत का पार्थिव शरीर सजाया गया । सुगन्धित तेल एवं घृत आदि समर्पित कर चिता की अग्नि प्रज्वलित की गई । शरीर के भस्म हो जाने के पश्चात् भी दो वस्त्र ज्यों-के-त्यों रहे—एक वह जो शरीर से लिपटा था, दूसरा जो शव के ऊपर सजाया गया था । तथागत के केश एवं नख भी अग्नि से नहीं जले··· '

ईंटों का बना विशाल स्तूप आज भी अतीत का साक्षी है ।

यह भी लिखा है ह्वेनसांग ने कि बुद्ध के अवशेषों के लिए मल्ल तथा अन्य आठों गणराज्यों के बीच भारी विवाद उठ खड़ा हुआ, किन्तु अंत में अवशेष आठ भागों में विभाजित कर दिए···।

हिरण्यवती तब से अब तक उसी तरह प्रवाहित हो रही है । अब उतना जल नहीं । एक क्षीण धार कूल-कगारों को सींचती हुई मौन, मन्थर गति से बह रही है···

स्तूप की परिक्रमा के पश्चात् हम लौटने लगते हैं ।

पास ही किसानों की झोंपड़ियाँ ।

आँगन में बँधे बछड़े ।

एक कतार की शक्ल में ग्रामीण महिलाएँ, रोटी की पिटारियाँ सिर पर रखे, तेज गति से नदी की दिशा में बढ़ रही हैं ।

जहाँ कभी शाल वन थे, वहाँ अब खेत हैं । फसल लहलहा रही है । झोंपड़ियों से धुआँ उठ रहा है । अधनंगे बच्चे चहक रहे हैं—धूल में ।

इन सबके भीतर कहीं छिपे, ढाई हजार साल पुराने कुशीनगर को खोज रहा हूँ । शायद कोई वृद्ध मिले, कहे—तथागत को नदी पार कर शाल-वन में आते मैंने देखा था । रात्रि के पश्चिम याम में उन्होंने देह का परित्याग मेरे सामने किया था···

गाड़ी फिर चल पड़ती है ।

शाल वृक्षों के स्थान पर युक्लिप्टस के पौधे अच्छे नहीं लग रहे हैं ।

स्तूप से आते समय बाईं ओर फिर रुकते हैं ।

"इसे माथा कुँवर कहते हैं ।"

एक छोटा-सा चारों ओर सीखचे लगा कमरा । जिस पर बाहर से ताला लगा है । भीतर प्रशान्त मुद्रा में बैठे तथागत की बड़ी-सी स्वर्णिम प्रतिमा है । बायाँ हाथ टूटा हुआ । दाहिने से

तथागत धरती का स्पर्श कर रहे हैं···

सामने प्राचीन अवशेष केवल फर्श। पर विभिन्न आकार-प्रकार के प्रतीक रह गए हैं, जिनसे अनुमान लगाया जा सकता है कि इनके ऊपर कभी दीवारें रही होंगी···।

तथागत की प्रतिमा के नीचे नन्ही-नन्ही सीढ़ियाँ हैं और नीचे पक्का चबूतरा-जैसा।

कहा जाता है कि तथागत ने अपने संघ को अंतिम बार यहीं संबोधित किया था···

अंग्रेजों के काल में इस मूर्ति का पता चला था। मिट्टी खिसकने से, सबसे पहले भूमि में धँसी इस मूर्ति का माथा स्थानीय लोगों को दीखा था। उन्होंने मूर्ति पर दूध चढ़ाना, श्रद्धा प्रकट करना आरम्भ किया। कालान्तर में भारतीय पुरातत्व विभाग ने इसे भूमि से निकाला।

आसपास के स्थानीय लोग इसे 'माथा कुँवर' नाम से पहचानने लगे, वही नाम अब तक चला आ रहा है···

अब हम चलते हैं, उस स्थान की ओर जहाँ बुद्ध चिरनिद्रा में सोए हैं।

एक विशाल, आधुनिक वास्तुकला का प्रतीक—विहार, सम्भवतः तथागत की 2500वीं जयन्ती पर बना था···सम्भवतः बर्मा के बौद्धों ने बनवाया था···

भीतर भव्य प्रतिमा।

तथागत चिरनिद्रा में दाहिने करवट सो रहे हैं। एक रंगीन रेशमी, झीनी चादर चढ़ाई गई है—बर्मा के भिक्षु-संघ द्वारा।

यह प्रतिमा शायद मथुरा में बनी थी···

यहाँ कभी शाल का घना वन होगा। दो शाल वृक्षों के मध्य तथागत ने विश्राम किया होगा।

तथागत के परिनिर्वाण के लगभग एक हजार वर्ष बाद ह्वेनसांग ने जब कुशीनारा की यात्रा की तो देखा—अनुभव किया—

" नगर के उत्तर-पश्चिम में 3 या 4 ली दूर अजित नदी के उस पार अर्थात् पश्चिमी तट पर शाल-वाटिका में हम पहुँचे। शाल-वृक्ष हमारे यहाँ (चीन) के समान कुछ हरापन लिए सफेद छाल वाला वृक्ष होता है। इसकी पत्तियाँ चिकनी और चमकीली होती हैं। इस वन में चार वृक्ष बहुत ऊँचे हैं, जो भगवान् बुद्ध के मृत्युस्थल को सूचित करते हैं (भगवान् बुद्ध के काल में दो ही वृक्षों का वर्णन आता है। ये वृक्ष संभवतः बाद में लगाए गए होंगे)।

" यहाँ पर ईंटों का बना एक विहार है, जिसके भीतर बुद्ध का चित्र है—निर्वाण की स्थिति में। साते पुरुष की तरह उत्तर की ओर सिर करके तथागत लेटे हैं। विहार के समीप एक स्तूप है, जिसे सम्राट् अशोक ने बनवाया था।

" यद्यपि यह खंडहर हो रहा है, फिर भी दो सौ फुट ऊँचा है। इसके आगे एक स्तम्भ खड़ा है, जिस पर तथागत के परिनिर्वाण का इतिहास अंकित है। वृत्तान्त विस्तार से है, परन्तु उसमें तिथि, मास, संवत् का कहीं उल्लेख नहीं··· "

इसी के समीप वह स्तूप है, जिसमें तथागत के अन्तिम अवशेष रखे गए थे।

वहाँ से नीचे उतरकर किंचित् खुले मैदान की ओर आते हैं ।

इतिहास के अवशेष दूर-दूर तक बिखरे हुए हैं । पुरानी पक्की ईंटों की आदमकद दीवारें अतीत की कहानियाँ आज भी कह रही हैं । अनेक कक्ष । गलियारे ।

सामने चैत्य के भग्नावशेष । तरह-तरह के आकारों में धरती से लगे ईंटों के चबूतरे-से ।

समय शनैः-शनैः सब समाप्त कर देता है न !

कुशीनारा भी वह नहीं, जो तथागत के काल में था । ह्वेनसांग के समय तक आते-आते खंडहरों में बदल गया । ह्वेनसांग की भारत-यात्रा सन् 653 ई० के लगभग मानी जाती है । तब तक 'कि उशी नाकयीलो' यानी कुशीनारा का सब कुछ परिवर्तित हो गया था । नगर ध्वस्त हो चुका था । आसपास के क्षेत्र भी प्रायः जनशून्य हो गए थे । ईंटों की इमारतों की मात्र बुनियादें बच गई थीं ।

सम्राट् अशोक ने जहाँ पर स्तूप बनवाया था, इतिहासकार मानते है कि वहाँ पहले चुंद का भवन था···

वही चुंद लुहार, जिसके घर तथागत ने अंतिम बार आतिथ्य ग्रहण किया था ।

गांधी के जन्म से ढाई हजार साल पहले बुद्ध ने हरिजनोद्धार का प्रथम प्रयास किया था···

"मेरे जाने के पश्चात् मेरे सिद्धान्तों को ही पथ-प्रदर्शक मानकर उनका अनुसरण करना···।" बुद्ध ने कहा था, किन्तु बुद्ध के परिनिर्वाण के पश्चात् ऐसे शिष्य भी कम न थे, जो बुद्ध की शिक्षाओं के मनमाने अर्थ लगाकर दूसरा स्वच्छन्द मार्ग अपनाने को आतुर थे ।

महाकाश्यप को इससे बड़ी चिन्ता हुई । संघ उसी तरह चले, उसी प्रकार बुद्ध के सिद्धान्तों का अनुसरण होता रहे, जैसे तथागत के जीवन-काल में होता था, वे इसके लिए कृत-संकल्प थे ।

अजातशत्रु के सहयोग से राजगृह में पहली सभा का आयोजन किया गया । इसमें पाँच सौ अर्हत आमंत्रित किए गए । इसका संचालन महाकाश्यप के द्वारा ही संपन्न हुआ ।

सभा में बुद्ध के उपदेश याद करके दुहराए गए और उन्हें इस क्रम से, इस प्रकार रखा गया कि यही क्रम कालान्तर में भी चलता रहे ।

उपालि और आनंद ने उपदेशों को सूत्र में परिणत करने में विशेष योगदान दिया । संघ के सारे नियम, उपदेश एकत्र हो गए तो उन्हें क्रमवार कंठस्थ कर लिया गया ।

इस विशाल कार्य को संपन्न होने में सात महीने का समय लग गया ।

सभी बुद्ध-वचनों एवं नियमों—विनय, सूत्र और अभिधम्म—को 'त्रिपिटक' नाम दिया गया ।

ईसा के जन्म के आठ वर्ष पूर्व तक सम्पूर्ण 'त्रिपिटक' को कंठस्थ करने की परंपरा चलती रही, किन्तु कालान्तर में सिंहल द्वीप में आयोजित की गई चौथी सभा में पहली बार इन्हें लिपिबद्ध

किया गया···

चलते-चलते मैं अवशेषों के बारे में सोचने लगता हूँ। याद आता है—पटना का वह दुर्लभ मिट्टी का कुंभ, जो अब तक रखा हुआ है, जिसमें तथागत के अवशेष कभी सँजोकर रखे गए थे···

जो भिक्षा-पात्र तथागत ने लिच्छवियों को दिया था, उसे शताब्दियों तक उन्होंने सँभालकर रखा। कनिष्क ने जब पाटलिपुत्र पर आधिपत्य स्थापित किया तो लिच्छवी-नरेश से नौ लाख स्वर्ण मुद्राओं की माँग की, क्षतिपूर्ति के रूप में। पर लिच्छवियों के पास इतनी राशि कहाँ ? उन्होंने तथागत का वही भिक्षा-पात्र कनिष्क को दे दिया और उससे प्रगाढ़ मैत्री कर ली।

हिरण्यवती, चैत्य, माथा कुँवर सब एक-एक कर पीछे छूट रहे हैं···किन्तु कहीं मुझे एक भराव-सा लग रहा है। लग रहा है जैसे एक कुशीनारा कहीं मेरे अन्तः में भी उग रहा है—कुशीनारा का कण-कण कहीं साँस ले रहा है, जी रहा है—एक नए विरुवे की तरह पनप रहा है···इसलिए पीछे कहीं छूट नहीं रहा है कुशीनगर, वह तो मेरे साथ-साथ चल रहा है···

चाँदी की खानें, भारी पानी और कोबाल्ट

'ओस्लो आना हो तो छतरी और गम-बूट अवश्य लाएँ, किन्तु उन्हें रेस्तराँ में भूलें नहीं ।'

एक स्थान पर लिखा है ।

गर्मी शुरू हो गई है, किन्तु बरसात भी बीच-बीच में चलती रहती है । पर यह हमारे देश की तरह नहीं कि पानी बरसता है तो बरसता ही चला जाता है ।

हल्की बूँदाबाँदी । फिर सहसा सूरज चमकने लगता है, किन्तु इतने से ही ठंड बढ़ जाती है ।

अगले दिन प्रातः पाल से मुलाकात होती है । वह बतलाते हैं कि आपने टेलीमार्क क्षेत्र नहीं देखा तो फिर कुछ भी नहीं देखा ।

टेलीमार्क का नाम मैंने बहुत वर्ष पहले भी सुना था । अमेरिका के बाद तब विश्व में केवल यही स्थान था, जहाँ भारी पानी तैयार करने का कारखाना था । दूसरे विश्वयुद्ध के प्रारंभ होते ही हिटलर ने सबसे पहला आक्रमण का लक्ष्य यही क्षेत्र बनाया था और इस पर अधिकार भी जमा लिया था, ताकि अमेरिका से पहले परमाणु बम बना सके···

पाल आगे बतलाते हैं, "रास्ते में आपको चाँदी के पहाड़ मिलेंगे···हजार साल से भी पुराने लकड़ी के चर्च···बर्फ से ढके पहाड़···हिम-युग की बर्फ···

आस्लन होते हुए प्रातः रवाना होते हैं । हमारी वातानुकूलित बस के प्रायः सभी यात्री विदेशी हैं—जर्मन, रूसी, यूनानी, अफ्रीकी, अंग्रेज, अमेरिकन, जापानी, पाकिस्तानी, कोरियन, इजिप्शियन, बांग्लादेशी, नेपाली, लेटिन अमेरिकन, वीएतनामी आदि-आदि । कडंक्टर बीच-बीच में गाइड की भी भूमिका निभा रहा है । महत्त्वपूर्ण स्थानों के बारे में कुछ-कुछ बतलाता चला जा रहा है ।

टेपरिकार्डर पर अंग्रेजी गाने आ रहे हैं । नार्वेजियन भी । मुझे याद आता है, अपने साथ हिन्दी गानों का एक कैसेट मैं भी लाया था । कंडक्टर कनुटसेन नाइल्स को उसे थमाते हुए कहता हूँ, "भारतीय संगीत भी कम मधुर नहीं···!"

"क्या लोकसंगीत है ?" वह पूछता है ।

"नहीं-नहीं, हिन्दी के हैं । आशा है, सबको पसंद आएँगे ।"

थोड़ी देर बाद माइक पर सुनाई देता है, "अब आप टेलीमार्क के रास्ते पर हैं । हम चाहते हैं, भारतीय संगीत के माधुर्य का भी आप आनंद उठाएँ···।"

और गीत आरम्भ हो जाता है ।

यह देखकर मेरी प्रसन्नता की सीमा नहीं रहती कि अधिकांश लोग भाषा या भाव न समझते हुए भी झूम रहे हैं ।

सड़क के किनारे-किनारे खेत हैं ।

काँच तथा पॉलिथिन के घरों में सब्जियाँ उगाई जा रही हैं । कहीं टमाटर लग रहे हैं, कहीं भिंडी, पालक उग रहे हैं । कद्दू की जैसी बेलें भी दीख रही हैं । भयंकर सर्दी तथा पाले से बचाने के लिए यह व्यवस्था भी की गई है । इनके भीतर आवश्यकतानुसार तापमान रखने की भी व्यवस्था है । जहाँ साल में छह महीने से अधिक बर्फ हो, वहाँ हरी पत्तियाँ या लाल-पीले फूल देख पाना भी एक सपना-सा बन जाता है । परन्तु इस तरह से सब्जियाँ उगाना कितना कठिन है, कितना महँगा, इसकी कल्पना भी आसान नहीं ।

सामने एक स्टैंड पर दो तख्तियाँ हैं । एक पर ओस्लो, दूसरी पर हैरोदल लिखा है ।

दाहिनी ओर एक नन्हा-सा शहर । लाल-लाल डिब्बों जैसा—बच्चों के खिलौनों की तरह ।

गिरजाघर का ऊपरी लाल हिस्सा दूर से ही चमक रहा है ।

युक्लिप्टस के नये-नये उगते किशोर पौधे !

देवदार के वृक्षों का झुरमुट !

बड़े-बड़े ट्रक, तीन-तीन ट्रेलर लिए सर्रर से बगल से होकर निकल जाते हैं ।

यह प्रदेश कठोर काली चट्टानों का लगता है । सर्वत्र चट्टानें-ही-चट्टानें !

काला जल पारे की तरह सूरज की किरणों से झिलमिला रहा है ।

पीछे उगता देवदार का नया जंगल ! बित्ते-भर के बौने पौधे आसमान की ओर झाँकने का प्रयास कर रहे हैं—उझक-उझककर ।

आलू की हरी-भरी क्यारियाँ ।

कहीं-कहीं स्ट्राबरी…।

कारों के पीछे भी खूबसूरत ट्रेलर लगे हैं । छोटे-से डिब्बे के आकार का एक कमरा । वातानुकूलित । जिसमें फ्रिज है । चूल्हा है । रसोई का सारा साज-सामान । आवश्यकता पड़ने पर भीतर पाँव पसारकर सोया भी जा सकता है ।

सप्ताहान्त अवकाश मनाने के लिए लोग बाल-बच्चों के साथ ऐसे ही ट्रेलर लिए सागर के किनारे निकल पड़ते हैं या किसी अन्य सैरगाह की ओर । जहाँ मन हुआ, जब तक मन हुआ, रह लिए । न रात बिताने के लिए किराये के कमरे का झंझट, न दैनिक आवश्यकता की वस्तुएँ खरीदने के लिए दुकान की ही तलाश ।

सागर के एकान्त तटों पर ऐसी गाड़ियों का जमघट लगा रहता है । प्लास्टिक की छोटी-छोटी नावें भी लोग कार की ही छत पर बाँध लेते हैं । ये चलते-फिरते घर सचमुच कितने मनमोहक लगते हैं, सुविधापूर्ण !

यहाँ के निवासी सप्ताह में पाँच दिन कठिन परिश्रम करने के पश्चात्, छुट्टी के शेष दो दिन पूरी मौज-मस्ती से गुजारते हैं। अवकाश तभी सुखकर होता है, जब श्रम भी पूरी निष्ठा से किया जाता है। इसका रहस्य पश्चिमी देश बहुत अच्छी तरह जानते हैं।

पहाड़ को छेदकर बनाई, बहुत लम्बी टनल से हमारी बस गुजर रही है। भीतर अंधकार नहीं, पीली रोशनी की चकाचौंध है।

"लो, लिएड कस्बा भी आ गया…"

इसके पास से गुजरती बस से एक नया ही नजारा दीखता है।

पीले-हरे खेत !

छिटके हुए घर !

हरे मखमली ढलान !

सिंचाई के लिए जगह-जगह फव्वारे लगे हैं। इस तरह जल की एक-एक बूँद का सदुपयोग हो जाता है।

चौड़ी सड़क के बीच में चुंगी चुकाने के लिए अनेक बूथ बने हैं। पाँच क्रोनर की राशि चुकाते ही गाड़ी फिर सरकने लगती है।

यह देखकर किंचित् अचरज होता है कि यहाँ मार्ग के दोनों ओर बिजली के जो खम्बे खड़े हैं, वे सब लकड़ी के है। बर्फ, जल और लकड़ी के इस देश में यह भी लकड़ी के सदुपयोग का एक तरीका है।

कस्बा है यह, परन्तु रख-रखाव की दृष्टि से शहरों से कई गुना अच्छा।

बाईं ओर सागर लहरें ले रहा है।

कई कारखाने।

चिमनियाँ दूर से झलक रही हैं।

हर सातवें-आठवें मोड़ पर फीयोर्ड का शान्त जल दिखलाई देता है। नार्वे में सतरह सौ ग्लेशियर, पचास हजार द्वीप हैं और पन्द्रह सौ से अधिक झीलें।

"कपड़े तो मैले ही नहीं होते यहाँ।" पास बैठी केन्या की सहयात्री आर्दोंग सुसान कहती है, "न यहाँ पसीना आता है, न यहाँ धूल, न धुआँ। जमीन का असली स्वरूप तो दीखता ही नहीं। या तो पेड़ हैं या घास या पानी या बर्फ। यहाँ की मिट्टी का रंग कैसा होता है—पता ही नहीं चलता…।"

"ठंडे प्रदेशों में ऐसा होता है।" किसी बुजुर्ग का जैसा स्वर है।

खिड़की से लगी सीट।

मैं बाहर का नजारा देख नहीं रहा, बल्कि आँखों से जी भरकर पी रहा हूँ। सब कुछ नया-नया !

"अब हम ड्रमन शहर में प्रवेश कर रहे हैं।" गाइड के पास माइक लगाकर कह रहा है,

"यह नार्वे का छठा बड़ा शहर है । सोहलवीं शताब्दी में बसा था । कागज का यहाँ बहुत बड़ा कारखाना है ।"

ड्रमन नार्वे के महत्त्वपूर्ण बंदरगाहों में गिना जाता है । सबसे अधिक विदेशों से आयातित कारें यहीं उतारी जाती हैं—जहाजों से ।

ड्रमन की हल्की-सी झाँकी देखने के पश्चात् हम फिर आगे बढ़ते हैं ।

"सेब के बगीचे बहुत अधिक संख्या में हैं यहाँ," गाइड बतलाता है, "घोड़ों का बहुत बड़ा फार्म भी ।"

मैं देख रहा हूँ—मीलों लम्बे बाड़े में झुंड की शक्ल में नंगे घोड़े दौड़ रहे हैं, उनके पीछे-पीछे बछेड़े भी कुलाँचें भरते हुए, हवा में नन्ही-नन्ही पूँछें हिलाते हुए भागने का अथक प्रयास कर रहे हैं । लगता है, जंगल में जंगली घोड़ों का झुण्ड भागा जा रहा है···

सामने पहाड़ हैं । इन्हीं पहाड़ों से घिरी घाटी को पार करके हमें आगे बढ़ना है ।

पुराना पुल । ऊपर से तेज गति से बसें, कारें, ट्रक हवा से बातें करते हुए भागे चले जा रहे हैं । मेरी समझ में नहीं आता, इन वाहनों की हेड लाइट्स क्यों जल रही हैं ! अभी तो दोपहर है !

दुकान के बाहर, दुकान से बड़ा बोर्ड लगा है—अंडों पर 15 प्रतिशत छूट ।

"ये किस चीज के कारखाने हैं ?" पूछता हूँ ।

"लोहे के पुलों के हिस्से बनते हैं यहाँ ।"

"और···?"

"एस्बेस्टेस की फैक्टरी है ।"

सड़क से कुछ दूर हटकर पुरानी कारों के मलबे का विशाल टीला है । कारों की कब्रगाह ।

होकेशन शहर के निकट पहुँच गए हैं ।

किंचित् आगे बढ़ते हैं ।

सामने एक सायन-बोर्ड लगा है । लिखा है—

लारविक छह किलोमीटर !

"अब आप चाँदी की खानों के निकट हैं ।" हमें माइक से स्वर सुनाई देता है । कहीं लिखा भी है—'कोंग्सबर्ग सिल्वर माइन्स ।'

मैंने भारत में धनबाद के पास कोयले की खानें देखी थीं । कुद्रेमुख तथा बैलेडीला में लोहे की खानें भी । पन्ना के पास भी गया हूँ, जहाँ कभी-कभी हीरा मिल जाया करता है । ताँबा, अल्युमीनियम की खानों से परिचय रहा है, पर चाँदी की खानों से पहली बार साक्षात्कार होने जा रहा है ।

"कभी ये खानें नार्वे की अर्थव्यवस्था की नींव थीं । नार्वे की समृद्धि में इनका बहुत बड़ा

योगदान रहा। सन् 1623 में चाँदी की इन खानों का पता लगा था, किन्तु बड़ी मात्रा में निकाले जाने का कार्य आरम्भ हुआ 1642 से।"

लगभग तीन सौ साल तक ये नार्वे की सबसे बड़ी खानें रहीं।

बस एक समतल, पथरीले मैदान पर आकर रुकती है। खान के प्रवेशद्वार के पास।

हम सब उतर पड़ते हैं। तभी सूचित किया जाता है—खान के भीतर का तापमान दो डिग्री सेल्सियस से भी कम हो सकता है···शून्य से भी कम···

सामने बच्चों की जैसी रेलगाड़ी है। जैसी कभी दिल्ली के चिड़ियाघर में चलती थी, उससे भी छोटी। गहरे पीले रंग की। पटरियाँ भी छोटी-छोटी। दूर से देखने पर बहुत ही मनोरम लगती हैं।

हमें माइक से बतलाया जा रहा है कि यह नन्ही रेलगाड़ी चाँदी की खानों के भीतर, यानी कि सामने खड़े विशाल पर्वत के उदर में समाने के लिए तैयार है। सभी यात्रियों से निवेदन है कि वे डिब्बों में बैठ जाएँ। एक डिब्बे में चार से अधिक न बैठें।

सब अपनी पसंद के डिब्बे की ओर लपकते हैं।

दो आमने, दो सामने बैठ जाते हैं।

जिस डिब्बे में हम बैठते हैं, वह डीजल इंजन से लगा है। अतः स्वाभाविक है कि अधिक शोर का सामना करना पड़ेगा। किन्तु आगे बैठने का भी तो अपना सुख है न !

बैठने के साथ-साथ फिर आदेश मिलता है कि दरवाजा अवश्य बंद कर दें, नहीं तो कोई भी दुर्घटना घट सकती है।

दरवाजा क्या है, मात्र लोहे की जाली का द्वार। उसे खींचकर सरका देते हैं।

खुट्-खुट्-खुट् !

कुछ ही क्षणों के बाद गाड़ी चल पड़ती है—अँधेरे की ओर। ज्यों-ज्यों आगे बढ़ रही है, अंधकार गहरा होता चला जा रहा है। डिब्बे में प्रकाश की कोई व्यवस्था नहीं।

साँप जैसे बिल में समा जाता है, उसी तरह सारी गाड़ी ओझल हो जाती है।

घुप्प अँधेरे में हम कहाँ जा रहे हैं ? किस पातालपुरी में ? पता नहीं चलता। टनल इतनी सँकरी है कि बाहर हाथ निकालें तो रगड़ खा जाए।

अँधेरे के साथ-साथ जाड़ा भी बढ़ता जा रहा है तेजी से। सबको कँपकँपी छूट रही है। दाँत किटकिटा रहे हैं।

अंधकार में पता नहीं कहाँ से बर्फीली हवा के जैसे झोंके आ रहे हैं। खट्-खट्, खुट्-खुट् लोहे के टकराने का कठोर स्वर।

जोर-जोर से बोलने पर भी सामने बैठे व्यक्ति की आवाज नहीं सुनाई दे रही है।

कुछ क्षण के कोलाहल के पश्चात् गति धीरे-धीरे कम होने लगती है और एक समय ऐसा भी आता है, जब वह पत्थर की तरह स्थिर खड़ी हो जाती है।

इस ठंडी गुफा में ऊपर-नीचे बिजली के तार बिखरे हुए हैं। कुछ लट्टू मंद-मंद पीत

प्रकाश लिए टिमटिमा रहे हैं । यह चौराहा जैसा है, खुला-खुला-सा । यहाँ से तीन दिशाओं में अलग-अलग रास्ते हैं ।

बड़े जतन से सब डिब्बों की कैद से बाहर निकलते हैं ।

कच्ची मिट्टी की कच्ची दीवारें !

चाँदी के चमकते कण !

"अब तो चाँदी नहीं निकाली जा रही है न ?" पूछता हूँ ।

"नहीं, सन् 1956 के बाद बंद कर दिया था…।"

यहाँ तापमान और भी नीचे है । हाथ-पाँव बुरी तरह ठिठुर रहे हैं । लगता है, कुछ देर और इसी तरह रहे तो बर्फ की तरह जम जाएँगे…

हम दाहिनी ओर कदम बढ़ाते हैं ।

यहाँ पाताल की ओर बढ़ता गहरा अँधेरा कुआँ-सा है । नीचे उतरने के लिए रस्सी की सीढ़ियाँ लगी हैं—लकड़ी के छोटे-छोटे पटलों और डंडों पर बँधी ।

किस तरह से लोग नीचे उतरते थे और किस तरह चाँदी मिली मिट्टी ऊपर लाते थे—यह सब समझाया जाता है ।

सुविधाएँ तब अधिक नहीं रही होंगी, तकनीकी ज्ञान भी सीमित, किन्तु नीचे उतरने और ऊपर चढ़ने की यह प्रक्रिया कितनी वैज्ञानिक है !

इन बर्फीले, ठंडे इलाकों में, जहाँ बाहर छह महीने भी काम कर पाना कठिन होता है, इन अँधेरी खानों में लोग कैसे चाँदी निकाल पाते होंगे—यह आसानी से नहीं समझा जा सकता ।

लकड़ी के खम्भों के सहारे टँगे तार, कच्ची दीवारों पर चिपके—एक साथ कई मानचित्र बना रहे हैं ।

कुछ सैलानी कच्ची मिट्टी को उठाकर, उसमें चाँदी के कण खोज रहे हैं ।

मुझे याद आती है पनार नदी की । पिथौरागढ़ में रामेश्वर के पास यह नदी बहती है । इसकी बालू में सोने के कण आज भी आसानी से देखे जा सकते हैं । किसी जमाने में लोग इस मिट्टी को भट्ठी में तपाते थे और कुछ सोना प्राप्त हो जाता था ।

किन्तु यहाँ वैसे कण तो नहीं, हाँ, पतले-से सफेद रेशे जैसे हैं, मिट्टी की ठोस डली में धँसे ।

अब अधिक देर तक यहाँ ठहर पाना संभव नहीं ! दाँत लगातार किटकिटा रहे हैं । यात्री खिलौने-जैसी ट्रेन के भीतर सिमटने लगते हैं ।

फिर दरवाजे बंद हो जाते हैं । हवा पता नहीं कहाँ से सनसनाती हुई आ रही है । शरीर छिल-सा रहा है ।

अँधेरी टनल पर गाड़ी अजगर की तरह फिर सरकने लगती है, वैसे ही शोरगुल के साथ ।

हौले-हौले धुँधला-सा प्रकाश कहीं चमकने लगता है । ठुक-ठुक करती गाड़ी उस स्थान पर रुक जाती है, जहाँ से कुछ समय पूर्व चली थी ।

मैं घड़ी में देखता हूँ—

ठीक दस मिनट का समय लगा, बाहर आने-जाने में ।

हल्की पीली-पीली धूप, इस कँपाने वाली सर्दी के पश्चात् बड़ी मीठी-मीठी लग रही है ।

पहाड़ के बाहरी द्वार पर एक छोटा-सा कार्यालय है । यहाँ पर चाँदी मिले पत्थर की डलियाँ बिक्री के लिए रखी हैं ।

एक डली उठाता हूँ, "इसकी कीमत ?"

"साठ क्रोनर ।"

यानी लगभग सौ रुपये !

यादगार के रूप में लोग इन्हें खरीद रहे हैं । अर्जनटीना की आदिस्को नोर्मा कई टुकड़े समेटे है ।

"दुकान लगाओगी क्या ?"

वह हँस पड़ती है ।

बस मेनहाया की दिशा में आगे बढ़ रही है । आबादी यहाँ अधिक नहीं, फिर भी सुव्यवस्थित फार्म यत्र-तत्र दिखलाई दे रहे हैं । कहीं-कहीं इक्के-दुक्के कारखाने भी ।

अब पहाड़ नहीं, दूर तक बिखरी समतल भूमि है ।

"हम जल्दी ही आप लोगों को एक ऐसा स्थान दिखलाएँगे, जिसे आप अर्से तक याद करेंगे···।" बस का परिचालक कह रहा है ।

"वह क्या ?" जिज्ञासा से पूछता हूँ ।

वह कुछ कहता है । स्वर नार्वेजियन लोक-संगीत के शोर में खो जाता है ।

अभी हमारी बातें चल ही रही थीं कि बस की गति धीमी होने लगती है । बस सड़क पर दाहिनी ओर के मार्ग पर चल रही है । उसी के पास चौरस भूमि पर खड़ी हो जाती है ।

जिस तरह हमारे यहाँ 'कीप लेफ्ट' का नियम माना जाता है, उसी तरह यहाँ 'कीप टाइप' यानी 'दायें चलें' ।

हम लोगों को यह नियम भारी पड़ता है । अक्सर उलटी दिशा में खड़े हो जाते हैं । दुर्घटना का भी खतरा बना रहता है । सड़कों पर तेज गति से चलते वाहन किसी को बख्शते नहीं । थोड़ी-सी चूक हुई नहीं कि रौंदते हुए चले जाते हैं···

दाहिनी ओर प्राचीन गिरजाघर है ।

'हेदल स्टेव चर्च' !

"नार्वे का सबसे पुराना चर्च । सन् 1250 में बना था—पूरा-का-पूरा लकड़ी का ।"

सदियों से आसमान की ओर सिर उठाए चर्च की ओर हम देखते रहते हैं । सैकड़ों वर्षों से लकड़ी की यह इमारत ज्यों-की-त्यों खड़ी है । लगता है अभी-अभी बनी है ।

कहते हैं लगभग दस हजार वर्ष पूर्व लोग नार्वे में आबाद हुए थे । यहाँ ईसाई धर्म के प्रवेश को एक हजार वर्ष से अधिक अर्सा नहीं हुआ । किन्तु यहाँ के अधिकांश लोग आज इसी मत के अनुयायी हैं···

भीतर जाकर देखते हैं--

दीवारों पर रंग-बिरंगे प्राचीन चित्र हैं ।

"ये चित्र सन् 1668 में बनाए गए थे ।"

बहुत पुरानी कुर्सियाँ हैं । पेड़ का पूरा ही तना कटा हुआ है । खोद-खोदकर कमर टिकाने के लिए उसी लकड़ी की पट्टी भी है । बिना जोड़ का--समूचा एक तना ।

"ये काठ की कुर्सियाँ एक हजार साल पुरानी हैं ।"

दरवाजे पर विदेशों में धर्म-प्रचार का काम करने वाली ईसाई मिशनरियों की सहायता के लिए एक बड़ा-सा बक्सा रखा है । जो भी यात्री भीतर जाता है, अपनी श्रद्धा अनुसार इस डिब्बे में कुछ डालना नहीं भूलता···

पास ही विश्व की विभिन्न भाषाओं में प्रकाशित पुस्तिकाएँ हैं । एक पुस्तिका तमिल भाषा में भी है ।

"हर शनिवार को इस गिरजाघर में विवाह होते हैं ।"

गिरजाघर के बाहर सदियों पुरानी कब्रें हैं ।

हम उन्हें देखने निकल पड़ते हैं ।

एक बच्चे की कब्र के ऊपर चीनी मिट्टी के बने, तरह-तरह के रंगीन फल रखे हैं । और खेलने के लिए, चीनी मिट्टी का एक रंग-बिरंगा पक्षी भी ।

कब्र के ऊपर लिखा है--

'इसे चिड़ियों से बहुत प्यार था···।'

हर्दल !

सूरज ठीक सिर के ऊपर टँगा है ।

ओस्लो से प्रातः चलते समय यह निश्चित कर लिया था कि सब अपने-अपने लंच-पैकेट साथ लाएँगे । शेष आवश्यक भोजन-सामग्री रास्ते में ही उपलब्ध की जाएगी ।

बस के पेट में अनेक पेटियाँ हैं ।

इनमें फल, फलों के रस, चाय, कॉफी--तमाम सामग्री भरी पड़ी है । अतः जंगल में ही मंगल मनाने का कार्यक्रम बनता है ।

पहाड़ी प्रदेश !

छल-छल, कल-कल करती एक अल्हड़ नदी के किनारे दोपहर के भोजन की योजना

बनती है ।

पता नहीं, कहाँ से नदी आ रही है, छिछली, कठोर चट्टानों से टकराती, फिसलती घने वनों में कहाँ जा रही है ?

हाँ, पिघले चाँदी-सा चमकता, पारदर्शी, निर्मल जल है । बर्फीला । ठंडा । अँगुलियों से छूते ही डंक-सा लगता है । लगता है नीली उँगुलियाँ सुन्न होकर स्वतः गिर पड़ेंगी ।

सड़क के किनारे नीचे बैठने के लिए थोड़ी-सी जगह है । उसी के ठीक नीचे से किंचित् समतल हथेली-सी चौड़ी चट्टान, जहाँ एक झील-सी बन गई है । ऊपर से पानी वेग से उस झील में गिर रहा है और झील के बाद उसी वेग से फिर नीचे बढ़ने लगता है ।

बस के रुकते ही तमाम यूरोपीय यात्री जल्दी-जल्दी वस्त्र उतारकर छपाछप झील में गोते लगाने लगते हैं । युवतियाँ भी मछलियों की तरह तैरती नजर आती हैं । उनकी देखा-देखी कुछ अफ्रीकी भी इस जल-क्रीड़ा में शामिल हो जाते हैं ।

इस हिम-जल में ये किस आनंद से नहा रहे हैं !

कुछ देर तैरने के बाद, फिर सूखी चट्टान पर छिपकली की तरह चित लेटकर सुहानी धूप का आनंद ले रहे हैं ।

जहाँ वर्ष के अधिकांश महीनों में बर्फ, कुहरा और घने बादल हों, वहाँ थोड़ी-सी तापहीन धूप भी कितनी सुखद होती है ! गर्मी और तपते सूरज का क्या महत्त्व होता है, इससे अधिक और कौन जान सकता है ?

पेड़ों की घनी छाँह में, अपना-अपना भोजन लेकर, अपनी मित्र-मंडली के साथ सब अलग-अलग टोलियों में बँटकर बैठ जाते हैं ।

कुछ अफ्रीकी और एशियाई मित्रों ने केले और संतरे के छिलके चट्टान के नीचे फेंक दिए हैं । कागज के टुकड़े भी झाड़ियों के किनारे···

जब जाने का वक्त आता है तो टूरिस्ट-गाइड तथा अन्य नार्वेजियन सारे छिलके एक-एक कर बटोरकर एक रीती टोकरी में रखते चले जाते हैं । कमर पर रस्सी बाँधकर नीचे चट्टान पर गिरे छिलके बटोरना भी नहीं भूलते । सारा कचरा एक पेटी में बंद करके बस के पेट में रख देते हैं ।

तनिक एकान्त मिलने पर गाइड कहता है, “हमारे यहाँ इस तरह छिलके बिखेरना अशिष्टता समझी जाती है ।”

“पर पेटी में रखकर इनका क्या करोगे ?”

“ओस्लो लौटकर कचरे के ढेर में डाल देंगे । इससे प्रदूषण रुकता है ।”

राजधानी से ज्यों-ज्यों दूर जा रहे है, सड़कों के रख-रखाव में कहीं कोई कमी नहीं दीखती । आश्चर्य होता है, यह देखकर कि यहाँ के मार्ग ओस्लो से भी अच्छे हैं । समृद्धि का यह आदर्श वितरण कहीं सच्चे समाजवाद की याद दिलाता है । शहर और शहर के बीच, गाँव और शहर

के बीच कहीं किंचित् अन्तर नहीं । सारे प्रदेश, हर दृष्टि से समान ।

नार्वे समाजवादी देश तो नहीं !

पहाड़ों के ऊपर कहीं-कहीं बर्फ दीख रही है ।

हम फ्लातोल के पास हैं ।

जंगल-ही-जंगल चारों ओर ।

चोटी के पास से होकर गुजरने में एक अजीब-सी अनुभूति होती है ।

"यहाँ एक चित्रकार रहता है । गर्मियों में सबको पेंटिंग सिखाता है···।"

बस से उतरकर हम उस खूबसूरत वादी के चित्र खींचते हैं । यहाँ दो-तीन दूकानें हैं । कुछ बच्चे खपच्चियों की नन्ही-नन्ही कटोरियों में ताजी स्ट्राबरियाँ बेच रहे हैं ।

यह देखकर मुझे पहाड़ों का स्मरण हो आता है, अपने घर का । वहाँ भी बस के रुकते ही लोग इस तरह काफल बेचते हैं···

मीठी ! ताजी ! पाँच क्रोनर में एक टोकरी ।

बस चल पड़ती है ।

हम ढलान की ओर उतर रहे हैं ।

नदी के किनारे-किनारे चल रहे हैं । छोटे-छोटे पुल ! छोटे-छोटे फार्म ! फलों से लदे वृक्ष !

निर्मल नदी का रुपहला तट ! सफेद, सुडौल पत्थर ! मछलियाँ । घरों में भूँकते कुत्ते···

रेवलौंग में हस्तशिल्प की प्रदर्शनी लग रही है । रेण्डियर और सफेद भालू की खालें !

यह शहर पहाड़ की विस्तृत पीठ पर बसा है । यहाँ से बर्फीले पहाड़ों के दृश्य और भी स्पष्ट दीख रहे हैं । सर्दी भी कुछ-कुछ अहसास जगा रही है ।

सड़क पर गायें निकल रही हैं ।

"सड़क पर गाय-दुर्घटना होने पर दस हजार क्रोनर तक का जुर्माना हो सकता है ।"

"बकरी दबाने पर···?"

"एक हजार से डेढ़ हजार क्रोनर तक ।"

शाम हो जाती है, यहाँ पहुँचते-पहुँचते ।

रुकनफेल्सटुवा है इस शहर का नाम । 1905 में बसा था ।

दो विशाल पर्वतों के बीच एक गहरी अँधेरी घाटी–भयावह नजारा ! यही है असली टेलीमार्क ! हमारी मंजिल !

ठीक सामने वाले पहाड़ की ढलान पर बड़े-बड़े छह-सात पाइप एक साथ कतार में जुड़े नीचे की ओर निकल आए हैं–एक कारखाने के भीतर !

"ये क्या हैं ?"

"यही तो है वह ऐतिहासिक···!" कुछ रुककर वह आगे कहता है, "जिसका रास्ते में हम जिक्र कर रहे थे—भारी पानी का कारखाना ! दूसरे विश्वयुद्ध में इसके लिए घमासान युद्ध हुआ था···।"

गाइड हमारी ओर देखता है, "जानते हैं क्या-क्या हथकंडे अपनाए थे हिटलर ने ! पहले नार्विक का बंदरगाह अपने अधिकार में लिया । फिर एक दिन इस पर भी अपना आधिपत्य जमा लिया । तभी स्वयं मित्र राष्ट्रों ने इस कारखाने को ध्वस्त करने के लिए बमवर्षक विमानों से दो बार आक्रमण किए । और दोनों बार इस अँधेरी घाटी में वे सारे विमान नाजियों ने मार गिराए···यद्यपि कारखाने पर नाजियों ने कब्जा कर लिया, पर नार्वेजियन कहाँ मानने वाले थे ? उन्होंने स्वयं ही इसे ध्वस्त कर दिया, फिर जो भारी पानी यहाँ बचा था, उसे ले जाने लगे तो नार्वेजियनों ने अपनी आहुति देकर उसे भी समुद्र में डुबो डाला···।"

हम लोग उस वीरान कारखाने की ओर अचरज से देखते रह जाते हैं, जो तब से आज तक उसी तरह वीरान पड़ा है ।

जहाँ हम ठहरे हैं, रात्रि विश्राम के लिए, कहते हैं—जाड़ों से यह गुलजार हो जाता है । लोग हिम-क्रीड़ा के लिए आते हैं । छोटे-छोटे कमरे, रेल के जैसे बर्थ ।

रात का भोजन नार्वेजियन शाम को ही समाप्त कर देते हैं । इसलिए इससे निवृत्त होकर घूमने का कार्यक्रम बनता है । सब अपने-अपने मित्रों के साथ आसपास के जंगलों में निकल जाते हैं, प्रकृति की अनुपम लीला देखने ।

चलते-चलते हम दूर पहुँच जाते हैं ।

पहाड़ के ऊपर विशाल चट्टानी शिलाएँ । एक साफ-सुथरी चट्टान पर हम बैठ जाते हैं । यहाँ से नीचे का दृश्य ठीक ऐसा ही लगता है, जैसा विमान से नीचे झाँकने पर आदमी छोटी-छोटी चींटियों जैसे लगते हैं । नीचे गहरी घाटी में एक बाँध-सा बना है, शायद जलविद्युत्-गृह है ।

सामने ही एक मकान है, जहाँ बिजली जल रही है । दो-तीन आदमी मछलियाँ पकड़ने का साजो-समान लेकर नीचे उतर रहे हैं···

घूमते-घूमते कब रात के बारह बजे, कब एक, पता ही नहीं चल पाता ।

ऐसा प्रकाश प्रायः सारी रात रहता है यहाँ ।

हम लौटने लगते हैं । सड़क पर मोटर-कारें तेजी से लुढ़कती हुई-सी भाग रही हैं । इन घुमावदार मोड़ों पर इतनी तीव्र गति से अंधाधुंध गाड़ी चलाना कितना खतरनाक हो सकता है, इसकी कल्पना नहीं की जा सकती !

यहाँ जंगलों में दूर-दूर तक छितरे हुए 'समर-हाउस' बने हैं । ये ग्रीष्म-निवास क्या हैं, काठ के छोटे-छोटे सुन्दर घर, जिनमें आधुनिक सुख-सुविधाओं की सारी वस्तुएँ भरी पड़ी हैं । ये घर वर्ष-भर ऐसे ही लावारिस पड़े रहते हैं । किन्तु कोई चोर-उचक्का यहाँ फटकता नहीं । चोरी

क्या होती है ? अधिकांश लोगों के शब्दकोश में यह शब्द ढूँढ़े से भी नहीं मिल पाएगा···

गत कुछ वर्षों से नार्वे में एक नया नारा लगा है—प्रकृति की ओर चलो ! यद्यपि इस विचार का प्रादुर्भाव विश्वयुद्ध के पश्चात् हुआ, किन्तु अब इस पर बड़ी तेजी से अमल होने लगा है । कोलाहल से लोग दूर भागने लगे हैं ।

प्रातः फिर यात्रा आरम्भ होती है । टेलीमार्क क्षेत्र की परिक्रमा करते हुए हमें ओस्लो लौटना है, शाम यानी रात तक ।

हमें घाटी में पहुँचकर फिर आसमान को छूते इस सामने वाले पहाड़ गेयुस्ता पर चढ़ना है । उसके बाद कहाँ जाना है, पता नहीं ।

फीते-जैसे उलझे मार्गों पर हम उलझ पड़ते हैं ।

"यहाँ अक्तूबर से मार्च के प्रथम सप्ताह तक सूरज नहीं दिखलाई देता—इन बड़े-बड़े दो पहाड़ों की दीवारों के कारण । मार्च में जब पहले-पहल सूर्य के दर्शन होते हैं तो यहाँ के निवासी 'सन-फेस्टीवल' यानी 'सूर्योत्सव' मनाते हैं । सचमुच वह देखने लायक होता है···।" गाइड माइक पर बोलता जा रहा है ।

गहरी घाटी को पार करके बस आसमान की ओर बढ़ने लगती है । भारी पानी का कारखाना, अजगर-से बड़े-बड़े पाइप सब ओझल हो गए हैं ।

कुछ घंटे की यात्रा के बाद बस किंचित् समतल भूमि पर रुकती है ।

मैं सामने के पहाड़ पर उस स्थान को खोजने लगता हूँ, जहाँ कल रात हमने विश्राम किया था । पहाड़ की चोटी के पास, गहरे कटानों पर धूप में बर्फ चमचमा रही है, चाँदी की पन्नियों की तरह । छोटी-छोटी जगमगाती सफेद चादरें-सी फैली हैं ।

इतनी लम्बी यात्रा में एक बार भी गाड़ी का हार्न हमने नहीं सुना । न गाड़ी चलाते समय ड्राइवर को किसी से बोलते-बातें करते देखा, न सिगरेट पीते हुए ही···

"हिम-युग से अब तक इसमें बर्फ है···।"

"मैं समझा नहीं···"

"इस पर्वत के ऊपर, जिस ओर हमारी बस जा रही है, बर्फ है । यहाँ की अधिकांश बर्फ तो गर्मियों में पिघल जाती है, किन्तु दूर-संचार के लिए टावर बनाते समय जब इसकी चोटी के पास गड्ढे किए गए तो खोदते समय चट्टान के भीतर से बर्फ निकली थी । वैज्ञानिकों का अनुमान है कि वह 'हिम-युग' की थी ।"

कुछ रुककर वह आगे कहता है, "गेयुस्ता पहाड़ की यह चोटी 1883 मीटर ऊँची है ।"

कल हमने कल्पना भी नहीं की थी कि इस चोटी तक भी हम पहुँचेंगे ।

"इस पहाड़ के शिखर से आप सम्पूर्ण नार्वे का बीस प्रतिशत भाग आसानी से देख सकते हैं···।"

पहाड़ की इस चोटी पर लबालब भरी विशाल झील देखकर आश्चर्य की सीमा नहीं

रहती ।

"इस झील का नाम ?"

"लेद्दरदल ।"

लेद्दरदल के दायें-बायें भी दो छोटी-छोटी झीलें हैं । पारे की लकीरें दूर से चमक रही हैं…

इन्हीं के पास सड़क के किनारे बस रुकती है । आसपास चट्टानें हैं—पथरीली धरती ।

तय किया जाता है कि आसपास घूमकर यात्री ठीक बारह बजे इसी स्थान पर वापस आ जाएँ । भोजन की व्यवस्था उसी समय होगी ।

देखते-देखते सब तितर-बितर हो जाते हैं, जैसे पत्थर फेंकते ही झुण्ड की शक्ल में पक्षी ।

हम लोग पहाड़ पर चढ़ने की योजना बनाते हैं ।

ऐसा लगता है, ठीक सामने ही, हाथ-भर की दूरी पर पहाड़ के ढलान में बर्फ की सफेद चादर बिछी है । वहाँ तक पहुँचना क्या कठिन है ? किन्तु उसकी दूरी का पता तभी चलता है, जब चलते-चलते पाँव पत्थर बन जाते हैं…

समीप ही एक झरना है ।

वही बर्फ पिघलकर इस झरने के रूप में बह रही है ।

इस स्वच्छ, पवित्र जल को पीने से अपने को सब रोक नहीं पाते । जी भरकर पीने के पश्चात् ऐसा लगता है, अमृत का स्वाद ऐसा ही होगा ।

ऊपर पत्थर के विशाल टुकड़े हैं । टुकड़े-ही-टुकड़े । अहसास होता है, जैसे किसी ने तोड़-तोड़कर मीलों दूर तक बिखेर दिए हों ।

पत्थरों से होकर हम आगे बढ़ रहे है ।

अन्त में वह छोर भी आता है, जहाँ बर्फ है । बर्फ में पाँव धँसते ही एक विचित्र-सी अनुभूति होती है ।

हमारे यहाँ कुमाऊँ में जाड़ों में बर्फ गिरती है । बर्फ पर खेले हैं, पले हैं, बड़े हुए हैं । अब अवसर ही नहीं मिलता बर्फ को निकट से देखने का ।

आज वर्षों बाद गेयुस्ता पहाड़ पर घूमता हुआ मैं सहसा हिमालय में पहुँच जाता हूँ ।

बर्फ पर खड़े होकर कुछ अफ्रीकी फोटो खिंचाने लगते हैं ।

इसके ऊपर चढ़ना और ऊपर पहुँचना हर किसी के वश का नहीं । इसलिए हम दो-तीन ही ऊपर रह जाते हैं, शेष वहीं से लौटने लगते हैं ।

आगे बढ़ना खतरा मोल लेना है, किन्तु हम अनायास बढ़ते चले जा रहे हैं । बच-बचकर कदम रख रहे हैं । पत्थरों पर मेहँदी रंग की काई लगी है, सारे पत्थर उसी रंग में रँगे हैं, जैसे किसी ने पेण्ट किया हो । कहीं-कहीं पत्थरों की दरार से झाँकते हुए पीले फूल हैं !

मात्र दो दिन की बहार आई है, इस पथरीली धरती पर । शेष तो बर्फ ही बर्फ प्रायः वर्ष-

भर ।

एक पत्थर से दूसरे पत्थर पर सँभल-सँभलकर पाँव रखते हुए पता नहीं कितनी दूरी तय कर लेते हैं ।

जहाँ तक दृष्टि जाती है—पत्थर-ही-पत्थर हैं ।

इतना एकांत कहीं भय-सा जगाता है मन में ।

कहीं भटक पड़े तो ?

थककर चूर होकर एक पत्थर पर बैठ जाते हैं ।

विस्तार का कहीं कोई अता-पता नहीं ।

दूर कहीं एक चिड़िया-सी दीखती है—तीतर जैसी ।

हरी-हरी नुकीली घास ।

हम उतरने की योजना बनाते हैं । बारह कब के बज गए हैं ! साथी खोज रहे होंगे !

बड़ी देर बाद दाहिनी ओर एक पगडंडी-सी दिखलाई देती है । एक आदमी कंधे पर बच्चा लिए हाँफता हुआ चढ़ाई चढ़ रहा है…

नीचे पहुँचते-पहुँचते शरीर की शक्ति समाप्त हो जाती है । हमें देखते ही सब सहसा खिल उठते हैं ।

कुछ आराम करने के पश्चात् होश में आते हैं ।

देखते हैं--सब भोजन के अपने-अपने पैकेट लिए हुए जुटे हैं । हमारे ठीक सामने भेड़ों का झुण्ड है । यहाँ की भेड़ें हमारे यहाँ की भेड़ों की तरह छोटी नहीं, बहुत बड़ी होती हैं ।

'च-च् !' हाथ दिखाते ही ये सचमुच कुत्ते की तरह दुम हिलाती हुई पास आ जाती हैं । इन सबके कानों पर छेद करके अल्युमीनियम की एक छोटी-सी पत्ती लगा रखी है, जिसमें कोई नम्बर लिखा है ।

इनकी पूँछें इतनी लम्बी हैं कि जमीन को छू रही हैं । पाँवों के ऊपर से ही मुलायम बाल गुँथे हुए हैं । गले पर टुन-टुन बजती घंटियाँ ।

आपस में सींग भिड़ाकर लड़ने में इनका कोई जवाब नहीं । अगले दोनों पाँव हवा में खड़े कर देती हैं ।

अब हम ढलान की ओर हैं । तिद्दल झील के पास, पत्थरों पर यहाँ भी वैसी ही काई है--मेहँदी रंग की । झील के बीच नन्हे-नन्हे द्वीप हैं ।

मकान लकड़ी की सिल्लियों के बने हैं--पुराने ढंग के, जिनकी छतों पर खूब घास उग रही है—लम्बी-लम्बी घास । कहीं-कहीं 'मेजण्डा' रंग के फूल झाँकते दिखलाई दे रहे हैं ।

"यह काठ का मकान सन् 1786 का बना है । अभी भी वैसा ही मजबूत ।"

धीरे-धीरे टेलीमार्क़ क्षेत्र के किनारे की ओर पहुँच रहे हैं ।

"यहाँ एक अन्य कस्बा है, महत्त्वपूर्ण । जानते हैं, यहाँ किस चीज की खानें हैं ?" प्रश्न

पूछता है गाइड ।

सब उत्सुकता से देखते हैं ।

“यहाँ कोबाल्ट की खानें हैं ।”

वही कोबाल्ट, जिसकी किरणों से असाध्य रोगियों का उपचार किया जाता है ।

वही कोबाल्ट, जिससे सदियों पहले से नीला रंग बनाया जाता है । चीनी मिट्टी तथा शीशे की अधिकांश वस्तुएँ रंग से रँगी जाती थीं । सैकड़ों वर्ष पूर्व चीन को निर्यात किया जाता था ।

वही कोबाल्ट, जिससे महाविनाशकारी कोबाल्ट बम बनाया जाता है ।

शाम हो चली है ।

खानों के निकट जाकर, जितना संभव हो सकता है, निरीक्षण करते हैं । विशाल कंदराएँ ! अँधेरी !

कोबाल्ट से रँगे, शीशे के गहरे नीले बर्तनों की प्रदर्शनी लगी है ।

बहिरा शफीक वे एक छोटी-सी प्याली खरीदते हैं, बीस क्रोनर में ।

बाहर आकर वह कटोरी मेरी ओर बढ़ा दी है—

“यहाँ की स्मृति के रूप में ! अपने ड्राइंग-रूम में सजाकर रख देना···।”

वह आज भी उसी तरह ज्यों-की-त्यों सजी रखी है मेरे ड्राइंग-रूम में !

हिन्द महासागर का मोती

फरवरी, 1983

बम्बई से लगभग साढ़े पाँच घंटे क़ी लगातार उड़ान के पश्चात् विमान उस छोटे-से द्वीप में उतरेगा, जिसकी कुल लम्बाई चालीस मील, चौड़ाई बत्तीस मील है। आबादी है दस लाख बीस हजार, जिसमें साठ प्रतिशत से अधिक हैं—भारतीय मूल के लोग, जिनके पूर्वज कभी बँधुआ मजदूर बनाकर भारत से लाए गए थे।

बम्बई से चले तो अँधेरा था।

जब सुबह होगी, हमारा विमान प्लेजाँ हवाई अड्डे पर उतर रहा होगा···

पुरातत्ववेत्ताओं का कहना है, जहाँ इस समय सागर की लहरें अठखेलियाँ कर रही हैं, हजारों-लाखों वर्ष पहले वहाँ जमीन थी। एक विशाल महादेश, अफ्रीका और आस्ट्रेलिया से जुड़ा हुआ, जो 'लिमूरिया' कहलाता था।

बतलाया जाता है कि कालान्तर में किसी महाप्रलय के समय वह क्षेत्र सागर में डूब गया था। जो ऊँची भूमि थी, पहाड़ों की चोटियाँ या ऊँची पठारी वह डूबने से रह गई। वास्तव में वही जमीन है, ये छोटे-छोटे द्वीप!

हिन्द महासागर में ये नन्हे-से द्वीप सामरिक रूप से बहुत महत्त्व के हैं। दीयागोगार्शिया टापू जिसे मारिशस ने प्रच्छन्न रूप से अमेरिका को दे दिया, अमेरिकी युद्धपोतों का बहुत बड़ा अड्डा है। सारे हिन्द महासागर पर उसकी काली छाया है।

इस छोटे-से द्वीप ने इतिहास को कई बार करवटें बदलते देखा है। इस अछूती भूमि पर जो भी उतरा, उसने इसे अपनाने की अनेक कोशिशें की, किन्तु कालचक्र कुछ ऐसा रहा कि समय के समक्ष एक-एक कर सब पराजित होते चले गए।

प्राचीन काल में कभी मारिशस 'श्वेत द्वीप' के नाम से भी जाना जाता था। किन्तु उस काल के कोई प्रमाण अब उपलब्ध नहीं रहे।

अनुमान है कि सबसे पहले—ईसा से लगभग सात-आठ शताब्दी पूर्व यहाँ फिनलैण्ड के नाविक उतरे थे। उतरे होंगे, पर उनके कोई चरण-चिह्न यहाँ नहीं।

हाँ, समय-समय पर इस मार्ग से गुजरते हुए नाविक अवश्य यहाँ पर कुछ समय के लिए विश्राम करते होंगे। मेडागास्कर, आस्ट्रेलिया अथवा एशिया के बीच समुद्री मार्ग से गुजरने वाले यात्रियों के लिए इस द्वीप का बड़ा महत्त्व रहा होगा। हरी-हरी इस भूमि में, उन्हें पर्याप्त मीठा जल उपलब्ध हो जाता होगा···

आज भी इस बात के कुछ प्रमाण हैं कि सातवीं-आठवीं शताब्दी में अरब-यात्री यहाँ रुका करते थे। उन्होंने इस द्वीप को 'दीना अरोबी' नाम दिया था। इस निर्जन द्वीप में सागरीय लुटेरे अपना धन भी गाड़ दिया करते थे···कालान्तर में ऐसे खजाने लोगों को प्राप्त भी हुए।

लगभग चार सौ साल से यहाँ का विधिवत् इतिहास उपलब्ध होता है।

इतिहासकारों की मान्यता है कि सन् 1500 के आसपास सबसे पहले मारिशस में पुर्तगाल के जंगी जहाजों ने लंगर डाला था। हालाँकि उनका उद्देश्य व्यापार ही था, किन्तु अन्य पश्चिमी देशों की तरह अन्ततोगत्वा आधिपत्य जमाना, शोषण करना—यही इनका भी प्रथम एवं अन्तिम लक्ष्य बन गया।

कहा जाता है कि इस जनशून्य द्वीप को प्रथम बार पालतू पशुओं से साक्षात्कार कराने का श्रेय इन्हीं को जाता है। लगभग सत्तर साल तक वे लोग यहाँ रहे। यहाँ के 'डोडो' पक्षियों का इन्होंने जी भरकर निर्ममतापूर्वक संहार किया। 'डोडो' को बतख की ही कोई उपजाति समझकर इस द्वीप को 'इल्ला दो सिर्नो' नाम से भी पुकारने लगे थे।

किन्तु 'डोडो' जाति को समूल नष्ट करने का 'यश' इन्हें नहीं, हालैंड के डचों को मिला। इस न उड़ सकने वाले पक्षी का वंश ही समाप्त कर डाला उन्होंने। नासू के मौरिस के नाम से, डचों ने ही इस द्वीप का नाम 'मारीशस' रखा। कृषि का आरम्भ भी उनके ही काल से हुआ। गन्ने की खेती भी प्रथम बार उन्होंने आरंभ की। बहुत-से भारतीय फलों के वृक्ष भी लगाए। किन्तु बाद में प्राकृतिक विपदाएँ इतनी आईं कि एक दिन इन्हें इस द्वीप को छोड़ने के लिए विवश होना पड़ा। सागर-दस्युओं का भय, जिन क्रीत दासों को वे एशिया-अफ्रीका से पशुओं की तरह पकड़कर लाए थे, जब उन्होंने भी त्रस्त होकर घात लगाकर, आक्रमण करना आरंभ किया तो डचों के पाँव पूरी तरह उखड़ गए। सन् 1710 में डच हमेशा-हमेशा के लिए इस द्वीप से विदा हो गए।

112 साल के उपनिवेश में डचों ने केवल कुछ सड़कें बनाईं। पर्वतों के डच नाम रखे, खेती का विस्तार किया और वहाँ के भोले-भाले वन्य प्राणियों का निर्ममतापूर्वक संहार भी। हाँ, कुछ पालतू पशु अवश्य वे छोड़ गए थे—ईख के पौधों के साथ-साथ एक यादगार के रूप में···

लगभग 5 साल यह द्वीप फिर लावारिस रहा।

1715 में फ्रान्सीसी अपन पाँव यहाँ जमाने में सफल रहे। यूरोप के खूँखार अपराधी कैदियों को यहाँ बसाने की कोशिशें कीं। उन्होंने इस द्वीप का नाम बदलकर 'फ्रांस का द्वीप' यानी 'आदूल द फ्रांस' रखा।

लगभग सौ साल तक यहाँ शासन किया फ्रांसीसियों ने। अपनी भाषा ही नहीं, संस्कृति के माध्यम से भी एक नया संस्कार दिया। पोर्ट लुई के निर्माण के लिए भारतीय कुशल कारीगर ले गए—पांडिचेरी से। व्यापार एवं कृषि में भी विस्तार किया।

किन्तु बाद में फ्रांसीसी साम्राज्यवाद के शिथिल हो जाने के कारण यहाँ अराजकता-सी फैलने लगी। अंग्रेजों की गिद्ध-दृष्टि एक लम्बे समय से इस द्वीप पर थी। वे उचित अवसर की प्रतीक्षा में घात लगाकर बैठे रहे।

सन् 1804 में अंग्रेजों ने सिसिल द्वीप पर अपना आधिपत्य जमा लिया और इसी के दो वर्ष बाद आशान्तरीप (केप ऑफ गुड होप) भी ब्रिटिश साम्राज्यवाद में ले लिया। अब उनके लिए मारिशस की ओर बढ़ना कठिन नहीं रहा।

उन दिनों फ्रान्स में नेपोलियन अपनी समस्याओं में बुरी तरह उलझा हुआ था। मारिशस तूफान और दुर्भिक्ष के चंगुल में फँसा था। अंग्रेजों ने समय का लाभ उठाकर सन् 1810 में 16 हजार सैनिकों के साथ विधिवत् आक्रमण कर डाला, और थोड़े-से ही संघर्ष के पश्चात् मारिशस की धरती पर यूनियन जैक फहरा दिया।

आश्चर्य की बात तो यह है कि जिन सोलह हजार ब्रिटिश सैनिकों ने मारिशस पर आक्रमण किया, उनमें नौ हजार से अधिक भारतीय थे।

जिस समय अंग्रेजों ने मारिशस पर अपनी विजय-पताका फहराई, उस समय वहाँ सात हजार गोरे, छह हजार भारतीय मूल के लोग तथा सत्तर हजार अन्य गुलाम थे।

पूरे डेढ़ सौ साल तक, यानी 1968 तक, यानी मारिशस के स्वाधीन होने तक इस द्वीप में अंग्रेजों का एकछत्र साम्राज्य रहा।

रात्रि का श्यामवर्णी आँचल शनैः-शनैः सिमटने लगा है। विमान की खिड़की से बाहर झाँकने पर कहीं-कहीं नीचे छितरे बादल दीखते हैं या अथाह, अछोर काला जल···

पौ फटते ही आसमान का सारा नजारा बदल जाता है। सुनहरा, पीला, गुलाबी रंग अबीर की तरह, सफेद बादलों में बिखर जाता है। समुद्र इन्द्रधनुषी रंगों में नहा आता है। लगता है, मारिशस धीरे-धीरे निकट आता चला जा रहा है, क्योंकि सुबह हो रही है। सवा पाँच घंटे का सफर तय किया जा चुका है···

दूर से सागर की हथेली पर, पारदर्शी हल्का नीला जल, पारदर्शी दुकूल की तरह चमक रहा है। उनके बीच में एक द्वीप धुले-पुँछे मोती की तरह जगमगाने लगता है।

निर्मल स्वच्छ जल ! एक ही रंग के इतने बहुआयामी प्रतिबिम्ब ! प्रकृति का यह चमत्कार देख, कहीं आँखों को अवर्णनीय सुख मिलता है। एक शीतल दिव्य अनुभूति का अनुपम एहसास भी···

विमान धीरे-धीरे आसमान की ऊँचाई कम करने लगता है। सागर तट को छूता प्लेजाँ हवाई अड्डा साफ दिखलाई देने लगता है। भ्रम होने लगता है, लगता है, विमान कहीं पानी में तो नहीं उतर रहा है !

दक्षिण-पूर्वी तट पर बसा सुप्रसिद्ध ऐतिहासिक नगर माहेबर्ग यहाँ से अधिक दूर नहीं। कभी मारिशस की राजधानी रहने का सौभाग्य भी इस नगर को मिला। 'ब्लू बे'—नीली खाड़ी

का यह सारा प्रदेश अपनी नैसर्गिक छटा के लिए प्रख्यात है । 'पर्यटकों के स्वर्ग' नाम से भी संबोधित किया जाता है इसे ।

मारिशस के इस दक्षिण-पूर्वी तट से हमें उत्तरी तट पर पहुँचना है—ट्राविश स्थित 'विलेज होटल', जहाँ हमारे ठहरने की व्यवस्था है ।

सड़क मार्ग से इस 35-40 मील की दूरी तय करने का अर्थ है, मारिशस के एक छोर से दूसरे छोर तक पहुँचना यानी मारिशस की अंतरंग झाँकी प्राप्त कर लेना···

मात्र 720 वर्गमील क्षेत्र में फैला यह छोटा-सा द्वीप, आसमान की ऊँचाई से तालाब के पानी में गिर पड़े हरे पत्तल जैसा दीखता है । प्रकृति की अनुपम छटा लिए, कई प्रश्न-चिह्नों को समेटे !

इस द्वीप के किनारे-किनारे सड़क है । कुछ ही घंटों की यात्रा के पश्चात् द्वीप की परिक्रमा हो जाती है, बड़ी ही आसानी से ।

इस नन्हे द्वीप में पहाड़ हैं । रुपहले मैदान । नदी की छलछलाती धाराएँ । झरने । तालाब । जंगल । सब कुछ है, जो एक देश में प्रायः होते हैं···

कारों का काफिला आगे बढ़ रहा है, उत्तर की ओर । नहीं-नहीं, उत्तर-पश्चिम की ओर !

साफ-सुथरी सड़कें । सड़क के दोनों ओर खेत । अधिकांश खेत गन्ने के हैं ! आदमी से भी ऊँचे !

ईख की खेती सैकड़ों साल पहले डचों ने आरंभ की थी, सत्रहवीं शताब्दी में वान देर स्टेल नामक डच ने जावा से गन्ना मँगवाकर सबसे पहला पौधा रोपा था··· किन्तु कालान्तर में एक ऐसा भी समय आया, जब वह द्वीप ही 'गन्ने का द्वीप' कहलाने लगा ।

जैसे-जैसे भारतीय मजदूरों की संख्या बढ़ी, गन्ना बोने के क्षेत्र में भी निरन्तर विस्तार होता चला गया । सन् 1843 से 1907 तक हजारों भारतीय यहाँ आए । उनके कठोर श्रम के कारण एक लाख एकड़ से भी अधिक भूमि में खेती होने लगी—ईख की और चीनी मिलों की संख्या बढ़कर ढाई सौ तक पहुँच गई···आज लगभग 287 करोड़ रुपये की चीनी का निर्यात प्रतिवर्ष हो रहा है ।

भारतीय मूल के लोगों के कई घर दीख रहे हैं । कहीं बच्चे खेल रहे हैं ।

ये घर भारतीय घरों से कुछ भिन्न लग रहे हैं । आधुनिक सुख-सुविधाएँ आम भारतीय घरों की अपेक्षा कहीं अधिक दिखलाई दे रही हैं···

मेयर द अलबर्ट के बाद रोज वेल्ले, यूनियन पार्क, फोरेस्ट साइड कई छोटे-बड़े कस्बे, शहर हमने पार कर लिए हैं । यहाँ का ढाँचा, भारतीय या अफ्रीकी कम, यूरोपीय अधिक लगता है । इंग्लैंड की अपेक्षा फ्रांसीसी संस्कृति का प्रभाव भी किंचित् अधिक दीख रहा है···

अब हम निकट पहुँच रहे हैं—क्युर्पिप से ।

मारिशस के अच्छे, आधुनिक शहरों में इसकी गणना है । चारों ओर की नैसर्गिक सुन्दरता

अपने में अनोखा आकर्षण लिए है। इतना सौन्दर्य ! आँखें खुली-की-खुली रह जाती हैं !

क्युर्पिप को मारिशस का कश्मीर भी कहते हैं। छोटी-छोटी हरी-हरी पहाड़ियाँ हैं। सागर से कुछ दूर होने के कारण जलवायु में बहुत अंतर लग रहा है। लकड़ी के यूरोपियन प्रणाली के सुन्दर, सुरुचिपूर्ण घर। हर बँगले के सामने फूलों से लदा, रंग-बिरंगा उद्यान। प्लेन्स विलहेम्स जिले का यह सबसे ऊँचाई पर बसा नगर है। आबादी लगभग पैंसठ हजार है।

बाजार ठीक यूरोपियन बाजारों की तरह लग रहे हैं, जैसे फ्रांस, जर्मनी आदि में देखे जा सकते हैं। सजावट, रख-रखाव—सारा सिलसिला ठीक वैसा ही।

यूरोपियन, अफ्रीकी तथा भारतीय मूल के निवासियों की अधिकांश दूकानें हैं। बाहर रंग-बिरंगी विदेशी कारों की कतारें ! बाजारों में वैसी ही आधुनिकाएँ।

भ्रम होता है कि कहीं हम यूरोप में ही तो नहीं !

बतलाया जाता है कि क्युर्पिप में प्रायः वर्ष-भर वर्षा की फुहारें पड़ती रहती हैं। जिससे एक प्रकार की ताजगी सदैव बनी रहती है।

जहाँ इस समय यह आधुनिक नगर जगमगा रहा है, कहते हैं, कभी यहाँ दलदल था। डच, फ्रांसीसी, अंग्रेज धनी लोगों को ऐसे स्थान की तलाश थी, जो उन्हें यूरोप की याद दिलाए। यद्यपि बंदरगाह होने के कारण फ्रांसीसी तथा अंग्रेजों ने राजधानी बनाने का श्रेय पोर्ट लुई शहर को दिया, परन्तु रहने की व्यवस्था उन्होंने क्युर्पिप में ही की। फ्रांस के एक सुन्दर गाँव के नाम पर इसका नाम भी 'क्युर्पिप' रखा गया था।

पोर्ट लुई से रायल कॉलेज हटाकर यहाँ लाया गया। टाउन-हाल के पास विशाल पुस्तकालय है। उसी के विस्तृत मैदान में स्थापित हैं—पाल और वर्जिनी की प्रतिमाएँ !

इन प्रतिमाओं का भी एक अपना ही इतिहास रहा है। फ्रांस के विख्यात उपन्यासकार वेरनार्दे से प्येर कुछ अर्से तक द्वीप में रहे थे। यहाँ के जनजीवन पर उन्होंने अपनी अमर कृति 'पाल और वर्जिनी' की सृष्टि की थी।

इस उपन्यास को पढ़कर नेपोलियन ने एक बार वेरनार्दे से पूछा था, "आप ऐसा अद्‌भुत दूसरा उपन्यास कब लिखेंगे ?"

इस उपन्यास ने लेखक को ही अमरत्व प्रदान नहीं किया, बल्कि सारे विश्व का ध्यान इस बित्ते-भर के द्वीप की ओर आकर्षित किया।

प्रो० विष्णुदयाल ने इस कृति का वर्षों बाद मूल फ्रेंच से हिन्दी में अनुवाद किया था…

क्युर्पिप पार करके हम पोर्ट लुई की बगल से होकर 'विलेज होटल' की दिशा में बढ़ते हैं। गन्ने के खेतों के बीच में बड़े-बड़े हाथी जैसे काले, गोल पत्थरों के ढेर लगे हैं। खेतों से समेटकर लोग इन्हें एक स्थान पर जमा कर देते हैं, ताकि खेतों में ट्रेक्टर चलाते समय बाधा उपस्थित न करें।

कभी यह सम्पूर्ण द्वीप ज्वालामुखी के प्रभाव में रहा होगा। इस कारण काली मिट्टी, कठोर

चट्टानें सर्वत्र दिखलाई देती हैं। क्युर्पिप में सबसे अधिक ऊँचाई पर तीन सौ फुट गहरा, दो सौ फुट चौड़ा ज्वालामुखी का द्रोण है। यहाँ से लगभग सारा मारिशस द्वीप दिखलाई देता है···

लगभग साढ़े ग्यारह का समय !

हमारा काफिला सागर-तट के समीप रुकता है—

इसी को कहते हैं—'विलेज होटल' !

अलग-अलग झोंपड़ियों की तरह बने हैं होटल के कक्ष। आधुनिक सुख-सुविधाओं से पूर्ण। पंच सितारा होटल। विदेशी महत्त्वपूर्ण अतिथि प्रायः यहीं ठहराए जाते हैं।

यह यात्रा सरकार के आमंत्रण पर है, इसलिए सारी देख-रेख की व्यवस्था का दायित्व मारिशस सरकार का है।

यह ठीक सागर-तट पर बसा है।

जब भी नहाने का मन होता है, चप्पल पहनकर, कंधे पर तौलिया लटकाए लहरों तक पहुँच जाते हैं, बातें करने।

यह सारा तट सफेद बालू का है। जल इतना स्वच्छ, पारदर्शी कि सुई भी गिर जाए तो आसानी से ढूँढ़ी जा सकती है। तट घिरा हुआ है, मूँगे की चट्टानों से। अतः सागर का अहसास उतना नहीं होता, जितना प्रशान्त झील का।

लहरें एक के बाद एक आती रहती हैं, पर इतनी बड़ी नहीं कि परेशानी का कारण बनें। यात्री सुविधानुसार आराम से घंटों नहाते रहते हैं।

यहाँ का जल एकदम नीलवर्णी है।

पूर्णिमा की रात का दृश्य तो अनोखा ही होता है, स्वयं में ! एक स्वप्निल संसार ! ठंडी-ठंडी मीठी हवा के हल्के-हल्के झोंके। नीला आसमान। नीला सागर। रेत भी नीली। तट पर पागलों की तरह पता नहीं कब तक भटकते रहते हैं !

होटल के मनोरजंन कक्ष भी रेत पर बने हैं। जहाँ यूरोप तथा दक्षिण अफ्रीका के अनेक सैलानी गौरांग आसानी से भीड़ की शक्ल में हँसते-गाते, मौज मनाते देखे जा सकते हैं···

सुबह-सुबह एक दिन नाश्ता लेने पहुँचता हूँ तो देखता हूँ, एक वृद्ध अकेली मेज पर बैठे हैं। उदास-से कॉफी पी रहे हैं, परन्तु ध्यान कहीं और है।

मुझे उनके रूप-रंग, चाल-ढाल में एक गहरी मायूसी झलकती दीखती है। कहानी के जैसे ये पात्र, बहुत कुछ सोचने के लिए विवश कर देते हैं।

चाय का अपना प्याला लिए मैं समीप बैठ जाता हूँ।

उनके चेहरे पर हर्ष-विषाद के एक साथ कई भाव आते हैं।

वह बतलाते हैं कि वह दक्षिण अफ्रीका से आए हैं। तीन दिन से यहाँ हैं, किन्तु इन तीन दिनों में किसी ने भी उनसे कोई बात नहीं की। मैं पहला व्यक्ति हूँ, जो बोल रहा हूँ।

एकान्त-रोग से पीड़ित यह व्यक्ति बड़ी देर तक बतियाते रहते हैं—

संसार में एक बिटिया के अलावा कोई भी नहीं है। सारी सम्पति उसी के नाम कर दी है। पहले वह वृद्ध पिता का किंचित् ध्यान रखती थी, किन्तु पिछले कुछ अर्से से अपने में ही इतनी मगन है कि उनका खयाल ही उसे नहीं आता। यहाँ वह आये थे कि जी बहल जाएगा, परन्तु यहाँ का एकान्त भी उतना ही असह्य हो रहा है···

भारत के बारे में वह बहुत-से सवाल पूछते हैं। 85 साल के इस व्यक्ति में अब जीने की लालसा नहीं, जो कभी हुआ करती थी। बेटी का जिक्र आते ही उसकी आँखें आर्द्र हो आती हैं।

इसके बाद फिर कभी वह क्लब में, भोजन के समय या सागर-तट पर कहीं दीखे नहीं···

मारिशस की आमदनी का एक महत्त्वपूर्ण जरिया पर्यटन है। यूरोप से प्रतिवर्ष हजारों यात्री आते हैं। अफ्रीकी देशों के गोरे भी।

इसी तट के पूर्व में एक और बस्ती है, जहाँ हर किसी का प्रवेश संभव नहीं। बतलाया जाता है कि प्रायः बहुत-से लोग वस्त्र-विहीन रहते हैं—सागर के किनारे मगरमच्छों की तरह लोटते···

हम इस निषिद्ध क्षेत्र में जाते हैं, तो कुछ ऐसा विशेष नहीं लगता, जैसा अन्य तटों में नहीं देखने को मिलता

इन तटों पर पिकनिक मनाने वालों का जमघट लगा रहता है।

पूर्व के अधिकांश सुन्दर तटों एवं अन्य सुंदर स्थानों पर फ्रांसीसी लोगों का आधिपत्य है। पूर्वी तटों पर घूमते समय सागर तट से कुछ दूर तक आदमी से भी ऊँची पत्थर की दूर तक, दूर-दूर तक फैली दीवारें दीखती हैं। भीतर यूरोपियनों के बँगले हैं। बगीचे हैं। वहाँ क्या हो रहा है, बाहर का आदमी जान नहीं सकता। यूरोपीय साम्राज्यवाद के ये अवशेष, आज भी अतीत के अनाचारों पर विचार करने के लिए विवश किए बिना नहीं रहते। जो भी अच्छी भूमि होगी, उस पर गोरों का ही आधिपत्य होगा। स्वाधीनता के इतने वर्ष बाद भी यह आर्थिक भेद कहीं बुरी तरह झकझोर जाता है···

प्रातः नाश्ते के बाद पोर्ट लुई जाते हैं। रास्ता अधिक लम्बा नहीं, कुछ ही क्षणों का है, पर है बड़ा ही मनोरम। रास्ते में त्रियोले आता है, एक छोटा-सा गाँव। हमारे मित्र मारिशस के अग्रणी हिन्दी लेखक अभिमन्यु अनत यहीं रहते हैं। कल शाम वे अपनी गाड़ी में घर ले गए थे हमें। मारिशस के साहित्य पर गंभीर चर्चा चली थी···

मारिशस वास्तव में एक स्वप्न-लोक है। लेखकों के लिए आदि काल से प्रेरणास्थली भी। विश्वविख्यात व्यंग्य-लेखक मार्क ट्वेन यहाँ आए थे। बेरनार्दे से प्येर लगभग तीन साल तक यहाँ रहे थे। डार्विन ने यहाँ आकर अनुसंधान किए थे···

सड़क के दोनों ओर ईख के खेत हैं या फिर बस्तियाँ ।

मारिशस में कोई रेलगाड़ी नहीं है । पहले कभी चलती थी, किन्तु कोई विशेष उपयोगिता न होने के कारण बंद कर दी गई थी । अतः सारा यातायात मार्ग से ही होता है । द्वीप इतना छोटा है कि अन्य व्यवस्थाओं की आवश्यकता भी नहीं···

पोर्ट लुई राजधानी ही नहीं, प्राचीन नगर भी है—ऐतिहासिक महत्त्व का । फ्रांस के सम्राट् लुई चौदहवें के नाम पर इसका नामकरण किया गया था—फ्रांसीसी शासन काल में । 16 वर्ग-मील क्षेत्र में फैला यह मारिशस का एकमात्र बंदरगाह है । आबादी भी अधिक नहीं, लगभग पौने दो लाख है ।

शहर में भारतीयों, क्रियोलों, चीनियों की अनेक दूकानें हैं । अनेक संस्कृतियों की झलकियाँ यहाँ मिलती हैं । किन्तु भारतीय एवं यूरोपीय—दो संस्कृतियों का संगम—विशेष रूप से ।

यहाँ का मौसम लगभग हमारे यहाँ के सागर तट जैसा रहता है—न अधिक गरम, न अधिक ठंडा । भारत से जब चले थे तो सर्दी थी । किन्तु यहाँ उतरते ही, जिस गर्मी का एहसास हुआ, उससे परेशान हो उठे थे । हमने सोचा था कि मारिशस का मौसम भी वैसा ही होगा । यह महत्त्वपूर्ण बात जल्दी में ध्यान में नहीं रही कि यह प्रदेश दक्षिणी गोलार्द्ध है । अतः उत्तरी गोलार्द्ध में जो मौसम होगा, उसका ठीक विपरीत होगा यहाँ !

इसलिए मारिशस पहुँचने वाला घबरा जाता है, गर्मी से । जो गरम कपड़े साथ लाए थे, उनकी कुछ उपयोगिता नहीं रह जाती···यहाँ कई भव्य मंदिर हैं । गिरजाघर हैं । पगोडा हैं···परन्तु हम सबसे अधिक प्रभावित होते हैं—कुली घाट से ।

यही वह घाट है, जहाँ भारत से लाए गए बँधुआ मजदूरों को सबसे पहले उतारा गया था । वे सीढ़ियाँ आज भी विद्यमान हैं, जिनसे वे उतरे थे । उनके समीप ही एक नन्हा-सा स्नानागार है, जहाँ वे श्रमिक नहाया करते थे । वे काल-कोठरियाँ भी, जहाँ वे भेड़-बकरियों की तरह रहने के लिए विवश थे । सन् 1838 में 74 कुलियों का पहला दल यहाँ आया था··· 1835 में और अधिक भारतीयों को यहाँ लाया गया···

भारतीय मजदूरों के साथ पशुवत् बर्ताव किया जाता था । 1857 में 'हैदरी' और 'फतेह मुबारक' नामक दो जहाजों में भरकर लगभग सात सौ मजदूरों को यहाँ लाया गया । किन्तु इस आशंका से कि वे अपने साथ संक्रामक रोग भी लाए होंगे, उन्हें पोर्ट लुई में उतरने ही नहीं दिया गया । अन्त में आसपास के निर्जन द्वीपों में उतरने के लिए विवश किया गया···जहाँ अन्न-जल के अभाव में दो सौ मजदूर तड़प-तड़पकर मर गए···

जब जहाज से इन श्रमिकों को मारिशस में उतारा जाता तो पहले जानवरों की तरह बाड़े में रखा जाता । फिर गोरे जमींदारों के दलाल उन्हें तरह-तरह के प्रलोभन देकर अपने फार्मों में, भेड़-बकरियों की तरह हाँककर ले जाते···

कुछ समय पश्चात् दास-प्रथा समाप्त हो गई, किन्तु भारतीय मजदूरों के साथ अमानवीय

व्यवहार होता रहा । मारिशस में मरने वालों में भारतीयों की मृत्यु दर सबसे अधिक हुआ करती थी···

सन् 1901 में अफ्रीका जाते समय गांधीजी इस द्वीप में कुछ दिन ठहरे थे । उन्होंने भारतीयों को सलाह दी कि वे शिक्षा के प्रति सजग रहें और राजनीति में सक्रिय भाग लें । गांधीजी के इस कथन का प्रवासियों पर व्यापक प्रभाव पड़ा । जन-चेतना का नया दौर शुरू हुआ ।

सन् 1924 में शर्तबंदी प्रथा सदा के लिए समाप्त कर दी गई···

उन्हीं भारतीयों के वशंज सर शिवसागर रामगुलाम से हम लोग कल मिले थे । वे गवर्नर जनरल हैं । आज शाम प्रधानमंत्री अनिरुद्ध जगन्नाथ ने दल के सभी सदस्यों को भोज पर आमंत्रित किया है । भारतीयों का अब सर्वत्र वर्चस्व दीख रहा है···

दूरदर्शन के एक सर्वोच्च अधिकारी से मिलते हैं, भारतीय उच्चायोग में, वे विशुद्ध भोजपुरी में बात करते हैं ।

कुछ लेखकों से भी बातें होती हैं । पता चलता है कि कुछ स्वार्थी राजनीतिज्ञ भोजपुरी को हिंदी से अलग करने का षड्यंत्र कर रहे हैं—अपने निहित लाभ के लिए ।

भारतीय मूल के लोगों को विभाजित करने की यह भी एक चाल है ।

जगह-जगह दीवारों लिखा दीखता है—हम न हिन्दू हैं, न भारतीय । नीचे किसी तमिल संगठन का नाम ।

मारिशस में 26 हजार तमिल मूल के लोग हैं, लगभग इतने ही तेलुगू भाषी और इन्हीं के समकक्ष मराठी भाषी हैं । भारत से गए इस्लाम पर आस्था रखने वाले लोग भी 22-23 हजार के करीब आँके जाते हैं । क्रियोलों की संख्या 25 हजार है । इतने ही फ्रेंच मूल के निवासी होंगे । चीनी मूल के 10 हजार के लगभग ।

यदि भारतीय मूल के मारिशसवासियों को विभाजित कर दिया तो फिर भारतीयों का वर्चस्व नहीं बना रह सकता···

पोर्ट लुई के बाजार 12 बजे ही बंद हो गए—शनिवार होने के कारण । इसलिए शहर की सैर का कोई महत्त्व नहीं रहा । यों भी बाजारों में सिले-सिलाए वस्त्रों के अतिरिक्त अन्य सामग्री इतनी सस्ती नहीं । मारिशस में ऐसा कुछ सामान बनता भी नहीं दीखता, जो हमारे यहाँ उपलब्ध न होता हो । अतः आस-पास का क्षेत्र देखने का कार्यक्रम बनाते हैं ।

फिर सूनी सड़कें ! घने वन ! हरी-भरी चादर में लिपटी पहाड़ियों से साक्षात्कार होता है । मारिशस में साँप नहीं होते । बिच्छू या अन्य जहरीले कीड़े भी नहीं । शेर कैसा होता है, यहाँ के बच्चों ने कभी देखा नहीं । जंगली पशुओं के नाम पर केवल हरिण को जानते हैं···

मोका पर्वत श्रृंखलाएँ इधर-उधर बिखरी हुई हैं । यह 'मोका' नाम अरबों की देन है । मोका अरब में एक स्थान का नाम है, वहीं से सबसे पहले कॉफी के बीज लाकर यहाँ रोपे गए थे···

सबसे दर्शनीय स्थल लगता है—पाम्पेमुस उद्यान !

" 'पाम्पेमुस' का अर्थ क्या होता है ?" पूछते हैं ।

"चकोतरा ! इस क्षेत्र में चकोतरे बहुत अधिक हैं, अतः इसी नाम से इसे संबोधित किया जाता है । यह 'बोटेनिकल गार्डन' अपने में अनेक विशेषताएँ लिए है ।"

"इस विचित्र वृक्ष को 'टालीपोट' कहते हैं । इसमें सौ वर्ष में एक ही बार फूल खिलता है । फूल खिलने के पश्चात् फूलों के साथ-साथ वृक्ष भी मुरझा जाता है···।" हमें बतलाया जाता है ।

मार्ग के दोनों ओर बड़े-बड़े वृक्ष लगाए गए हैं—आबनूस के, कपूर के, भोजपत्र के ।

तालाब में खिले कमल बरबस दर्शकों का मन मोह लेते हैं ; यहाँ अनोखे कमल देखने को मिलते हैं । पत्तों का आकार किनारेदार थाली की तरह होता है—एकदम गोल ! ये हरी थालियाँ ! कमल के फूलों के पास, जल में तैरती !

विश्व-भर से भाँति-भाँति के वृक्ष यहाँ लाकर उगाए गए हैं । वृक्षों की तरह पक्षियों की भी भरमार है । पालतू हरिणों के झुण्ड दर्शकों का ध्यान दूर से ही अपनी ओर आकर्षित कर लेते हैं ।

दूसरे दिन अनेक व्यस्तताओं के बीच थोड़ा-सा समय निकाल लेते हैं—एक और अद्‌भुत स्थल देखने के लिए—शमारेल पहाड़ियों की ओर । पर्वतीय क्षेत्रों की तरह घुमावदार सड़कें ! सड़कों के किनारे घने वृक्ष, जिन पर बैठे बंदर तरह-तरह की हरकतें करते दिखलाई देते हैं । कहीं-कहीं हरिण भी झाँककर नौ-दो ग्यारह हो जाते हैं !

पहाड़ी के ऊपर पहुँचकर नीचे का दृश्य बड़ा मनोरम दीखता है । सामने छोटा-सा मार्न द्वीप उझककर झाँकता दिखलाई देता है । इस हरे सागर के बीच बहुरंगी मिट्टी के मनमोहक टीले हैं । इनकी मिट्टी इतने रंगों की है कि उन्हें गिन पाना आसान नहीं । सतरंगी नहीं, सत-संतरंगी ! लगता है आसमान से अनेक इन्द्रधनुष एक साथ धरती पर छिटक आए हैं···

यह मिट्टी क्यों इतनी रंगीन है—वैज्ञानिकों की समझ में यह रहस्य आज तक नहीं आया ! आश्चर्य है कि इस मिट्टी में कोई पौधा पनप नहीं पाता ।

कुछ लोगों की मान्यता है कि यह ज्वालामुखी की देन है । जो भी सत्य हो, तथ्य हो, परन्तु यह निर्विवाद है कि ऐसा सुरम्य स्थल धरती पर शायद ही कहीं हो !

शाम को मीनाक्षी मंदिर जाते हैं ।

सर शिवसागर रामगुलाम भी मंदिर में अयोजित समारोह में शामिल होते हैं । मारिशस के प्रधानमंत्री अनिरुद्ध जगन्नाथ तथा भारत के तत्कालीन विदेशमंत्री श्री नरसिम्हा राव भी । किस तरह से समग्र भारतीय समाज एकजुट हो, लगता है श्री राव इसके लिए कहीं बहुत चिंतित हैं ।

मंदिर दक्षिण के मंदिरों की शैली पर बना है । मंदिर के प्रांगण में विशाल तोरण द्वार

बनाया गया है···

'महात्मा गांधी संस्थान' में भी एक समारोह आयोजित किया जा रहा है। भारत की ओर से अनेक धार्मिक एवं सांस्कृतिक पुस्तकें प्रदान की जा रही हैं। यह संस्थान भारतीय संस्कृति के केन्द्र के रूप में उभर रहा है। हिन्दी, मराठी, तमिल, तेलुगू एवं उर्दू की अनेक पुस्तकें हैं।

मारिशस में हिन्दी के अध्ययन की अच्छी व्यवस्था है। यद्यपि 'क्रियोल' अधिकांश लोग बोलते हैं, किन्तु हिन्दी, भोजपुरी का प्रचलन भी कम नहीं है। अंग्रेजी बहुत-से लोग जानते हैं, किन्तु फ्रेंच का प्रभाव उससे कई गुना अधिक लगता है।

अभिमन्यु अनत बतलाते हैं कि फ्रांस की सरकार फ्रेंच भाषा एवं संस्कृति के प्रचार-प्रसार के लिए मारिशस में क्या-क्या कर रही है। उसके मुकाबले में भारतीय प्रयास उतने प्रभावकारी नहीं लगते···

भारतीय मूल के लोगों की सांस्कृतिक एकता के प्रयास न किए गए तो अंततोगत्वा भारतीय मूल के लोग भविष्य में फिर कठिनाइयों में पड़ सकते हैं···

पूर्वी तट की ओर बढ़ रहे हैं। आज का कार्यक्रम है—दोपहर का भोजन एक नन्हे-से द्वीप में लेने का। और भी बहुत-से अतिथि आमंत्रित है वहाँ। अनेक राजनेता भी···

काली चट्टानों को सागर का नीला जल नहला रहा है। हम सागर तट पर क्रीड़ा करती लहरों को देखते रहते हैं। छोटे-छोटे काले पत्थरों को बीनते हैं। ज्वालामुखी युग की ये स्मृतियाँ !

इस सारे सागरीय तट पर प्रायः गोरों का आधिपत्य लगता है ! सारी अच्छी-अच्छी भूमि का स्वामित्व शताब्दियों से उनके पास है। आगे भी उन्हीं के पास रहेगा···

लगभग बारह बजे का समय है। पश्चिम के ढंग का एक बहुत सुंदर, बहुत बड़ा होटल ! उसी के पाँवों के पास हरा-नीला जल लहरा रहा है। यहीं से एक डीजल-बोट पर बैठकर सामने के द्वीप तक पहुँचना है।

सागर का जल झील की तरह शांत दीख रहा है। बीच-बीच में बहुत घनी झाड़ियाँ जैसी उग आई दीखती हैं, टापू की शक्ल में। उनके बीच से होकर बोट निकलती है तो बड़ा अच्छा लगता है। जिस बोट पर बैठे हैं, उसके पैंदे के बीच के हिस्से में पारदर्शी मोटा शीशा लगा है—चारों ओर ऊपर कुर्सियाँ हैं, ताकि यात्री बैठे-बैठे जल-जन्तुओं की झाँकी लेते रहें···

केकड़े, जल-सर्प, तरह-तरह की मछलियाँ, जड़ के आकार के, अनेक शाखाओं-प्रशाखाओं में विभाजित जल-जन्तु···

"द्वीप में आज बहुत भीड़ दीखती है !" एक मारिशसवासी कहते हैं।

बोट से उतरकर रेतीली धरती पर पाँवों का धँसना बड़ा आह्लादकारी लग रहा है। किंचित् गरम-गरम बालुका ! फिर हरे-हरे वृक्षों के झुरमुट ! पिकनिक की तरह बाहर खुले में ही भोजन की व्यवस्था है।

अभी समय है । अतः दो-तीन साथी द्वीप के उत्तर-पूर्वी तट की ओर टहलते-टहलते निकल पड़ते हैं ।

यूरोपीय देशों के अनेक सैलानी रेत पर बिखरे पड़े हैं—महिलाएँ-पुरुष—पूर्ण नग्नावस्था में । अतः थोड़ी ही दूरी तय करने के पश्चात् लौटने लगते हैं ।

किनारे पर सीपियों का अम्बार लगा है ।

मोती तो हमने जीवन में कभी भूल से भी बटोरे नहीं । अतः आज भाग्य से सीपी बटोरने का अवसर मिला है, तो चूकना नहीं चाहिए ।

मैं रंग-बिरंगी सीपियाँ बटोरने लगता हूँ ।

पहाड़ी ढलान !

हरियाली छन-छनकर घने वृक्षों की छाँह में बिखर रही है ।

तट पर जहाँ हम भोजन के लिए बैठते हैं, उससे कुछ ही कदमों की दूरी पर रेत में अनेक नारी-पुरुष धूप-स्नान का सुख प्राप्त कर रहे हैं । एक यूरोपीय पुरुष श्यामवर्णी तरुणी को बाँहों में उठाकर सागर की शान्त लहरों में ले जाकर, जिस तरह का व्यवहार कर रहा है, उसे देखने का हमें अभ्यास नहीं है । निर्लज्ज भाव से तन्वंगी तरुणी जिस तरह से किलक रही है, वह भंगिमा कोई अच्छा भाव नहीं जगा रही है···

यह तट तैरने के लिए सबसे अच्छा माना जाता है ।

भोजन क्या है 'सी-फूड' के नाम पर तरह-तरह के, रंग-बिरंगे केकड़े-जैसे, जिन्हें लोग बड़े चाव से खा रहे हैं ।

लौटते-लौटते दोपहर ढल जाती है ।

भाई राजेन्द्र अरुण का फोन आता है । अपने घर आमंत्रित करते हैं । बाजार ले जाने का भी वादा करते हैं—'शापिंग' के लिए ।

श्रीमती अरुण हिन्दी अध्यापिका हैं । अपने साथ अपनी सहेली राबिया को भी लाती हैं, जो उनकी तरह हिन्दी पढ़ाती हैं । राबिया रामपुर की हैं । रामपुर नैनीताल के निकट का क्षेत्र है । अतः उन्हें ऐसा एहसास होता है, जैसे मैके से कोई आया हो ।

राबिया बहन घर बुलाती हैं । चाय पिलाती हैं । लौटते समय बच्चों के हाथ में कुछ रखने लगता हूँ तो वे मना करती हैं ।

"बहन के घर हमारे यहाँ यों ही कुछ नहीं खाते, न रीते हाथ ही जाते हैं···।" मैं कह ही रहा होता हूँ कि राबिया बहन की आँखें भर आती हैं ।

मारिशस छोटा भारत है ।

लगभग सात दिन की यात्रा के बाद लौटने लगते हैं तो लोगों का असीमित प्यार बार-बार बहुत कुछ सोचने के लिए विवश करता है ।

पिता टेम्स का देश

ओस्लो छोड़ते समय अजीब-सा लगता है । लगता है—एक स्वप्नलोक पीछे छूट रहा है और छूट रही हैं अनेक स्मृतियाँ…

डेढ़ घंटे की इस उड़ान के पश्चात् हम 'हीथ्रो' हवाई अड्डे पर होंगे—दुनिया के व्यस्ततम हवाई अड्डे पर ।

इंग्लैंड की ऐतिहासिक धरती से पहला साक्षात्कार !

इंग्लैंड के बारे में तब से सुनता आया हूँ, जब से होश सँभाले । मैं तब बच्चा था । स्वाधीनता संग्राम के दिन थे वे । पिता स्वाधीनता सेनानी । गाँव-गाँव घूमकर अलख जगाते थे । इसलिए अंग्रेजी-राज की अनेक यातनाएँ विरासत में अनायास मिल गईं हमें । घर का वातावरण विशुद्ध स्वदेशी था । अतः ब्रिटिश शासकों के प्रति एक प्रकार का सात्विक द्रोह-भाव भी ।

अंग्रेजों के अत्याचारों के अनेक दृश्य ।

फिर पन्द्रह अगस्त को हमेशा के लिए उनका चला जाना और जाते-जाते भी देश का विभाजन कर जाना…

एक गरिमामयी संस्कृति और उसमें लिपटा एक कालिख-भरा इतिहास—शोषण का—उपनिवेशवाद का—उस विशाल साम्राज्यवाद का जहाँ सूर्यास्त ही संभव न था !

दीनबंधु ऐण्डूयूज का ही नहीं, जनरल डायर का भी देश !

हीथ्रो की धरती पर पाँव रखते ही एक विचित्र-सी अनुभूति होती है ।

अभी मुझे लंदन नहीं, वोल्वरहैम्पटन जाना है । लन्दन से लगभग ढाई सौ किलोमीटर पश्चिम । बर्मिंघम के पास ।

भारतीय मित्र हीथ्रो हवाई अड्डे पर आते हैं, लेने के लिए । उनके साथ ही जाना है—उनके घर वोल्वरहैम्पटन ।

उनकी कार में सामान रख, सबसे पहले निकलते हैं, लंदन स्थित 'लघु भारत' साउथ हॉल !

'साउथ हॉल' ठीक करौलबाग तथा दक्षिणी दिल्ली के किसी संभ्रान्त बाजार का मिलाजुला स्वरूप ।

मिठाई की दूकानें ! साड़ियों में सजी प्रवासी भारतीय महिलाएँ बाजार में खरीदारी करती

हुईं । दूकानों में वे बड़ियाँ, पापड़, अचार···लगता है, भारत में ही भ्रमण कर रहे हैं ।

दो-तीन सिनेमा-हॉल जैसे भी दिखाई दे रहे हैं । पर भीतर जाकर दूसरा ही दृश्य दीखता है । सिनेमा-हॉल के स्थान पर अनेक छोटी-छोटी दूकानें हैं । बाजार लगा है । भीड़ है ।

"जब से वीडियो का प्रचलन बढ़ा है, लोगों ने सिनेमा-हॉल में जाकर फिल्म देखना ही छोड़ दिया है, जिसका परिणाम है यह !" मित्र बतलाते हैं ।

'साउथ हॉल' देखने के पश्चात् ल्यूटन जाने वाली सड़क पर आगे बढ़ रहे हैं ।

सड़क के दोनों ओर खुला वातावरण है । खेत हैं । चरागाह हैं । बाग-बगीचे हैं ।

—ब्रिटेन का वह स्वरूप कहीं उभरने लगता है, जो शताब्दियों पहले कभी रहा होगा···

ईसा के जन्म के समय यह समूचा प्रदेश किसी हद तक वीरान रहा होगा । बर्फ । घास । जंगल । जंगली पशु-पक्षी । और कहीं-कहीं छितरी हुई आबादी ।

तब रोमन साम्राज्य दूर-दूर तक अपने पाँव पसार रहा था । यूरोप उसके प्रभाव-क्षेत्र में था । पहली शताब्दी के आसपास इन्हीं रोमनों ने ब्रिटेन पर हमला किया और धीरे-धीरे इसे अपना उपनिवेश बना लिया । लगभग दो सौ वर्षों तक ब्रिटेन पर उसका एकछत्र राज्य रहा···

मुझे याद आता है, ब्रिटेन ने लगभग इतने ही समय तक भारत में राज किया था ।

रोमन साम्राज्य के हटते ही बहुत बड़ी संख्या में नार्वे, स्वीडन, डेनमार्क के अनेक लोग यहाँ के स्थायी निवासी बन गए । बाद में वे परस्पर इतने घुल-मिल गए कि यह बताना कठिन हो गया कि यहाँ के निवासियों में मूल नार्वेजियन, डैन, स्वीडिश, रोमन, केल्ट कौन हैं ।

बाद में जिन जातियों के लोग यहाँ आए, वे संख्या में ही अधिक नहीं थे, संस्कृति, सभ्यता की दृष्टि से भी कहीं उन्नत थे । अतः इस देश का नाम ही पड़ गया 'ब्रिटेन' ।

एक लाख इक्कीस हजार, छह सौ वर्गमील क्षेत्र में फैले इस देश में इंग्लैंड, वेल्स, स्काटलैंड, उत्तरी आयरलैंड शामिल हैं···

अनेक गाँव, कस्बे पार करते हुए अंत में ल्यूटन पहुँच जाते हैं । रात को यहीं रहकर प्रातः यहाँ से वोल्वरहैम्पटन रवाना होना है···

बहुत बड़ा नहीं, कस्बा-सा ही लगता है यह शहर ! वस्तुएँ बहुत महँगी हैं । लूट मची है ।

"ल्यूटन कैसा लगा ?" मित्र पूछते हैं तो उत्तर देता हूँ, "यथा नाम तथा गुण···'लूटन' इसका नाम होता ल्यूटन के बदले तो अधिक अच्छा रहता···।"

मित्र हँस पड़ते हैं, "भारत से तुलना करेंगे तो इंग्लैंड ही नहीं पूरा यूरोप ही आपको लूटन लगेगा ।"

बर्मिंघम पहुँचने के थोड़ी ही देर बाद हमें दिखलाई देता है—वोल्वरहैम्पटन ! रास्ते में अनेक कस्बे, शहर ! कहीं एक कारखाना-सा भी । सहयात्री बतलाते हैं कि यह 'जगुआर' बनाने का कारखाना है ।

वही युद्धक विमान, जिन्हें अपनी आकाश की सीमाओं की सुरक्षा के लिए कुछ वर्ष पूर्व

भारत ने खरीदा था ।

सुंदर, आधुनिक दूकानें । जगह-जगह सेकंड हैंड कारों की बिक्री के बोर्ड लगे हैं, नई कारों के साथ-साथ । वोल्वरहैम्पटन कहने को तो एक कस्बा है, परन्तु यहाँ के बाजार दिल्ली-बम्बई के बाजारों से भी अधिक आकर्षक हैं ।

यहाँ प्रवासी भारतीय बहुत बड़ी संख्या में दीखते हैं ।

'रोज थार्न' जहाँ हम ठहरे हैं, बहुत ही सुव्यवस्थित बस्ती है । गुरुद्वारा है यहाँ । मंदिर है । कई दूकानें हैं भारतीयों की ।

श्री सौलोपाल, जिनका मेहमान हूँ, उनके भाई पास ही अपने घर की मरम्मत करवा रहे हैं । इस काम में स्वयं भी सहायता पहुँचा रहे हैं, कार्पेण्टर की । कार्पेण्टर है एक अंग्रेज ।

दूसरे दिन दूर की सैर के लिए निकलते हैं तो कुछ ही दूरी तय कर एक दूकान के आगे गाड़ी रोकते हैं । यह एक प्रोवीजन-स्टोर है, उनके परिचित भारतीय का ।

बहुत बड़ी दूकान ।

और लोगों के साथ-साथ भीतर दो अंग्रेज भी काम कर रहे हैं ।

"ये कौन हैं ?" जिज्ञासावश पूछता हूँ ।

"हमारे कर्मचारी···।"

"कब से काम कर रहे हैं ?"

"लगभग दो साल से···"

किसी भारतीय की चाकरी अंग्रेज कर रहे हैं, कम आश्चर्य, आह्लादकारी आश्चर्य की बात नहीं ! मुझे कहीं अपार प्रसन्नता होती है यह सोचकर कि दो सौ साल तक जिन अंग्रेजों ने भारतीयों से चाकरी कराई, उसका बदला आज इन्होंने ले लिया है···

अब हमें लेस्टर जाना है ।

हर जगह सड़कों के ऊपर इस प्रकार के पुल बनाए हैं कि शायद ही कहीं लाल बत्ती पर रुकने की आवश्यकता पड़े ।

यहाँ के लोग गाड़ियाँ बड़ी तेज गति से चलाते हैं । इसलिए जब कभी सड़क दुर्घटनाएँ होती हैं तो हताहतों की संख्या बहुत अधिक हो जाती है । मैं कहीं पढ़ रहा था कि गत वर्ष लगभग सात हजार व्यक्ति इन दुर्घटनाओं में मारे गए तथा चार लाख घायल हुए ।

मैंने सोचा था कि इंगलैंड बहुत भीड़-भाड़ वाला देश होगा—ओवर पापुलेटेड ! किन्तु महानगरों को छोड़कर कहीं भी ऐसा अहसास नहीं हो रहा है ।

लम्बे-चौड़े मैदान । खुल-खुले घर । दूर-दूर तक बिखरे फार्म । आधुनिक सुख-सुविधाओं से सुसज्जित फार्म-हाउस । साफ-सुथरी सड़कें ।

यह सब देखकर बहुत सुकून मिलता है ।

कृषि पर बहुत अधिक ध्यान देने के बावजूद ब्रिटेन आत्मनिर्भर नहीं हो पाया है । लगभग छह करोड़ एकड़ भूमि में ही खेती होती है ।

रास्ते में कुछ क्षण विश्राम के लिए रुकते हैं। एक रेस्तराँ में जाते हैं। आलू के तरह-तरह के व्यंजन हैं।

"सबसे प्यारा खाद्य-पदार्थ यही है ब्रिटेन का !" मित्र बतलाते हैं।

रेस्तराँ के बाहर कुछ जिप्सी खड़े हैं। दूकानदार से बहस चल रही है।

जिप्सियों को यहाँ उपेक्षा भाव से देखते हैं। मुझे याद आता है इतिहास का एक अध्याय—

जिप्सियों का आदि स्थान भारत रहा है। सदियों पहले यहीं से जो काफले चले थे, वे यूरोप के विभिन्न देशों में आज भी खानाबदोशों की तरह भटक रहे हैं।

भारतवंशियों का यह स्वरूप मन के भीतर कहीं करुणा का भाव जगाता है।

आज भी भारत को ये 'बड़ो थान' यानी 'बड़ा स्थान' कहकर आदर से संबोधित करते हैं।

लेस्टर पहुँचते ही कुछ भारतीय परिचितों से मिलते हैं। आश्चर्य होता है यह देखकर जब चाय के साथ जलेबी और गुलाब जामुन भी परोसते हैं। जिन लोगों से दिल्ली में मात्र औपचारिक परिचय था, वे भी इतनी आत्मीयता से मिलते हैं कि हृदय द्रवीभूत हो उठता है।

इस प्रसंग में सहसा नार्वे की याद आती है। नार्वेजियन रेडियो के उर्दू विभाग के अधिकारी अनीस अहमद हमसे मिलने विलिड्रन आए थे। उन्होंने रेडियो स्टेशन पर आमंत्रित नहीं किया, बल्कि रविवार को अपने डेरे में भोजन के लिए भी बुलाया। अविवाहित हैं। अतः स्वयं भोजन बनाया—मसालेदार। ओस्लो से आते समय यह पूछना भी न भूले कि हमें परदेश में खर्चे की तो कठिनाई नहीं ?

अनीस पाकिस्तानी हैं।

कुछ दिन वोल्वरहैम्पटन में रहने के बाद लगभग एक सप्ताह लंदन में रहना है, ब्रिटिश सरकार के अतिथि के रूप में। टेम्स नदी के किनारे 'होटल रॉयल हौर्स गार्ड' में पहले से ही रहने की व्यवस्था की गई है। शायद पंच सितारा होटल है।

सूचना-विभाग के अधिकारी व्यवस्था करा रहे हैं, वे ही मेरे लंदन पहुँचने पर लेने आते हैं।

सारा कार्यक्रम पहले से ही निश्चित है।

लंदन अपने ढंग का अकेला शहर है। पेरिस-जैसा नहीं, न प्राहा जैसा और न स्टाकहोम की तरह ही।

प्राचीन भव्य इमारतें।

भीड़-भरी सड़कें।

ट्रेफेल्गर स्क्वायर पर कबूतरों का झुंड। सैलानियों को चारों ओर से घेर लेते हैं—अनाज के दाने के लिए।

इसी से लगी 'नेशनल आर्ट गैलरी', जहाँ विश्व के बहुमूल्य, दुर्लभ तैलचित्र सुरक्षित

हैं। पर इनके फोटो खींचने की अनुमति नहीं है···

'ट्यूब ट्रेन' से रात को जा रहा होता हूँ तो स्टेशन की सीढ़ियों के पास कम्बल जैसा कोई मोटा कपड़ा लपेटे, एक वृद्ध अंग्रेज सोया हुआ दिखलाई देता है।

इंग्लैंड में भिक्षा-वृत्ति की अनुमति नहीं है। किन्तु यह आदमी, सफेद दाढ़ी वाला व्यक्ति किसी एक वर्ग का प्रतिनिधित्व तो कर ही रहा है, भले ही उसे किसी नाम से संबोधित करें!

कल वोल्वरहैम्पटन से आते समय बर्मिंघम के बस-स्टेशन पर खड़ा-खड़ा भी क्या करता ? अतः सामने की खोखेनुमा दूकान पर चाय पीने के लिए खड़ा हो गया था। तभी एक अधेड़ अंग्रेज आया, वह भी खड़ा-खड़ा चाय पीने लगा। उसी के बाईं ओर 'डस्टबिन' था, जो गले-गले तक कागज, गत्ते, छिलके आदि से भरा पड़ा था।

मैंने गौर किया कि वह चाय की चुस्कियों के साथ उस कूड़ेदान पर भी तिरछी निगाहें गड़ाए हुए है।

सहसा वह बाज की तरह झपटा और उसने कचरे में से एक लम्बाकार बंद का अधखाया टुकड़ा उठाया और उसे जल्दी-जल्दी चबाना शुरू कर दिया—किसी भुक्खड़ की तरह।

यह दृश्य देखकर मेरे रोंगटे खड़े हो गए थे। मैंने यहाँ की समृद्धि के विषय में बहुत पढ़ा था, किन्तु ऐसे दृश्य की कल्पना भी नहीं कर सकता था। सम्पन्न राष्ट्रों ने यह सब तो तीसरी दुनिया के लिए रख छोड़ा है···

शाम को अकेला ही टेम्स नदी के किनारे निकल जाता हूँ। विशाल प्रस्तर शिलाएँ तट पर बिछी हैं, सैकड़ों नहीं, हजारों वर्ष तक ज्यों-की-त्यों रहने वाली !

पत्थर के ही सुदृढ़ लैम्प-पोस्ट !

लन्दन की भव्यता देखकर लगता है, कि सैकड़ों वर्षों के शोषण से, गरीब देशों से जो धन संग्रह किया , उसका उपयोग अंग्रेजों ने किस तरह किया। लन्दन को सजाने में धन पानी की तरह बहा दिया···

सामने एक छोटा-सा जहाज है, किनारे से लगा। उसके 'डैक' पर रेस्तराँ है। सैलानियों की भीड़ है।

इसी से लगा है इंग्लैंड का भव्य पार्लियामेंट-हाउस !

अँधियारे में घूमता-घामता मैं दूसरे छोर पर पहुँचता हूँ—वाटरलू स्टेशन के निकट।

यही है वह ऐतिहासिक स्थल, जहाँ वेलेजली ने नैपोलियन को पराजित किया था···

नदी के उस पार, ठीक पार्लियामेंट भवन के सामने—जब होटल की ओर आ रहे थे तो ब्रिटिश अधिकारी ने दाहिनी ओर के किसी मकान की ओर इंगित करते हुए कहा था, "यही है वह स्थान, जहाँ विश्वविख्यात अभिनेता चार्ली चैपलिन का जन्म हुआ था···"

टेम्स पर छोटी-छोटी डीजल-चालित नौकाएँ तिर रही हैं। जो स्थान हमारे समाज में गंगा का है, वही स्थान इंग्लैंडवासियों में टेम्स का। अन्तर इतना ही है कि हम गंगा माता कहते हैं

और ये लोग 'फादर टेम्स' यानी पिता टेम्स !

गंगा गंगोत्री से निकलती है, हिमालय पर्वत से; टेम्स का उद्‌गम एक साधारण-सा खेत है। भूमि के भीतर एक छोटा-सा स्रोत !

ज्यों-ज्यों जलधार आगे बढ़ती है, त्यों-त्यों जल की मात्रा बढ़ती चली जाती है। लंदन तक पहुँचते-पहुँचते एक विशाल नदी के रूप में परिवर्तित हो जाती है, जिसमें बड़े-बड़े जहाज चलते हैं—सागर के मुहाने तक।

टेम्स का जल बहुत पवित्र माना जाता है, किन्तु इन दिनों कुछ-कुछ मटमैला जैसा लगता है। गँदला भी।

यहाँ नदियों में कूड़ा डालने की परंपरा नहीं है, ताकि प्रदूषण से बचा जा सके।

टेम्स के उद्‌गम के पास एक विशाल वृक्ष है, उससे सटी है एक पथरीली दीवार, जिस पर अंकित है—

'हियर, ओ फादर टेम्स ! इस दाई सेवेन फोल्ड सोर्स।'

वेस्टमिनिस्टर्स के पुल के पास वेस्ट मिनिस्टर ऐबे हैं—विख्यात गिरजाघर। यहीं पर ब्रिटेन के राजा-रानियों के राज्याभिषेक समारोह आयोजित होते हैं। वास्तुकला की दृष्टि से ग्यारहवीं सदी में बना यह भवन अनुपम है—दर्शनीय।

महाकवि कीट्स का घर देखने भी जाते हैं—हैमस्टेड के हीथहर्स्ट रोड के पास। वहाँ कीट्स के पत्र, पुस्तकें एवं अन्य दुर्लभ वस्तुएँ सँभालकर रखी गई हैं···

इन दिनों लंदन में 'भारतीय महोत्सव' चल रहा है, इसलिए सम्पूर्ण शहर भारतमय लग रहा है। जगह-जगह प्रदर्शनियों का आयोजन किया जा रहा है, ताकि ब्रिटेन के लोगों को भारत की झलक देखने को मिल सके !

अनेक वर्षों से लंदन में बसे एक भारतीय मित्र रात को भोजन के लिए आमंत्रित करते हैं। आधुनिक घर है। लोगों के व्यवहार में भी अंग्रेजीयत है। भारतीयता कम दीख रही है।

"इण्डिया फेस्टेवल देखने नहीं गए ?" पूछता हूँ तो वे किंचित् चबाकर कौन्वेन्टी लहजे में बोलते हैं, "जाकर क्या करता ? जो कुछ वे यहाँ दिखला रहे हैं, वह सब भारत में हमारा देखा हुआ है···।"

"आपके बच्चे जो यहीं पैदा हुए हैं, जिन्होंने भारत कभी देखा नहीं, उन्हें तो नया लगेगा···!"

"हाँ उनके लिए तो सब नया होगा, वैसे वे देख आए हैं, तीन-चार दिन पहले !"

वह कह ही रहे थे कि उनकी बिटिया ट्रे में चाय सजाकर उपस्थित होती है।

"रेश्शी, अंकल पूछ रहे हैं इंडिया फेस्टेवल के बारे में···!"

रश्मि का ही ब्रिटिश उच्चारण है 'रेश्शी', समझने में समय नहीं लगता।

हौले से ट्रे मेज पर रखते हुए रश्मि कहती है, "अंकल, इंडियन गार्मेंट्स, आर्नमिन्ट्स की

इक्जिवीशन तो अच्छी लगी, लेकिन इंडियन विलेज का माडल देखकर हमारी सहेली लेस्ली हँसने लगी—इंडिया इज रियली ए वेरी पुअर कंट्री··· हमें बुरा लगा अंकल ! आप ही बतलाइए, आखिर क्या जरूरत थी टूटे-फूटे झोंपड़े, गाय का गोबर दिखाने की···?"

"यह किस प्रदर्शनी में है ?" जिज्ञासा से पूछता हूँ ।

"गुजरात का विलेज है—वासना ।"

'वासना' का अर्थ उस समय तो समझ में आया नहीं, दूसरे दिन जब 'म्युजियम ऑफ मैनकाइंड गया तो 'वसन : एक भारतीय गाँव' से साक्षात्कार हुए ।

'वसन' अंग्रेजी में कैसे वासना बन जाता है, यह रहस्य समझ में आ गया ।

गुजरात के बुनकरों का घर । कुम्हार का चॉक, बर्तन, बैलगाड़ी । दरवाजे के पास राख और उस पर फेंका केले का छिलका । उपले भी कहीं रखे हैं ।

एक गरीब भारतीय गाँव का चित्रण बड़ा ही स्वाभाविक लगता है ! किन्तु प्रश्न पैदा होता है कि भारत से हजारों मील दूर लंदन शहर में इस गरीबी के प्रदर्शन का औचित्य ! इसके माध्यम से विदेशी लोगों तक हम क्या पहुँचाना चाहते हैं—अपनी विपन्नता का उपहास कराने के अतिरिक्त !

इन टूटी चारपाइयों, बैलगाड़ियों आदि को विमान से ढोने में कितना व्यय हुआ होगा ? इतने पर तो हम अपने गाँव वसन का कायाकल्प कर डालते···

हम आज फिर भारत में हैं ।

नहीं-नहीं, भारत में नहीं, 'बारबिकन सेन्टर' में हैं, जहाँ 'अदिति' नामक प्रदर्शनी लगी है ।

यहाँ भी भारतीय ग्रामीण जीवन की अनेक झलकियाँ हैं—

आभूषण, वस्त्रों के नमूने, श्रृंगार की वस्तुएँ, शयन-गृह, पालने, विवाह की बेदी···

बतलाया जाता है कि 22 मार्च से नेहरू जी तथा राजकुमार चार्ल्स के जन्मदिन 14 नवम्बर तक चलने वाले महोत्सव के अन्तर्गत और भी कई स्थानों पर ऐसी प्रदर्शनियों का आयोजन किया जा रहा है ।

22 मार्च को 'रायल फेस्टेवल हॉल' में श्रीमती इंदिरा गांधी तथा मार्गरेट थेचर की उपस्थिति में पाँच सौ कबूतर उड़ाकर इसका विधिवत् उद्घाटन किया गया था···

प्रदर्शनियों में अनेक दुर्लभ वस्तुएँ भी दिखलाई गईं । महारानी ने विंजर कैसेल के अपने निजी संग्रहालय से चाँदी से मढ़ा शेर का सिर तथा रत्नजटित मुकुट दिया । प्राहा (चेकोस्लोवाकिया) के संग्रहालय से एक बहुमूल्य पेंटिंग आई, जो जहाँगीर की थी । कलकत्ता के 'विक्टोरिया संग्रहालय' से टीपू की नोट बुक । मद्रास स्थित 'फोर्ट सेन्ट जार्ज' से मैसूर के शासकों के ध्वज तथा किले के ताले-चाबियाँ और टीपू सुल्तान की तलवार ।

'गांधी-स्मृति' प्रदर्शनी में 1942 में 'भारत छोड़ो' ऐतिहासिक प्रस्ताव की प्रतिलिपि ।

साबरमती आश्रम से गांधीजी की छड़ी तथा चप्पलें प्राप्त कीं तथा 'गांधी राष्ट्रीय संग्रहालय' से गांधीजी के चश्मे तथा चर्खे की प्रतिकृतियाँ ।

श्रीमती इंदिरा गांधी ने पंडित नेहरू की शेरवानी, टोपी तथा महत्त्वपूर्ण पत्रों की पांडुलिपियाँ प्रदर्शन के लिए दीं । इसी तरह नेताजी की भी कुछ व्यक्तिगत वस्तुएँ ।

परसों यहाँ से चला जाना है ।

अतः जो कुछ देखना शेष रह गया है, उसे देखने का कार्यक्रम बनाते हैं ।

सेन्ट जेम्स पार्क जाते हैं, जहाँ क्लाइव की प्रतिमा है । एक सुन्दर झील है । जहाँ रंग-बिरंगे पक्षी तैरते हैं । लम्बी-लम्बी टाँगों वाले सारस ।

पार्क के ठीक सामने बकिंघम पैलेस है—ब्रिटेन के राजा-रानी का राजप्रासाद ! द्वार के पास ही महारानी विक्टोरिया की संगमरमर की भव्य मूर्ति है !

पैलेस के अहाते की दीवार पर लोहे के सीखचे लगे हैं ।

सैलानी उनसे भीतर झाँकने का प्रयास कर रहे हैं ।

जितना मैं देख पाया हूँ, उसके आधार पर लगता है कि हमारा राष्ट्रपति-भवन बकिंघम पैलेस से कहीं अच्छा है । हमारे दिल्ली के पार्क, यहाँ के पार्कों की दृष्टि से कम आकर्षक नहीं हैं ।

यहाँ की अग्रणी अव्यावसायिक पत्रिका 'लंदन' की कुछ प्रतियाँ मैंने आक्सफोर्ड स्ट्रीट से खरीदी हैं । पत्रिका बहुत अच्छे स्तर की है । साहित्य, कला के प्रश्नों को इसमें बड़ी गम्भीरता से उजागर किया गया है ।

इसके संपादक एवं ब्रिटेन की साहित्य अकादमी के महासचिव से मिलना है कल प्रातः ।

निश्चित, नियत समय पर पहुँचते हैं ।

क्या-क्या कार्य अकादमी कर रही है, इसकी एक झलक भी मिलती है ।

"साहित्यकार अपनी योजना विशेष के बारे में हमें लिखते हैं," किंचित् हँसते हुए वह कहते हैं, "मेरा तात्पर्य सभी से नहीं, मात्र उनसे है, जिन्हें अकादमी से आर्थिक सहायता की आवश्यकता होती है, उसके लिए स्वीकृति दे देते हैं ।"

"एशिया तथा अफ्रीका के साहित्य—मेरा मतलब तीसरी दुनिया के साहित्य से है—को आपकी पत्रिका में उतना स्थान नहीं मिलता, जितना मिलना चाहिए···।" मैं कहता हूँ ।

वह उत्तर देते हैं, "क्या आपको लगता है कि वहाँ ऐसा कुछ विशेष लिखा जा रहा है ?"

"अवश्य," मैं आगे कहता हूँ, "इन देशों में बहुत साहित्य रचा जा रहा है, जो स्तर में भी शेष विश्व के साहित्य से कम नहीं है । साहित्य किसी देश या भाषा विशेष का नहीं होता, समग्र मानव-समाज का होता है, अतः उसे देश-काल की सीमाओं तक सीमित नहीं रखना

चाहिए । शेक्सपीयर, बर्नार्ड शा, शेली, कीट्स जितने आपके हैं, उतने ही हमारे भी…!"

"आपकी बात से सहमत हूँ, परन्तु यहाँ के साहित्य में वह बात मुझे लगी नहीं…?" वह उत्तर देते हुए कहते हैं ।

"आपकी बात की मैं कद्र करता हूँ, हो सकता है, वहाँ के साहित्य में ऐसा कुछ आपको लगा न हो, जो आकर्षित कर सके । किन्तु जहाँ तक थोड़ा-बहुत देखा-परखा है, मुझे लगता है, जितना वैविध्य तीसरी दुनिया के साहित्य में देखने को मिलता है, उतना अब पश्चिमी साहित्य में नहीं ।" कुछ सोचता हुआ आगे कहता हूँ, "बात दरअसल यह है कि इन देशों का साहित्य, सही साहित्य अनुवाद आदि की कठिनाइयों के कारण आप तक पहुँच नहीं पाता । फिर मूल्यांकन कैसे हो ?"

मैं भारतीय साहित्य का उदाहरण देता हूँ । हिन्दी, बंगला, कन्नड़, मलयालम आदि भारतीय भाषाओं में कुल मिलाकर कम अच्छा साहित्य नहीं लिखा जा रहा है, किन्तु अनुवाद की कमी के कारण वह बाहर पहुँच नहीं पाता । अंग्रेजी में लिखा जो साहित्य पहुँचता है, अच्छा होते हुए भी किसी हद तक भारत की आत्मा का प्रतिबिम्बन उसमें नहीं होता, न उसमें भारत की मिट्टी की गंध ही होती है ।

कुछ समय निकालकर लंदन विश्वविद्यालय भी जाना नहीं भूलते ! 'प्राच्य विद्या संकाय' में डॉ० रूपर्ड स्नेल मिलते हैं । मृदु भाषी, सहृदय । इन्होंने ब्रजभाषा के किसी ग्रंथ पर शोध किया है और उसी में डाक्टरेट प्राप्त की है ।

बहुत अच्छी हिन्दी जानते हैं । हिन्दी का प्राध्यापन ही नहीं, ब्रजभाषा के किसी प्राचीय ग्रंथ का अंग्रेजी में पद्यबद्ध अनुवाद भी कर रहे हैं । शाकाहरी हैं । जब भी भारत आते हैं, वृन्दावन अवश्य हो जाते हैं ।

हिन्दी की कुछ कहानियों का इन्होंने अंग्रेजी में अनुवाद किया है, जो विदेशी पत्र-पत्रिकाओं में प्रकाशित हुआ है ।

लन्दन के बाजारों में भारतीय साड़ियों की दूकानें हैं तथा भारतीय रेस्तराँ भी । प्रवासी भारतीय भी यहाँ कम संख्या में नहीं हैं । युगांडा, केन्या से भी प्रवासी भारतीय यहाँ गत वर्षों में बड़ी संख्या में बस गए हैं, जिनके पास ब्रिटिश पासपोर्ट थे । पाकिस्तान, श्रीलंका, बांग्लादेश, ईरान, इराक के लोग भी ! अफ्रीकी भी कुछ कम संख्या में नहीं ।

ब्रिटेन के लोगों का बाहर जाना तथा बाहर के अनेक देशों के लोगों का यहाँ बसना—यह सिलसिला सदियों से निरन्तर चल रहा है । सन् 1815 से 1930 तक लगभग दो करोड़ ब्रिटेनवासी यूरोप तथा अमेरिका, कनैडा में बसने के लिए गए और लगभग इतने ही प्रवासी रूस, पोलैंड, जर्मनी, हंगरी आदि देशों से यहाँ आ बसे ।

यह सिलसिला आज तक जारी है ।

दिन में सारे कार्य पूरे कर शाम को 'बारबिकन सेंटर' चलते हैं, जहाँ पहले से ही तय

किया हुआ है कि हमें शेक्सपीयर का नाटक 'द विण्टर्स लीव' देखना है ।

'बारबिकन थियेटर' विश्व के आधुनिकतम थियेटर घरों में से है । इसी वर्ष 'भारत महोत्सव' के अवसर पर इसका उद्घाटन ब्रिटेन की महारानी ने किया था ।

रात बारह बजे डेरे पर लौटते हैं ।

अब जाने की तैयारी है । प्रातः पाँच बजे ही 'हीथ्रो' पहुँचना है । सामान बिखरा पड़ा है । उसे ठीक करते-करते तीन बज गए हैं ।

ध्रुव प्रदेश की ओर

अगस्त के अंतिम दिन हैं ।

हम यात्रा का कार्यक्रम बना रहे हैं—सचमुच इस बार जा रहे हैं एक जादुई संसार में । धुर उत्तर की दिशा में ।

'नार्वे' का अर्थ होता है—'नार्थ वे' यानी उत्तरी रास्ता । हम इस उत्तरी रास्ते के भी उत्तर में पहुँचने को योजना बना रहे हैं, जहाँ इस समय, यानी गर्मियों के मौसम में भी चारों ओर बर्फ होगी । जहाँ सफेद भालू होंगे । जहाँ कुत्तों के द्वारा खींची जाने वाली स्लेज-गाड़ियाँ होंगी । जहाँ घोड़ों और कुत्तों के पाँवों पर जूते होंगे । और जूते पहनकर वे बर्फ में दौड़ रहे होंगे । जहाँ रेंडियरों के झुंड-के-झुंड चौकड़ी भरते हुए दिखलाई देंगे । जहाँ समुद्र में से तेल निकाला जा रहा होगा । जहाँ ह्वेल मछलियों का अपना घर होगा । इस उत्तरी ध्रुव की दिशा में जिसे नार्वे के लोग 'लैपलैंड' यानी 'लैप लोगों का प्रदेश' नाम से संबोधित करते हैं ।

यह यात्रा हम हवाई जहाज से नहीं, बल्कि रेलगाड़ी से करना चाहते हैं, ताकि इस संपूर्ण क्षेत्र को जितना अधिक निकट से देखना संभव हो, देख पाएँ !

गाड़ी उसी दिशा में जा रही है, जिस दिशा में हामेर है । लिलि हामेर है ।

म्योसा झील के किनारे-किनारे पानी को छूती हुई गाड़ी चल रही है । लहरें लेती झील । दौड़ती रेलगाड़ी, कल्पनालोक में उड़ते हुए यात्री । स्वर्ग-जैसा दृश्य दीखने लगता है । ठंडी हवाओं के झोंके आ रहे हैं । आसमान में कहीं रंग-बिरंगे बादल दौड़ रहे हैं, दौड़े चले जा रहे हैं ।

पता नहीं, कितने पहाड़, कितनी घाटियाँ, कितने पठार पार करने हैं अभी ! जगह-जगह सुरंगें बनी हैं । पहाड़ के पेट में समाकर रेलगाड़ी दूसरे ही क्षण दूसरे पहाड़ के निकट पहुँच जाती है ।

लगता है, सुरंगें बनाने में नार्वे निवासियों का कोई जवाब नहीं । कठोर चट्टानी पर्वतों को छेदकर पता नहीं कैसे मीलों लंबी सुरंगें बना लेते हैं । न ये टूटती हैं, न धँसती हैं । जैसी एक बार बनीं, सदा के लिए वैसी ही रहती हैं ।

रास्ते में समय बिताने के लिए बहुत-सी पुस्तकें ले आया हूँ, अपने साथ । उन्हें खोलकर कभी-कभी पढ़ने का भी प्रयास करता हूँ । एक पुस्तक में लिखा है—

10 हजार वर्ष पूर्व सबसे पहले आदमी के पाँव नार्वे की धरती पर पड़े थे । यानी मानव

का नार्वे की भूमि से दस हजार साल पुराना संबंध है ।

लैप्स यानी सामी उत्तरी ध्रुव प्रदेश के मूल निवासी हैं । इनकी भाषा, संस्कृति, रहन-सहन, जीवन-दर्शन भिन्न हैं ।

इनकी संख्या अब केवल बीस हजार रह गई है ।

दूसरा अध्याय खोलता हूँ । लिखा है—

एक लाख एक हजार विदेशी प्रवासी रह रहे हैं नार्वे में ।

एशियाई उनतीस प्रतिशत ।

नार्डिक बत्तीस प्रतिशत ।

शेष यूरोपीय इकत्तीस प्रतिशत ।

अफ्रीकी तीन प्रतिशत ।

आस्ट्रेलियाई छह प्रतिशत ।

नार्वे में जहाँ पाकिस्तानी प्रवासियों की संख्या बीस-बाईस हजार है, वहाँ भारतीयों की बीस-बाईस सौ से अधिक नहीं ।

नार्वे-निवासी उदार स्वभाव के लगते हैं । सबकी सहायता में विश्वास रखते हैं । इसलिए अनेक वियतनामी शरणार्थियों को भी इन्होंने उदारतापूर्वक अपने यहाँ बसा लिया है । अनेक ईरानियों को भी । श्रीलंका से गए शरणार्थियों की संख्या भी अब हजार से ऊपर पहुँच रही है । बांग्लादेश के शरणार्थी भी यहाँ आसानी से देखने को मिल जाते हैं । अफगान भी ।

स्वीडन, फिनलैंड तथा सोवियत संघ की सीमाएँ नार्वे से लगती हैं—कुल सीमा 2531 किलोमीटर लंबी है…।

“आप कहाँ पुस्तकों में खो गए ?” मेरे साथ बैठे यात्री कहते हैं, “देखिए, बादलों के साथ-साथ भागते ये सीगल पक्षी कितने सुंदर लग रहे हैं ! लगता है, बादल, पक्षी, सूर्य—तीनों एक ही चित्र के तीन हिस्से हैं ।”

मैं यों ही पुस्तक बंद कर खिड़की से बाहर देखने लगता हूँ । सचमुच अद्भुत दृश्य है ।

“म्योसा झील में तैरने का अपना सुख है । क्या आप म्योसा में तैरे हैं ?” वे पूछते हैं ।

म्योसा में तैरा तो नहीं, हाँ, पिछली बार लिलि हामेर आया था, तब छुआ अवश्य था । एकदम बर्फ की तरह ठंडा लगा था । डंक मारता हुआ-जैसा ।

“नहीं, तैरने का मौका नहीं मिला । जल बहुत ठंडा है !” मेरे इस उत्तर से सहयात्री हँस पड़ते हैं, “म्योसा का पानी ठंडा कहाँ है ?” और जोर से हँसने लगते हैं, “तब तो उत्तरी ध्रुव प्रदेश के ठंडे जल की आप कल्पना भी नहीं कर सकते ।”

लिलि हामेर के बाद पता नहीं कब म्योसा झील पीछे छूटी ! अब एकदम पर्वतीय प्रदेश है । एक सुरंग से दूसरी सुरंग और दूसरी से तीसरी—रेल सनसनाती हुई भाग रही है । बिना साँस लिए ।

यात्रा का अब एक और रोमांचक अध्याय आरंभ हो रहा है ।

सामने बर्फीले पहाड़ हैं ।

पानी बरस रहा है ।

कहीं-कहीं कुहासा है ।

सूरज की पीली, ठंडी किरणें लुका-छिपी कर रही हैं ।

सहसा पहाड़ के ऊपर सीना ताने रेल खड़ी हो जाती है । इतनी ऊँचाई पर, साँप की तरह फिसलती हुई चढ़ गई है ! रोमांच हो आता है ।

यह रेलवे स्टेशन डोम्बास है ।

बड़ा नहीं है, फिर भी महत्त्वपूर्ण है । पहाड़ के ऊपर होने के कारण सामने की पहाड़ियाँ या उसके पीछे बर्फीले पहाड़ या हरी-भरी गहरी घाटियाँ ! सारा माहौल डरावना-सा लग रहा है ।

रेलगाड़ी अब उत्तर-पश्चिम की ओर नहीं, ठीक उत्तर की दिशा में मुड़ने लगती है ।

यहाँ बस्तियाँ और भी कम दिखलाई दे रही हैं, जंगल अधिक हैं । दूर-दूर तक फैले भयावने ।

सामने देवदार के छोटे-छोटे पौधे । नया प्लांटेशन-सा लग रहा है ।

अभी कुछ ही मिनटों की दूरी तय कर पाते हैं कि लगता है, जैसे पहाड़ों के ऊपर कोई विशाल, विस्तृत, उजाड़ मैदान है । धरती की छत पर रेल चल रही है—किसी वीराने की तरफ ! पता नहीं किस लोक में ! कहाँ !

यह पठार-सा है ।

पेड़-पौधे बहुत कम हैं । घास अधिक ।

चट्टानी धरती भी साफ दीख रही है ।

रेल की पटरियों से सौ-दो सौ मीटर की दूर पर, जगह-जगह लकड़ी के फट्टों की लंबी बाड़-सी चली गई है ।

"यह क्या है ?"

"रेंडियरों का प्रदेश यहाँ से आरंभ हो गया है ।" वे बतलाते हैं, "वे हजारों के झुंड में बेतहाशा भागते हुए आते हैं । कभी-कभी चलती हुई रेलगाड़ी से टकरा पड़ते हैं तो भीषण दुर्घटना हो जाती है । उसी के बचाव के लिए इन पट्टियों की दीवारें खड़ी हो गई हैं ।"

इस ऊँचाई पर, यानी धरती की इस छत पर एक बहुत बड़ी झील दिखलाई दे रही है । और अनगिनत रेंडियर उस झील का पानी पीते हुए ।

पिघली बर्फ का यह पानी पारे की तरह चमक रहा है—शाम के धुँधलके में ।

रेल की पटरियों से कुछ ही दूरी पर मोटर-मार्ग है, जिससे होकर अनेक कारें दौड़ती दिखलाई दे रही हैं, जैसे साँझ से पहले मंजिल पर पहुँचने की उतावली में हों ।

इक्के-दुक्के मकान ।

झील के किनारे ग्रीष्म आवास-जैसे भी कुछ ।

अब लगता है स्वर्ग की ऊँचाई से उतर कर हम कहीं ढलान की तरफ बढ़ रहे हैं ।

घास की एक नई किस्म दीख रही है । सफेद और बैंगनी रंग के फूल !

पतझड़ के कारण पेड़ों पर एक तरह का हल्दी जैसा पीलापन झलक रहा है ।

यहाँ गर्मियाँ बीतते ही पतझड़ शुरू हो जाता है ।

रिगेबू, विंसट्रा, हयार किन्न, ओपदाल आदि स्टेशन हम पार कर चुके हैं । धुँधलका है, साँझ का जैसा एहसास । मेरे आश्चर्य की सीमा नहीं रहती, यह देखकर कि ज्यों-ज्यों हम उत्तर की ओर आगे बढ़ रहे हैं, प्रकाश भी बढ़ता चला जा रहा है ।

हमारी रेलगाड़ी अब पहाड़ों के ऊपर पठारी भागों में नहीं, निचली घाटियों से होकर गुजर रही हैं, आसमान को छूते ऊँचे-ऊँचे पहाड़ों के बीच दरारों में से ।

पहाड़ों की चोटियों पर से बर्फ पिघल रही है, इसलिए ढलान की ओर अनगिनत झरने दिखलाई दे रहे हैं । झरने-ही-झरने ।

कहीं सड़क के किनारे हरे-भरे चरागाह जैसे भी हैं । जहाँ लंबे बालों वाली भेड़ें दिखलाई दे रही हैं ।

"यहाँ के भेड़ पालने वाले महीनों के लिए भेड़ें यों ही इन वीरानों में छोड़ देते हैं । ये घूमती रहती हैं, जंगलों में ।" मेरे साथ बैठे छात्र बतलाते हैं । "यहाँ शेर, सियार कुछ नहीं होते···!"

रात्रि के नौ बजने वाले हैं । रेल के माइक की आवाज आती है—त्रोंदिहाइम !

यहाँ पर रेलगाड़ी बदलनी है ।

यह एक अच्छा शहर है । अच्छा बंदरगाह है । इसकी अपनी विशेषता है । नार्वे की संस्कृति में त्रोंदिहाइम का अपना अलग महत्त्व है ।

दूसरी रेलगाड़ी ठीक ग्यारह बजे रात रवाना होती है—बूदो के लिए । हम आराम से बैठे हैं । ट्रेन चल रही है । नार्वे में ज्यों-ज्यों जाड़ा बढ़ रहा है, अँधियारा भी गहराता जा रहा है । लगता है अब जाड़े का पलड़ा भारी हो रहा है ।

इस रेल में भी प्रायः सभी यात्री नार्वेजियन हैं ।

भारतीय केवल तीन ।

मेरे अलावा दो छात्र हैं जो उत्तरी नार्वे में पढ़ रहे हैं । बातें करने के लिए कोई हो तो यात्रा आसान बन जाती है न !

"यह रेल बूदो में समाप्त हो जाएगी । फाउस्के स्टेशन के बाद पश्चिम दिशा में मुड़ेगी, परंतु हमें सीधे उत्तर जाना है । इसलिए फाउस्के से बस से यात्रा करेंगे । यहाँ से उत्तर की ओर कोई रेल-मार्ग नहीं है । लोग या तो बसों, कारों से यात्रा करते हैं अथवा स्टीमरों से ।" वे बतलाते

हैं ।

"यहाँ जब साल-भर बर्फ रहती है तो समुद्र जम नहीं जाता ? स्टीमर या जहाज बारहों महीने कैसे चल पाते हैं ?" पूछता हूँ ।

वे हँस पढ़ते हैं, "प्रकृति ने कुछ-न-कुछ व्यवस्था सबके लिए की है । नार्वे को जहाँ इतनी सर्दी दी है, वहाँ एक वरदान भी मिला है । नार्वे के सागर तटों में 'गल्फ-स्ट्रीम' गरम धारा बहती रहती है, जिससे किनारे का सागर का जल जमता नहीं । इसका लाभ यह होता है कि यातायात के लिए समुद्र बारहों महीने खुला रहता है ।"

अब बाहर अँधियारा है—धुँधला अँधियारा । उस सफेद अँधियारे में दूर किसी बस्ती या शहर की टिमटिमाती बत्तियाँ ! शेष सारा संसार सोया है । हमारे डिब्बे में भी शांति है । सब झपकियाँ ले रहे हैं । मैं भी सोने की कोशिश करता हूँ, परंतु नींद आ नहीं पाती ।

बाहर उजले अँधेरे की ओर देखता हूँ, आँखें खोले ।

पता नहीं हम कहाँ जा रहे हैं ? किस स्वप्नलोक में । आँखें थक-सी गई हैं ।

मैं सोने का प्रयास करता हूँ ।

लगभग तीन बजे आँख खुलती है तो एक दूसरा नजारा दीखता है । पता नहीं यह कौन-सा लोक है !

तरह-तरह के प्रकाश क्षितिज में तैर रहे हैं । ठंडी बयार । हवा को चीरती हुई आगे बढ़ती रेलगाड़ी । सारा संसार शांत है । सोया हुआ ।

हल्की-हल्की किरणें, कुहासे से झाँकतीं । हवा में तैरतीं । बहतीं ।

मैं स्तब्ध-सा देखता रह जाता हूँ ।

उजियाले का रंग बदल-सा रहा है । धुंध के साथ प्रकाश भी हिलोरें ले रहा है ।

ध्रुव-प्रदेश के निकट होने के कारण सब कुछ बदला-बदला-सा लग रहा है न !

घड़ी की सुई पाँच का अंक छू रही है । हम इस समय मोइजिन फीयोर्ड के पास से गुजर रहे हैं । पास ही कई बड़े-बड़े जहाज लंगर डाले आराम कर रहे हैं । समुद्र शांत है । सोया हुआ शहर भी दीख रहा है—बिखरा-बिखरा । दूर-दूर तक फैला ।

हम फीयोर्ड के साथ-साथ उत्तर की ओर बढ़ रहे हैं । बर्फीले पहाड़ हैं । पहाड़ों की एक कतार । लंबी कतार ।

ठीक सवा पाँच बजे आसमान से एक लाल गोला झाँकने लगता है । सागर भी रक्त रंग का हो आया है । हिम में ढके पहाड़ भी करीब-करीब उसी रंग के हैं । सूर्य की पहली किरण ने जैसे सारा वातावरण ही बदल दिया है ।

अब ऊँचे-ऊँचे पहाड़ों को पार कर रही है ट्रेन ।

एक टनल के बाद दूसरी टनल । टनलों के बीच रेलगाड़ी का यह लुका-छिपी का खेल बहुत रोमांचकारी लग रहा है ।

यहाँ चारों ओर धरती पर फर्न की हरी चादरें-सी बिछी हुई हैं ।

एक फीयोर्ड फिर सामने दीवार पर टँगी तस्वीर की तरह आ खड़ा होता है ।

मेरे अनेक सहयात्री जाग गए हैं । बाहर बिखरे सौन्दर्य को अजरज-भरी आँखों से पीने का प्रयास कर रहे हैं ।

"यह कौन-सा फीयोर्ड है ?" पूछता हूँ ।

"मोइराना ।"

दाईं ओर शहर है ।

अरे, रेलगाड़ी फिर पहाड़ पर चढ़ रही है ! ऊपर, और ऊपर ! क्या हो गया है इसे !

अभी हम चारों ओर के दृश्य देख ही रहे होते हैं कि रेलगाड़ी से घोषणा होती है—

"यात्रियों को सूचित किया जाता है कि इस समय 'पोलर सर्किल' से गुजर रहे हैं । रेल की पटरियों के दोनों ओर ये निशान आप देख रहे हैं न—यहीं से आरंभ हो रहा है ध्रुव-क्षेत्र !"

इस घोषणा के साथ विदेशी यात्रियों को रोमांच-सा हो आता है । अब हम ध्रुव-प्रदेश के भीतर यात्रा कर रहे हैं, इसकी कल्पना ही कितनी आह्लादकारी है !

रेंडियरों को रोकने के लिए यहाँ भी लंबी-लंबी बाड़ें लगी हैं । उजाड़ प्रदेश है । कहीं-कहीं पिघली हुई बर्फ पानी बनकर इकट्ठा हो गई है ।

"यहाँ मध्य रात्रि को सूर्य कब दीखता है ?" मैं पूछता हूँ ।

"इस क्षेत्र में, जहाँ इस समय हम लोग हैं—7 जून से 8 जुलाई तक आधी रात को आसमान में जगमगाता सूर्य दीखता है । आप कुछ समय पहले यहाँ पहुँच जाते तो आसानी से देख पाते !" उत्तर मिलता है ।

"और ठीक नार्थ केप में ?" मैं फिर प्रश्न करता हूँ ।

"14 मई से 29 जुलाई तक ।"

"जहाँ इस समय हम लोग हैं, वहाँ सबसे अँधेरी रातें कब होती हैं ?"

"15 दिसबंर से 29 दिसंबर तक—एकदम घनी, काली रातें । वर्ष में सबसे गहरी···!"

रात की बातें सोचते-सोचते देखता हूँ—धूप पूरी तरह निखर आई है । चमक नहीं रही, जगमगा रही है, झिलमिलाती हुई । आँखें चुँधिया रही हैं ।

फाउस्के पहुँचते-पहुँचते आठ बज जाते हैं ।

यहाँ से रेलगाड़ी बूदो की तरफ मुड़ जाएगी ।

हम सामान उतारकर सामने खड़ी बस में रख देते हैं ।

यहाँ कुछ दूकाने हैं—छोटी-छोटी । जिनमें खाने-पीने का सामान मिल जाता है । हम भी कुछ चबैना खरीद लेते हैं ! जहाँ भूख लगेगी, चलती बस में ही खा लेंगे !

पूरी गति से बस भाग रही है—घनी घाटियों, ऊँची-ऊँची पर्वत-शृंखलाओं को पार करती हुई । सर्दी कितनी बढ़ गई है ! बस वातानुकूलित न होती तो सभी यात्री ठिठुरने लग गए होते !

लगभग आधे घंटे का सफर ही अभी तय किया होगा हमने, सागर के किनारे बस एकाएक

रुक जाती है। एक फेरी सामने खड़ी है। उसमें हमारे साथ-साथ हमारी बस भी सवार हो जाती है !

हम बस से उतरकर फेरी के ऊपर वाली मंजिल में चहलकदमी करते हुए चले जाते हैं। ऊपर निरभ्र नीला आकाश है। सिर पर चमकता ठंडा सूरज। सनसनाती हुई शीतल बयार। हम हैं, हमारे साथ-साथ भागते बहुत सारे सीगल पक्षी हैं।

इतनी सर्दी में देर तक ऊपर ठहर पाना संभव नहीं। अतः हम फिर निचली मंजिल में उतर आते है। यहाँ शेड पर खड़े होकर दूर होता हुआ किनारा देखते हैं। चारों ओर शांत समुद्र ! निर्मल जल ! जल-ही-जल ! पश्चिम की दिशा में कहीं दूर पर्वत-शृंखलाएँ भी दीख रही हैं।

धीरे-धीरे उत्तर की दिशा में क्षितिज को छूती काली लकीरें-सी दीखने लगती हैं ! हम उसी दिशा में बढ़ रहे हैं ! ज्यों-ज्यों हम आगे जा रहे हैं, धुँधली लकीरें और अधिक स्पष्ट झलकने लगती हैं !

"यह लोदिगन है ! यहाँ फेरी से उतरकर हम फिर साथ लाई बस से आगे का सफर तय करेंगे !" हमारे सहयात्री बतलाते हैं।

समुद्र तट पर फिर एक बस्ती ! रंग-बिरंगे मकान ! कहीं-कहीं पालदार नौकाएँ ! तट पर खड़े अनेक स्टीमर ! डीजल बोट्स !

यहाँ पहुँचते-पहुँचते दो बज गए हैं।

अब हम फिर अपनी उसी बस में हैं, जो सागर तट के किनारे-किनारे बने मार्ग से सरकती हुई आगे बढ़ रही है। बीच-बीच में कुछ सुरंगें भी हैं। परंतु उतार-चढ़ाव अधिक नहीं।

बस की खिड़की पर झुककर मैं फिर पीछे छूटती पर्वत-शृंखलाओं के मनोरम दृश्य देख रहा हूँ—वे ही नीले-नीले पहाड़। स्लेटी रंग के। बैंजनी ! साँवले ! नुकीले ! नंगे ! एक साथ कितने-कितने रंग के !

अब हम मुख्य भूमि से दूर एक द्वीप में हैं। लगभग सत्तर किलोमीटर की दूरी तय करने के बाद एक विशाल धनुषाकार पुल दीखता है, आसमान में टँगा, जो द्वीप को मुख्य भूमि से जोड़ता है ! इस पुल को पार करने के बाद हमें फिर मुख्य भूमि में प्रवेश करना है—वहीं है ईवन शायर ! जहाँ हमें ठहरना है। उसके बाद फिर जाना होगा उत्तर दिशा में।

ईवन शायर एक छोटा-सा कस्बानुमा शहर है। जहाँ एक विद्यालय है, जिसमें नार्वेजियन छात्रों के अलावा भारतीय, पाकिस्तानी, वीएतनामी, अफ्रीकी अनेक देशों के छात्र भी अध्ययन करते हैं। इस धुर उत्तर में विदेशी छात्रों को कैसा लगता होगा !

"इस शहर की आबादी कितनी होगी ?" पूछता हूँ।

"शहर कहिए या कस्बा, चाहे तो इसे गाँव भी कह सकते हैं आप ! परंतु सुविधाएँ यहाँ सब हैं। डाकखाना है। होटल है। दूकाने हैं। विद्यालय है। अस्पताल है। अपना एक अलग

से, छोटा-सा रेडियो स्टेशन भी है । हाँ, आबादी बहुत कम है । आप देख ही रहे हैं ।"

हम स्कूल के परिसर में प्रवेश करते हैं ।

अहाते के भीतर कुछ घोड़े दौड़ रहे हैं, मुक्त भाव से ।

"ये घोड़े बर्फ गिरने पर बहुत उपयोगी सिद्ध होते हैं । अधिकांश सामग्री इनसे ही ढोयी जाती है ! छात्र घुड़सवारी भी सीखते हैं ।"

प्रमुख द्वार के पास अरे, ये झबरैले बड़े-बड़े खूँखार कुत्ते !

"स्लेज गाड़ियाँ ये ही तो खींचते हैं ।"

कुत्ते आम कुत्तों से बड़े हैं, बलिष्ठ भी !

ज्यों ही गेट के भीतर कोई आता है, या जाता है, कुत्ते भूँकने लगते हैं—अपने ही पिंजड़ों में दहाड़ते हुए !

"दिन-रात इनका आतंक बना रहता है ।" हमें बतलाया जाता है । "आदमी पर झपट पड़ें तो पता नहीं क्या कर बैठें !"

विद्यालय के प्रधानाचार्य मि० रैदार अपने घर आमंत्रित करते हैं—दोपहर के भोजन के लिए । रेंडियर का मांस हमारे लिए विशेष रूप से बनाया जाता है । परंतु उन्हें यह जानकर दुःख होता है कि मैं इतना स्वादिष्ट मांस खाने में अपनी विवशता प्रकट कर रहा हूँ ।

उनके बच्चे भारत के बारे में अनेक प्रश्न पूछते हैं । रैदार भारत आने की योजना बना रहे हैं । वहाँ की आबोहवा, खान-पान के बारे में भी अनेक जानकारियाँ संगृहीत करते चले जाते हैं ।

"जाड़ों में आपको कैसा लगता है ?" मैं पूछता हूँ ।

"बहुत अच्छा । यहाँ तो साल में आठ-नौ महीने बर्फ रहती है । चारों ओर सफेदी-ही-सफेदी ! बच्चे बर्फ के खेलों का आनंद उठाते हैं । हम भी उनका साथ देते हैं ।"

"सामने के पहाड़ों में तो अभी भी बर्फ है !" मैं कहता हूँ तो वह बतलाते हैं, "समझ लीजिए वर्ष-भर ऐसा ही रहता है ।"

शाम को वे सागर-तट पर घूमने ले जाते हैं । नार्वेजियन बाइकिंग-युग से अब तक विदेशों में कहाँ-कहाँ जाकर बसे, इस विषय में बतलाते हैं । "इंग्लैंड में नार्वेजियन मूल के लोग कुछ कम नहीं ! बाइकिंग-युग में झुंड-के-झुंड नार्वेजियन वहाँ बस गए थे । अमेरिका में भी नार्वेजियन मूल के लोगों ने अपनी अनेक बस्तियाँ बसा ली थीं । सन् 1900 से 1910 तक दो लाख नार्वेजियन बाहर गए थे । इस तरह प्रवासी नार्वेजियनों की संख्या तब नौ लाख तक पहुँच गई थी ।"

"नार्वे पर डैनिशों का भी तो प्रभाव रहा…?"

"हाँ, प्रभाव तो रहा । 1905 में नार्वे स्वीडन की पराधीनता से मुक्त हुआ । हाँ, सालवर्ड द्वीप नार्वे को लौटाया 1925 में…।"

कुछ रुककर पूछते हैं, "सुना है, आप लैपलैंड की तरफ जाने का कार्यक्रम बना रहे

हैं ?"

"हाँ, सोच तो रहा हूँ !"

"कपड़े अधिक रख लीजिए । आप गर्म देश के निवासी हैं।" वे विस्तार से लैपलैंड के विषय में बतलाते हैं । वहाँ के लोगों के बारे में भी । यहाँ, आसपास के कुछ क्षेत्र देखने के बाद मैं ट्राम्सो की तरफ यानी लैपलैंड की तरफ जाने का कार्यक्रम बनाता हूँ ।

गरम कपड़े तो दिन-रात पहनते ही हैं यहाँ । पर लैपलैंड की सर्दी के लिए और भी भारी-भरकम गरम कपड़ों की व्यवस्था कर लेते हैं । खाने-पीने का सामान सब जगह मिल जाता है, परंतु कुछ अपने साथ भी रखना नहीं भूलते । जब भूख लगी, झोले से सामान निकाला और खा लिया । गरम-गरम चाय या कॉफी तो सब जगह मिल ही जाती है ।

सुबह के आठ बज रहे हैं । बस से मैं हास्टा के लिए रवाना होता हूँ !

हास्टा एक द्वीप है, जो बड़े-बड़े पुलों के द्वारा देश के मुख्य भाग से जुड़ा है । बहुत बड़ा शहर । व्यावसायिक केन्द्र । इसके आस-पास समुद्र से पेट्रोलियम बहुत बड़ी मात्रा में निकाला जाता है । मछली-उद्यम का भी उत्तरी नार्वे का विशाल केन्द्र है । दो दैनिक समाचार-पत्र प्रकाशित होते हैं यहाँ । बंदरगाह भी यहाँ का बड़ा अच्छा माना जाता है ।

बर्गन से प्रायः प्रतिदिन एक जहाज नार्वे के समुद्री किनारों को छूता उत्तर में फिनमार्क तक जाता है । इसमें सैलानी होते हैं—विदेशों से आए ।

इसी से मुझे ट्राम्सो तक पहुँचना है ।

हास्टा से ट्राम्सो तक !

लगभग 12 बजे, दोपहर को हास्टा से यह जहाज रवाना होता है । मैंने पहले से ही आने की सीट भी बुक करा ली है ।

सूल्तन से हास्टा की दूरी लगभग 45 किलोमीटर है ।

हास्टा पहुँचने पर पता चलता है कि बर्गन से आना वाला जहाज पहुँच चुका है । ठीक समय पर यहाँ से आगे के लिए रवाना होगा ।

जहाज में सैकड़ों लोग हैं, परंतु मुझे एक भी चेहरा भारतीय या एशियाई नहीं लगता । अधिकांश लोग इंग्लैंड के लग रहे हैं । इनमें वृद्धों की संख्या सबसे अधिक है । लगता है, यों ही घूमने के लिए निकल आए हैं । घर में खाली बैठे-बैठे भी क्या करते !

जहाज रवाना होता है तो अच्छा लगता है । चलो, अब पहुँच ही जाएँगे—लैपलैंड यानी ट्राम्सो ।

ज्यों-ज्यों आगे बढ़ते हैं, ठंड बढ़ती चली जा रही है । जहाज वातानुकूलित है, परंतु बाहर निकलते ही लगता है, बर्फ की ठंडी शिलाओं से टकरा रहे हैं । हवा ऐसी धारदार कि छीलती हुई निकल जाती है ।

चारों ओर बर्फ से ढके पहाड़ हैं । एकदम नंगे । एक भी तिनका कहीं नहीं दीख रहा है । पहाड़ के ऊपर बड़ी-बड़ी दरारें-सी पड़ी हैं—बर्फ के कारण । एक बड़ा-सा सफेद सीगल

पक्षी बार-बार उड़कर पास आ जाता है। जहाज के साथ-साथ उड़ रहा है।

मैं बाहर डेक पर खड़ा हूँ।

जिस दिशा में जहाज बढ़ रहा है, वहाँ पहाड़ भारी बर्फ से ढके हैं। ऊपर से नीचे तक सफेद चोगा-सा पहने।

द्वीप-ही-द्वीप !

फीयोर्ड-ही-फीयोर्ड !

बर्फ-ही-बर्फ !

नार्वे में 50 हजार द्वीप हैं। 500 झीलें। जल के बीच में विशाल पर्वत-शृंखलाएँ तैरती-सी नजर आ रही हैं।

पहाड़ी ढलानों पर जहाँ हिम नहीं है, वनों की चादर-सी बिछी लगती है। पतझड़ आ रहा है। अतः पेड़ों की पत्तियाँ पीली पड़नी आरंभ हो गई हैं। कहीं-कहीं पीलापन, थोड़ी-सी ललाई लिए है। एक समय ऐसा भी आएगा, सारे-के-सारे पीले पहाड़, पीली घाटियाँ एकदम लाल नजर आएँगी।

फीयोर्ड के किनारे-किनारे कहीं इक्की-दुक्की छिटकी हुई बस्तियाँ हैं। अधिकांश घर लाल छतों वाले हैं।

जिन ढलानों पर सूरज की किरणें सीधी नहीं पड़तीं, वहाँ बर्फ अधिक है। डायरी में लिखते-लिखते हाथ जम रहे हैं !

जहाज के ऊपर, ऊँचे सफेद खंभे पर एक जलपाँखी दूर तक उड़ान भरने के बाद थककर फिर बैठ जाता है। बार-बार यही क्रम दुहरा रहा है।

किंयो··किंयो··किंयो···!

काँव··काँव··किंयो···!

मैं गौर से देख रहा हूँ—सीगल का ऊपर का रंग कुछ-कुछ स्लेटी है। नीचे एकदम सफेद ! चोंच हल्के पीले रंग की। एक यात्री अभी बतला रहे थे कि उत्तरी नार्वे के सागरीय तट पर समुद्र में रहने वाले बहुत-से प्रवासी पक्षी भी आते हैं। प्रति वर्ष एक विशेष मौसम में आकर सैलानियों के आकर्षण का प्रमुख केन्द्र बनते हैं। वर्ष के अधिकांश समय में दक्षिणी ध्रुव में रहते हैं।

दक्षिणी ध्रुव से उत्तरी ध्रुव तक उड़कर ये छोटे-छोटे पक्षी भला किस तरह आते होंगे ! मैं सोचता रहता हूँ। मैंने कहीं पढ़ा था कि कुछ मछलियों में भी घूमने-फिरने की जन्मजात प्रवृत्ति होती है। पक्षियों की तरह वे भी दूर-दूर तक की सैर कर आती हैं—जैसे मेक्रेयल मछली।

धुनी हुई रुई की तरह जहाज का फेन पीछे छूट रहा है। झाग-ही-झाग।

धूप नाम मात्र की है। मात्र पीला-पीला प्रकाश ! तापहीन जल एकदम स्याह काला !

फिनसंसेस में अभी एक पुल आया था। विशाल पुल ! जो एक द्वीप को दूसरे द्वीप से

जोड़ रहा है। कोई बतला रहा था कि यह यूरोप का सबसे बड़ा पुल है!

उत्तरी नार्वे की राजधानी ट्राम्सो पहुँचते-पहुँचते शाम के चार बज जाते हैं। ट्राम्सो विश्वविद्यालय दुनिया का एकमात्र विश्वविद्यालय है, जो इतने धुर उत्तर में है। नार्वे में मछली पकड़ने का भी यह सबसे बड़ा केन्द्र है।

दो हजार पाँच सौ वर्ग मीटर क्षेत्र में फैला यह दुनिया का सबसे बड़ा शहर है—क्षेत्रफल की दृष्टि से। टूरिस्ट गाइड की यह बात मुझे सही लग नहीं पा रही है।

ट्राम्सो शहर देखने के बाद उन क्षेत्रों को भी देखने निकल पड़ते हैं जहाँ यहाँ के आदिवासी लैप रहा करते हैं।

बर्फीले इलाकों में अब वे तम्बुओं या बर्फ के घरों में नहीं रहते। हम देखते हैं, उनके लिए भी वैसे ही आरामदेह घर सरकार ने बना दिए हैं। मकानों की पट्टी-सी दूर तक चली गई है!

काले-काले, सफेद-सफेद रीछ जैसे झबरैले कुत्ते। बड़े-बड़े बाड़े, जिनमें सैकड़ों नहीं, हजारों की संख्या में, रेंडियर पाले जा रहे हैं। कुत्तों के द्वारा खींची जाने वाली स्लेज गाड़ियाँ हैं।

यह देखकर सहज ही आश्चर्य हुए बिना नहीं रहता कि वे अपनी पुरानी परंपराएँ अब तक भी भली भाँति निभा रहे हैं। उनके कपड़े बड़े ही रंग-बिरंगे हैं। चमकीले। वैसे ही पुराने ढंग के जैसे सदियों पहले हुआ करते होंगे।

बच्चे, बूढ़े, औरतें, मर्द—सब अपने उसी परिधान में हैं।

अब लैप बच्चे स्कूल जाते हैं।

उनके घरों में भी टेलीविजन दिखाई दे रहे हैं। फुटबाल खेलने में लैप तरुण प्रायः विजयी होते हैं। लैप लोगों की अपनी भाषा है।

ये बड़े मिलनसार होते हैं। बड़े स्नेहशील भी।

जैसे ही हम पास पहुँचे हैं, कुत्ते झपटने के लिए आतुर हो जाते हैं।

इतनी सर्दी इस संपूर्ण यात्रा में कभी भी अनुभव नहीं हुई। शरीर जैसे जम रहा है। होंठ नीले-नीले। स्याह काले!

इतने गरम कपड़े पहनने के बाद भी हमारा शरीर पानी की तरह ठंडा हो रहा है। एकदम बर्फ-सा ठंडा।

अब हम फिर ट्राम्सो की ओर निकल पड़ते हैं। गाड़ी की गति तेज हो आती है।

आज रात को ठीक बारह बजे फिनमार्क से जहाज जाएगा।

ट्राम्सो से हमें फिर सवार होना है।

इस भयंकर सर्दी में! इत्ती रात में! बंदरगाह में एक भी शेड नहीं है सर छिपाने के लिए!

सागर-तट पर सीगल पक्षियों की जलक्रीड़ा देखते हुए समय बिता रहा हूँ। तभी मेरे सामने एक दाढ़ी वाला तरुण आता है। एक-दो बार देखकर चला जाता है। कुछ क्षण बाद फिर आता है।

"आप एशियन हैं ?" वह अंग्रेजी में पूछता है।

"हाँ, भारतीय हूँ।" मैं ठिठुरता हुआ कहता हूँ, "और आप ?"

"मैं भी भारतीय हूँ।"

दोनों सहसा चकित हो जाते हैं।

"भारत कहाँ ?"

"दिल्ली—।"

"दिल्ली कहाँ ?"

"लाजपत नगर—।"

"अरे, मैं सफदरजंग एन्क्लेव में रहता हूँ, पास ही।"

दोनों खिल पड़ते हैं।

बैठकर एक रेस्तराँ में खूब गरम चाय पीते हैं। मुझे सच नहीं लगता कि यहाँ इस तरह से कोई आत्मीय स्वदेशी बंधु मिल सकता है।

यह तरुण कुछ वर्ष पूर्व दिल्ली में फीजियोथेरेपी का कोर्स पूरा करके नार्वे चला गया था। अब सुदूर उत्तरी नार्वे में किसी गाँव में बस गया है। यहीं की नागरिकता ले ली है। पत्नी नार्वेजियन है। ट्राम्सो में फीजियोथेरेपिस्टों की एक सेमिनार चल रही है। उसी में भाग लेने आया है। बतलाता है कि यहाँ से प्रतिदिन रात को अपने बच्चों को फोन करता है। चौगाहे के पास बूथ से। इसलिए यहाँ घूमता-घामता आ पहुँचा।

पता नहीं कितनी देर तक हम दुनिया-जहान की बातें करते रहते हैं। अंत में रेस्तराँ का बैरा आता है। विनम्रता से कहता है, रेस्तराँ कब का बंद हो चुका है। मैं दरवाजे बंद करने के लिए बैठा हूँ।

हम बाहर निकल आते हैं।

रात के बारह बजे वाला जहाज ठीक डेढ़ बजे आता है। मैं जहाज के वातानुकूलित कमरे में बैठा अपने प्राणों की रक्षा का प्रयत्न करता हूँ। इंजीनियर से कहता हूँ कि कमरे का तापमान वह कुछ और ऊँचा कर दे।

अब मैं अकेला बैठा बंद कमरे की खिड़की के शीशे से बाहर झाँक रहा हूँ। सोच रहा हूँ—लाजपत नगर का यह प्रवीण कुमार भीषण सर्दी के दिनों में जब तापमान शून्य से भी 20-25 डिग्री नीचे चला जाता होगा, किस तरह रहता होगा ?

रॉबिन हुड के साथ

रॉबिन हुड सदियों तक नायक एवं खलनायक की भूमिकाएँ निभाता रहा । सदियों तक विश्व में अनेक रूपों एवं रंगों में छाया रहा, विश्व के अनेक देशों में उससे प्रेरित होकर फिल्में बनीं और आज भी बन रही हैं । तरुणों एवं किशारों के लिए आज भी वह शौर्य एवं शक्ति का प्रतीक है । अन्यायपूर्ण परंपराओं के विरुद्ध वह न्याय के लिए किए गए संघर्ष का एक अनोखा आदर्श है ।

रॉबिन हुड एक व्यक्ति नहीं, अनके व्यक्तियों का प्रतीक बन गया है आज । लगभग गत दस शताब्दियों में उस पर सैकड़ों पुस्तकें लिखी गईं, जो लाखों की संख्या में बिकीं । पश्चिम के किशोरों के लिए उससे बड़ा कोई और नायक नहीं, जो अपने प्राणों की अहुति देकर दूसरों के संघर्ष की आग में कूद पड़ता है और अन्त में विजयी घोषित होकर लौटता है । पराजित होना वह जानता नहीं ।

उसी चिर युवा, चिर संघर्षशील नायक के घर नाटिंघम जा रहे हैं आज ।

लंदन से सुबह चले तो आसमान खुला-खुला था । बरसात के बाद धूप ठंडे देशों में बड़ी मीठी-मीठी लगती है । आँखों को बड़ी आरामदेह ।

हाँ, रेलगाड़ी उत्तर की, नहीं-नहीं कुछ-कुछ उत्तर-पश्चिम की दिशा में आगे बढ़ रही है । एक के बाद एक नजारे बदल रहे हैं । इंग्लैंड के छोटे-छोटे गाँव, छोटे-छोटे कस्बे ही नहीं, वहाँ के जनजीवन के दृश्य भी चलचित्र की तरह एक के बाद एक आते चले जा रहे हैं । सदियों तक आधी दुनिया में राज करने वाला यह देश ! क्या है इसका आंतरिक स्वरूप !

मेरे सामने एक डैनिश-दंपती हैं । साथ में तेरह-चौदह साल का बच्चा भी । टूटी-फूटी अंग्रेजी में वह बतलाते हैं कि स्पेन में छुट्टी बिताकर वे इंग्लैंड होते हुए घर लौटेंगे । बच्चे ने बचपन में कभी रॉबिन हुड के बारे में पढ़ा था । इसकी जिद है कि हम नाटिंघम भी देखें, जहाँ रॉबिन हुड रहा करता था कभी ।

बच्चे की कमर में बँधी पेटी की ओर वे इंगित करते हैं, जिसे उन्होंने इसके आग्रह पर कल लंदन की किसी दुकान से खरीदा था ।

जिस पर लिखा था—रॉबिन हुड !

रेलगाड़ी फिसलती हुई आगे बढ़ रही है । एक के बाद एक स्टेशन पीछे छूटते चले जा रहे हैं ।

सैंट एल्लास के बाद शायद ल्यूटन आया था। मुझे याद आ रहा है, अब से लगभग दस वर्ष पूर्व वाल्हेम्पटन जाते समय एक रात यहाँ भी ठहरा था, एक मित्र के घर। उन्होंने सारा शहर घूम-घूमकर दिखलाया था। यहीं किसी दुकान के सामने ब्रिटेन में बसे जिप्सियों को पहली बार देखा था, बड़े कौतूहल से। वे कुछ खरीद रहे थे, परंतु दुकानदार जिस उपेक्षा-भाव से उनसे बातें कर रहा था और हिकारत की जिन निगाहों से उनकी ओर देख रहा था, वह मुझे अच्छा नहीं लगा। बल्कि सच कहूँ तो गहरा दुःख हुआ। जिप्सियों का आदि देश है भारत ! भारत की इन भटकी हुई संतानों से ब्रिटेन ही नहीं, समस्त यूरोपीय लोगों ने सदियों तक घृणा का ऐसा ही व्यवहार किया है…

"बहुत महँगा शहर है ल्यूटन," मित्र कहते हैं, "लगता है, सरेआम लूट मची है।"

"शहर का नाम ही ल्यूटन है तो लूट तो मचेगी ही।" मैं हँसकर कहता हूँ तो वे भी ठहाका लगाते हैं…

फिर बेडफोर्ड ! फिर कैटेरिंग ! फिर लेस्टर !

लेस्टर में आप्रवासी भारतीय बहुत बड़ी संख्या में रहते हैं। पूरे-के-पूरे मुहल्ले भारतीय हैं।

अन्त में लाफबोरो के बाद दिखलाई देता है—नाटिंघम।

पश्चिम के चिर नायक रॉबिन हुड का शहर !

साथ बैठे सज्जन का हाथ आस-पास बिखरे समाचार-पत्रों की ओर जाता है। कहते हैं, "नाटिंघम शहर ही नहीं, सारा नाटिंघम शायर क्षेत्र अपनी विशेषताओं के लिए विख्यात है। महाकवि बायरन, डी०एच० लारेंस की स्मृतियाँ भी इसी क्षेत्र से जुड़ी हैं।"

स्टेशन के बाहर टैक्सियों की कतार है। अधिकांश लोग भारतीय जैसे लग रहे हैं। लम्बे, तगड़े, साँवले।

एक टैक्सी में बैठता हूँ। "क्या आप भारत के रहने वाले हैं ?" पूछता हूँ।

"जी नहीं…पाकिस्तान की तरफ वाले कश्मीर का हूँ…।" किंचित् रूखा-रूखा-सा उत्तर मिलता है।

रास्ते-भर फिर कोई बात नहीं होती।

'टेल्स ऑफ रॉबिन हुड' संग्रहालय के निकट उतरता हूँ।

एक विशाल, भव्य इमारत !

रंग-बिरंगे बच्चों की लम्बी कतारें चींटियों की तरह रेंगकर आगे बढ़ती, दूर से दिखलाई दे रही हैं। रविवार है आज, शायद इसीलिए इतनी भीड़ है। कहीं पाँव धरने के लिए भी ठौर नहीं।

चूँकि व्यवस्था पहले से ही हो चुकी थी, इसलिए परिचय देने के पश्चात् सारी समस्याएँ स्वतः हल हो जाती हैं।

संग्रहालय की व्यवस्था से संबद्ध महिला गाइड की भूमिका निभा रही है। रॉबिन हुड से

संबंधित सारी वस्तुएँ बड़ी आत्मीयता से दिखलाती जा रही है ।

हम सबसे पहले रॉबिन हुड पर समय-समय पर बनाई गई पेंटिंग्ज देखते हैं । अलग-अलग युगों के कलाकारों ने इस नायक को किन-किन निगाहों से देखा है, किन-किन रूपों में !

मानचित्र ही नहीं, रॉबिन हुड की प्रतिमाएँ भी दीख रही हैं—धनुष-बाण लिए आज से लगभग एक हजार साल पहले का एक अनोखा ब्रिटिश योद्धा—जन-नायक !

रॉबिन हुड को आज इस रूप में यहाँ के निवासियों ने जीवित रखा है, किन्तु जब वह वास्तव में जीवित था, तब कैसा था ? यह प्रश्न मन में अनायास ही उठता है ।

"कहा जाता है कि नाटिंघम के निकट लोक्सले में रॉबिन हुड का जन्म सन् 1160 में हुआ था । उस समय हेनरी द्वितीय सत्ता पर थे । उसका वास्तविक नाम राबर्ट फिज़ूथ था, जो कालांतर में बिगड़ता-बिगड़ता 'रॉबिन हुड' हो गया ।"

साथ चल रही गाइड महिला बतलाती जा रही है, "कुछ लोग कहते हैं कि अपने जीवन के आरंभिक दिनों में वह बहुत जंगली किस्म का था और बेहद फिजूलखर्च भी । जिसका परिणाम यह रहा कि वह ऋण के बोझ से दब गया । साहूकारों ने उसकी सारी पैतृक संपत्ति अपने नाम कर ली । उस पर भी ऋण न चुका पाया तो साहूकारों के अत्याचारों से बचने के लिए वह जंगल की शरण में भाग निकला ।"

वह कुछ क्षण चुप रहकर सामने के बड़े-से रंगीन मानचित्र की ओर इंगित करती है ।

" नाटिंघम के उत्तर की दिशा में यहाँ बड़े-बड़े घने वन थे । झाड़ियों, वृक्षों, लताओं से घिरे इतने भयानक कि दिन में अँधेरा रहता था¨विशेषतः यार्क शायर के बार्नस्डेल तथा नाटिंघम शायर के शेरउड जंगलों को सुरक्षा की दृष्टि से उसने अपनी शरणस्थली बनाया । कुछ लोग कहते हैं कि चेम्बरलैंड के प्लौम्टन पार्क जंगल में भी उसने अपने जीवन के कुछ संघर्षपूर्ण दिन व्यतीत किए थे । इन बीहड़ वनों में उसे अपनी तरह के कई लोग मिल गए, जो प्राण बचाने के लिए अनेक कारणों से छिपे थे । इनमें लिटिल जॉन उर्फ नॉयलौर, विलियम, जार्ज ग्रीन—नामों की एक लंबी श्रृंखला है, जिन्होंने उसे अपना नायक स्वीकार कर लिया । यहीं उसे एक महिला सहयोगिनी भी मिली—मेरीन ।

" कुल सौ के लगभग धुनष-बाणधारी उसके गिरोह में आ मिले ! जो साहसी ही नहीं, खूँख्वार भी थे । "

जब वह महिला यह सब बतला रही थी और सामने इससे संबंधित चित्र सजीव हो रहे थे, तो मुझे कल रात रॉबिन हुड पर पढ़ी एक पुस्तक की घटना याद आ रही थी कि रॉबिन हुड किस तरह अपने सहयोगी का चयन करता था । वह भेष बदलकर उसके पास जाता था । उसके बारे में सही-सही सूचनाएँ एकत्र करता था । कई बार तो भिखारी के रूप में भी वह निकल पड़ता था ।

शेरउड जंगल का एक विशाल जीवंत रंगीन चित्र सामने दीवार पर फैला है । "इस सारे

जंगल पर उसका एकछत्र साम्राज्य था, जहाँ से वह प्रतिकार करता था, हर अन्याय का। हिरन और खरगोश खूब होते थे यहाँ, जिन्हें मारकर वे लोग अपनी भूख मिटा लिया करते थे।"

जहाँ से संग्रहालय सही रूप में आरंभ होता है, वहाँ बड़े-से कमरे के भीतर एक पूरे आकार का घोड़ा सदियों से पानी के पास खड़ा है। गरदन नीचे की ओर झुकी है। पास ही सफेद कुत्ता है। हाँफ-सा रहा है। रॉबिन हुड का 'सिल्वर ऐरो' भी चमक रहा है, समीप ही।

घोड़े के लहराते अयाल साफ दीख रहे हैं।

एक उत्साही महिला ने अति उत्साह में भरकर अपने नौनिहाल को उस अविचल घोड़े की पीठ पर बिठला दिया है!

पता नहीं कहाँ से उसका पति (शायद पति ही होगा) आता है। किंचित् गुस्से में लग रहा है, फिर भी बेचारा मुस्कराने का प्रयास कर रहा है, "हिस्स्, यह क्या! क्या कहेंगे लोग…!"

महिला पर जैसे कोई असर नहीं हो रहा है। वह हँस रही है और राजकुमार ताली पीटता चला जा रहा है, घोड़े की पीठ पर बार-बार उछलता हुआ…

गाइड ने एक टिकट-सा पकड़ा दिया है मुझे। सामने गहरा अँधियारा है। गुजराती घरों में जैसे तख्ते वाले झूले छत से टँगे रहते हैं, वैसे ही यहाँ भी हैं—एक के पीछे एक। सभी यात्री अपनी-अपनी बारी में उन पर बैठते चले जा रहे हैं।

मैं भी बैठ जाता हूँ।

"अब रॉबिन हुड का सम्पूर्ण जीवन आपको जीवन्त दृश्यों के माध्यम से दिखलाई देगा। इसकी कामेंट्री विश्व की आठ-दस प्रमुख भाषाओं में की जाती है, उनमें आपकी राष्ट्रभाषा हिन्दी भी है।" गाइड का धीमा स्वर है।

मुझे यह जानकर सहज आश्चर्य होता है। एक सुखद अनुभूति भी।

"कहें तो हिन्दी में ही…"

मैं क्षण-भर सोचकर कहता हूँ, "नहीं, नहीं…इससे और श्रोताओं को असुविधा होगी! हिन्दी समझने वाला तो मैं अकेला हूँ न!"

स्टील के स्वचालित सारे झूले खड़-खड़ करते झटके के साथ हिलते हैं और अँधियारे में, आस-पास बनी चट्टानी दीवारों से टकराते हुए गोलाई में आगे घिसटते हैं—हवा में झूलते हुए जैसे।

लगता है जैसे हम दसवीं-ग्यारहवीं शताब्दी पीछे चले गए हैं। वैसा ही जंगल का वातावरण। झरनों से सचमुच में जल प्रवाहित हो रहा है। सूखे पत्तों से होकर छन-छन मन-मन की आवाज आ रही है। एक हिरन पानी पी रहा है। डाल पर बैठा पक्षी चहक रहा है, गरदन हिलाते हुए। सचमुच चहकने की आवाज आ रही है…पीछे सूरज डूब रहा है…सचमुच डूबते सूरज की लाल किरणें दिखलाई दे रही हैं…पानी में रंगीन बुलबुले जैसे उठ रहे हैं…किस तरह बनाया होगा, यह सब!

तभी पता नहीं किसी दिशा से भारी स्वर गूँजता है—

"यह शेरउड का भयानक वन है···रॉबिन का साम्राज्य इसी बीहड़ वन प्रदेश में था···।"

धीरे-धीरे खटोले-सा झूला आगे सरकता चला जा रहा है, गोलाई लिए दीवारों से टकराता हुआ। नाटिंघम शायर की अनेक झलकियाँ अपने वास्तविक रूप में आँखों के सामने आती चली जा रही हैं।

अब हम दूसरे कक्ष में पहुँच गए हैं। सामने एक छोटा-सा कमरा है···काठ की एक ऊबड़-खाबड़ मेज···फटी बोरियाँ पड़ी हैं! मोमबत्ती जल रही है। पीले-पीले क्षीण प्रकाश में दो-तीन आदमी बैठे हैं। उनके चेहरे, उनके हाव-भाव ठीक ऐसे लग रहे हैं, जैसे अब बोल पड़ेंगे···एक बिल्ली 'म्याऊँ' करती हुई घूर रही है। सचमुच में घूर रही है—कंची आँखें चमक रही हैं, दिप-दिप···

"ये सब लोग बुरी तरह से आतंकित रहे हैं, शैरिफ के अमानवीय अत्याचारों से।" भारी स्वर फिर गूँजता है।

शैरिफ छज्जे पर खड़ा है।

नीचे नर-कंकाल है। बोल रहा है—"मैं वही आदमी हूँ, जिसने कहानी सुनाई थी···।"

झुकी कमर! जर्जर देह!

एक बूढ़ा मरता-जीता काम कर रहा है। शैरिफ के अत्याचारों से यह भी पीड़ित लगता है। एक छोटी-सी बकरी पास ही एक चट्टान पर चढ़ने की कोशिश कर रही है, मिमियाती हुई।

आवाज फिर आ रही है—"शैरिफ बुरा आदमी है। रॉबिन हुड अब सहायता करेगा इनकी, इन लोगों की, जो उसके अंतहीन अत्याचारों से त्रस्त हैं।"

झूला फिर आगे ऊबड़-खाबड़ दीवारों से टकराता हुआ, मुड़ता है—आगे सरकता-सरकता, रेंगता।

अंधकार के पश्चात् फिर एक नया दृश्य।

लोग संघर्ष करने के लिए उद्यत हैं। उत्पीड़ित जन एक साथ एकत्र हो रहे हैं···सामूहिक प्रतिरोध के लिए। नायक के रूप में, अति मानव की तरह रॉबिन हुड खड़ा है—चुनौती को स्वीकार करने के लिए···चारों ओर शोरगुल मचा है। भीषण चीत्कार!

"रॉबिन हुड ने इन अनाचारों से मुक्त करने के लिए एक नई व्यूह रचना रची···।" स्वर गूँज रहा है।

धीरे-धीरे फिर एक नया नजारा उभर रहा है।

लोग भीड़ की शक्ल में आगे बढ़ रहे हैं। बच्चे-बूढ़े भी दीख रहे हैं। पास ही पनचक्की है। पानी के छींटे उड़-उड़कर हमारे पाँवों के पास तक आ रहे हैं।

यह जंगल का भयानक दृश्य है । छोटे-छोटे चश्मों से पानी प्रवाहित हो रहा है··दो जंगली कुत्ते मरे पड़े हैं । पेड़ की आड़ में एक चौकन्ना, भयग्रस्त हरिण चौकड़ी मारने ही वाला है··पास ही मरा हुआ खरगोश पड़ा है—फटे हुए सफेद चीथड़े की तरह घास पर । नीचे एक हारा-थका आदमी सो रहा है, मुर्दे की तरह । साँस लेता हुआ साफ दीख रहा है ।··आस-पास कई नर-कंकाल हैं ! लाशें हैं··खोपड़ियाँ बिखरी पड़ी हैं··जोर से हवा बह रही है, सब कुछ उड़ा ले जाने के लिए आतुर है, ठंडी बर्फीली हवा···

हमें भी कँकँपी-सी लग रही है ।

परिदृश्य अब फिर परिवर्तित होने लगा है ।

"इस संघर्ष में जीत रॉबिन हुड की ही होती है अंत में ।"

विजय का उल्लास मनाया जा रहा है—जंगल में । भोजन बनाया जा रहा है··पतीली में कुछ खौलता हुआ साफ दीख रहा है··भोजन की सुंगध चारों ओर बिखर रही है··रॉबिन हुड खुशी से उछलता हुआ खड़ा है—गर्व के साथ । पास ही राजा बैठा हुआ है ।

गाइड बतला रही है, "जहाँ कुछ लोग यह कहते हैं कि वह ऋण के कारण भागा, वहाँ ऐसी भी धारणा है कि वह चूँकि अन्याय का प्रतिरोध आरंभ से ही किया करता था, इसलिए शासन की निगाहें थीं, उस पर । जंगल में अपने लोगों को एकत्र करके उसने अनाचारों का बदला लिया था ।

हम झूले से नीचे उतरने लगते हैं ।

पर वह अपनी बात जारी रखती है, "यद्यपि सन् 1400 तक कुछ लोग रॉबिन हुड को क्रूरता का प्रतीक माना करते थे, किंतु आज यह दया का, क्षमा का, कर्तव्य एवं करुणा का स्वरूप समझा जाता है ।"

इस कमरे में रॉबिन हुड के कपड़े रखे हैं । कुल्हाड़ियाँ हैं । तलवारे हैं । धनुष-बाण हैं । शायद उस युग में ऐसे ही कपड़े और इस तरह के हथियारों का उपयोग लोग किया करते होंगे !

ऊपर की मंजिल में उन फिल्मों के पोस्टर और चित्र सजे हैं, जो रॉबिन हुड के जीवन पर आधारित थीं । अंग्रेजी, फ्रेंच, इटालियन विश्वं की अनेक भाषाओं के पोस्टर चमक रहे हैं । इन्हें देखकर लग रहा है कि वह मात्र इंग्लैंड का ही नहीं, समस्त विश्व का एक बलशाली, न्यायप्रिय नायक था ।

अवकाश का दिन होने से अभी भी बच्चों की भीड़ है । अभिभावक भी कम संख्या में नहीं ! नीचे दुकान में रॉबिन हुड की नन्ही-नन्ही प्रतिमाएँ बिक रही हैं । खिलौनों पर रॉबिन हुड लिखा है । पेटियाँ हैं, रॉबिन हुड के नाम से अंकित । उपहार की ऐसी अनेक वस्तुओं की भरमार है । रॉबिन हुड के पिक्चर-पोस्टर कार्डों के लिए कतार लगी है ।

बाहर आता हूँ तो लगता है, बहुत समय बीत गया । समय का सचमुच कुछ भी अहसास

नहीं रहा ।

गाइड बाहर आकर एक प्राचीन किले के प्रांगण पर ठिठकती है । किला बहुत ऊँचाई पर है । यहाँ से सारा नाटिंघम शहर साफ दीख रहा है ।

"यहाँ शैरिफ का निवास था ।" वह इशारा करती है, "शेरउड का जंगल यहाँ से धुर उत्तर-पूर्व की दिशा पर⋯वहाँ⋯वहाँ जहाँ बादल दीख रहे हैं ।"

सड़क का नाम, बाजार का नाम—सब रॉबिन हुड ही रॉबिन हुड !

संग्रहालय के दाहिनी ओर वह बड़ा-सा चबूतरा दीख रहा है । रॉबिन हुड की कांस्य-प्रतिमा लगी है । तीर-कमान निशाना साध रहा है । लगता है कि अब तीर छूटा ! अब छूटा !

आस-पास के दृश्य देखते-देखते पाँव थक गए हैं । पास ही एक रेस्त्राँ में बैठ जाते हैं, सुस्ताने के लिए ।

"इन सैकड़ों वर्षों में रॉबिन हुड पर एक नहीं अनेक पुस्तकें लिखी गई हैं, जिनकी संख्या सैकड़ों में होगी । हर युग में, अपनी-अपनी तरह से रॉबिन हुड पर भिन्न-भिन्न भाषाओं में फिल्में ही नहीं बनीं, नाटक भी मंचित हुए । रॉबिन हुड भला था, या बुरा यह तो भगवान ही जाने, लेकिन इतना अवश्य सत्य है कि वह स्वयं में एक विलक्षण व्यक्तित्व था । चूँकि अन्याय के विरुद्ध सतत संघर्ष करता रहा, अतः हर जमाने के लोगों द्वारा वह मुक्त-कंठ से सराहा गया ।

अभी कुछ समय पहले पुस्तकों की दुकान पर रॉबिन हुड पर स्वयं मैंने पुस्तकों का अंबार देखा था ।

शेरउड तथा यॉर्क शायर के वना में वर्षों तक वह संघर्ष करता रहा । लोगों की मान्यता है कि इस सतत संघर्ष में उसे स्थानीय लोगों का भी सक्रिय सहयोग मिलता रहा । वास्तव में वह मात्र अपने लिए ही नहीं, बहुतों के लिए संघर्ष कर रहा था ।

गाइड से जब फिर बात छिड़ी, इसी प्रश्न पर, तो बोली, "हाँ, स्थिति कुछ ऐसी ही रही होगी । उसे जीवित या मृत पकड़ने के लिए शासन की ओर से एक बहुत बड़ी राशि पुरस्कार स्वरूप रखी गई थी । बुढ़ापे का अब असर हो रहा था, उस पर । और फिर छोटी-बड़ी व्याधियाँ भी अपना प्रभाव दिखला रही थीं । इलाज के लिए उसने अपने किसी निकट संबंधी से प्रार्थना की । किन्तु इस इलाज की प्रक्रिया में रक्तस्राव इतना अधिक हो गया कि 87 साल की उम्र में, 18 नवम्बर, 1247 को उसका देहान्त हो गया ।"

एक गहरी साँस लेकर चुप हो जाती है वह ।

"हाँ, ऐसा ही अंत रहा रॉबिन हुड का ।" वह जैसे स्वयं को सुनाकर फिर कहने लगती है, "एक दानवीय युग में, ऐसी कठिन परिस्थितियों में आम आदमी के लिए आजीवन संघर्ष करने की शक्ति क्या किसी साधारण व्यक्ति में हो सकती है ? सचमुच वह कई गुणों की खान था । बहुत बहादुर था तो अथाह धीरज भी था उसमें । आत्मिक ही नहीं, असाधारण शारीरिक शक्ति भी थी । फिर यह भी उसका सौभाग्य था कि उसे विश्वसनीय साथी मिले । जो मर तो

गए, किन्तु उन्होंने कभी सपने में भी विश्वासघात करने की कल्पना नहीं की थी ।"

गाइड की बातें मैं बड़े ध्यान से सुन रहा हूँ । तभी उसे रोकता हुआ कहता हूँ, "क्या कुछ लोग उसे चोर या लुटेरा कह कर संबोधित नहीं करते थे ?"

वह सहज ही हँस पड़ती है, "चोर या लुटेरा कहने वालों में प्रमुख वे ही लोग थे जो अपनी आततायी व्यवस्था को बनाए रखना चाहते थे । रॉबिन हुड के लिए यह कहना अधिक न्यायसंगत होगा कि वह एक ईमानदार चोर था या परोपकारी लुटेरा ।"

"सुना है, उस पर लोकगीत भी लिखे गए थे !"

मैं बातों का सिलसिला जोड़ता हुआ कहता हूँ तो वह और भी उत्साह से उत्तर देती है, "लोकगीत ही नहीं, उस पर और भी बहुत कुछ लिखा गया है । असंख्य लोकगाथाएँ हैं, उस पर ! उस पर बनाए गीत आज भी लोग उत्सवों में, पर्वों में बड़ी आस्था के साथ गाते हैं । उसके जीवन पर सैकड़ों नाटक और बैले प्रदर्शित किए गए हैं । अभिनेता उसकी भूमिका में अपने को गौरवान्वित अनुभव करते हैं । लोग उसके नाम पर शपथ खाते हैं । हमारे देश में ऐसे लोग भी कम नहीं, जो मानते हैं कि उसमें कोई दैवी शक्ति थी । इतने रक्तपात या लड़ाइयों के बावजूद हृदय से वह संत था । सोलहवीं शताब्दी के अंत तक उसके नाम पर मेले लगते थे । उसने जन-साधारण को सामाजिक एवं धार्मिक न्याय दिलाने के लिए क्या-क्या त्याग नहीं किए ?"

दोपहर ढल रही है अब ! रॉबिन हुड का 'रॉबिन हुड मय शहर' देखकर लौट रहा हूँ । गाइड ने रास्ते में पढ़ने के लिए बहुत-सी सामग्री दी है । ट्रेन फिर लंदन की ओर बढ़ रही है—उसी गति से ।

रॉबिन हुड पर लिखी कुछ पुस्तकें भी हैं झोले में । मैं एक-एक कर उनके पन्ने पलटने लगता हूँ ।

एक सन् 1795 में प्रथम बार छपी पुस्तक के अंतिम पृष्ठ पर लिखा है—

"रॉबिन हुड का धनुष, बाण, कुर्सी, टोपी, एक पाँव की चप्पल इस शताब्दी तक सुरक्षित रखी हुई थीं । वे स्थान जहाँ-जहाँ वह छिपकर रहा, जहाँ-जहाँ उसने भोजन किया, जहाँ-जहाँ उसने जल पीकर अपनी प्यास बुझाई, आज भी उसके नाम के साथ जुड़े हैं ।"

"पर उसके साथियों का क्या रहा ?" इस प्रश्न का इतिहास कोई समाधान नहीं दे पाता । हाँ, यह अवश्य प्रमाणित है कि उसके अभिन्न सहयोगी लिटिल जॉन को बड़े आदर के साथ दफनाया गया था । उसकी कब्र पर लगे सफेद पत्थर इस श्रद्धा के आज भी साक्षी हैं ।"

सचमुच रॉबिन हुड एक मिथक का पात्र है । कितने ही रूपों, कितने ही रंगों में घर-घर में वह आज भी जीवित है, अन्याय एवं अत्याचार के प्रतिकार के रूप में ।

निकोलस रोरिक की स्मृति में

सूरज डूब रहा था कहीं, क्षितिज के किसी छोर पर । पेड़ों की छाया लंबी हो रही थी । हरे-भरे वृक्षों के झुरमुट का ही नहीं, पूरे-के-पूरे पहाड़ों का रंग भी धीरे-धीरे बदल रहा था । इस कड़ाके की सर्दी के बावजूद, ठंडी हवा के झोंके कहीं बहुत अच्छे लग रहे थे । एक प्रकार से मद-भरा अहसास !

सागर, रेगिस्तान और हिमालय--सदैव रहस्यमय रहे हैं । हिम-मंडित शृंगों का अपनापन हमेशा मुझे लुभाता रहा है । धूल और धूप में दिन-भर भटका शिशु, माँ के स्नेहिल आँचल की छाँह की ओर जैसे आँखें मूँदे भागता है, ऐसा ही अहसास होता है मुझे, जब मैं हिमालय की शीतल छाँह की ओर बढ़ता हूँ ।

पर इस बार हमारी यात्रा का मार्ग वह नहीं । हम नैनी झील की ओर नहीं, न कौसानी--अल्मोड़ा या चम्पावत की दिशा में ही बढ़ रहे हैं । हम जा रहे हैं--कुल्लू-मनाली । यानी नग्गर । ऋषि निकोलस रोरिक की तपोभूमि ।

हमारी बस, मौन मंथर गति से, सर्पाकार मार्गों को पार करती आगे बढ़ रही है ।

हवा में अब किंचित् चुभन है । पर अपनी धरती का यह दंश भी कितना मीठा लगता है !

"मनाली में बर्फ गिर रही होगी । इसलिए लाहौल-स्पीती की ओर दूर तक जा पाना, किसी के लिए भी संभव न हो पाएगा ।" एक विदेशी सहयात्री चिन्ता व्यक्त करते हैं, तो मैं जैसे नींद से जाग पड़ता हूँ ।

हमारे लिए नग्गर ही कैलाश-काना है । इससे आगे जाकर, हमें करना भी क्या है ?

कुल्लू-मनाली के व्यक्तित्व को, निकोलस रोरिक के निवास से, नई गरिमा मिली । नया आयाम ।

सन् 1926 में, मध्य एशिया में, गोनी का रेगिस्तान पार करके वे यहाँ आए थे । यह देवताओं की घाटी उन्हें इतनी भायी कि मंडी के राजा से यहाँ की कुछ भूमि खरीदकर, सदा-सदा के लिए यहीं के वासी बन गए ।

आज दिसम्बर की बारह तारीख है । कल तेरह को हमें इस रूसी साधक, तत्त्वदर्शी दार्शनिक, महान चित्रकार की समाधि पर पुष्पांजलि अर्पित करनी है । कल पुण्य-दिवस है, इस पुण्यात्मा का !

उन्हें श्रद्धांजलि अर्पित करने वाले हम अकेले नहीं, बल्कि मैक्सिको, डेनमार्क, रूस,

उक्रेन आदि कुल 23 देशों के बुद्धिजीवी हैं । लेखक, प्राध्यापक, कलाकार आदि ।

इस भौतिकतावादी, अशांत विश्व में रोरिक की आज अपनी प्रासंगिकता है, अपना महत्त्व । जिन मानव-मूल्यों के लिए वे जिए, आज के इस प्रदूषित वातावरण में, विनाश की कगार पर खड़े मानव के लिए, अधिक महत्त्वपूर्ण हैं । सबसे अधिक प्रासंगिक ।

अब एक अल्हड़ पहाड़ी नदी के किनारे-किनारे हमारी बस आगे बढ़ रही है । हिम-शीतल जल-धाराएँ, सफेद, चिकने पत्थरों के बीच से बहती हुई, एक नई सृष्टि की संरचना कर रही हैं । दूध के झाग जैसी अनगिनत सफेद धाराएँ टूट-टूट कर बिखर रही हैं, बर्फ के छींटों की तरह ।

ज्यों-ज्यों रात घिर रही है, चाँद का नीला-नीला निर्मल, स्वच्छ प्रकाश भी निखरता जा रहा है । साथ-ही-साथ शीत का प्रकोप भी । पहाड़ों की ऊँची-ऊँची चोटियाँ बर्फ से जगमगाती । उस पार दूर कहीं, कोई एक बस्ती । धरती पर टिमटिमाते सितारे । शेष सर्वत्र दुग्ध-धवल प्रकाश ।

कहीं कोई शोर नहीं ! कहीं किंचित् धुआँ नहीं ! धूल नहीं ! यह धरती इतनी पवित्र क्यों है ? मन विश्वास नहीं करता ।

मानव के चरण-चिह्न जहाँ-जहाँ पड़े, वहाँ-वहाँ विनाश ने विजय प्राप्त की । सारी धरती की हरियाली, हरे पेड़ों की छाल की तरह उतारकर हमने फेंक दी है । पहाड़ नंगे हो रहे हैं । जल-धाराएँ सूख रही हैं । दलदल और रेगिस्तान हमें निगलने के लिए आतुर होकर निरन्तर आगे बढ़ रहे हैं ।

मनुष्य की यह विनाश-लीला, प्रकृति की विनाश-लीला नहीं, पाशविकता की पराकाष्ठा है…।

पुल के ऊपर रुक जाती है बस । सहसा ।

नीचे छलछलाती, कलकलाती, पर्वतों से टकराकर, उफनती नदी की उन्मत्त धाराएँ । मूक साक्षी-से खड़े पेड़ । चारों ओर बिखरा चाँद का पवित्र प्रकाश ।

थोड़ी देर पश्चात्, बस की थरथराहट हमें फिर इस मृत्यु-लोक में ले आती है । हम इस अमृत-वर्षा की रात में, उजले पहाड़ों को पार करते हैं, क्षितिज के उस पार जाने कहाँ जाने के लिए मचल रहे हैं !

रात के बारह बजे हैं ।

एक अतिथिशाला में भोजन की व्यवस्था है । मनाली अभी यहाँ से लगभग बीस मील की दूरी पर है ।

बाहर बर्फ गिरने के जैसे आसार हैं ।

पता ही नहीं चलता, देखते-देखते कब मनाली आ गया है ।

गहरी तन्द्रा में डूबा एक शांत शहर हमारी प्रतीक्षा में अभी भी कहीं जगा-जगा-सा ऊँघ रहा है । नदी के किनारे-किनारे बर्फ से ढकी सफेद धरती साफ दीख रही है । पर्वतों की चोटियाँ भी बर्फ से आच्छादित हैं । चारों ओर छिटकी चाँदनी में यह सब कितना नीरव, कितना शांत,

कितना निर्मल लग रहा है !

सुबह सूरज की प्रथम पीली किरणों के साथ-साथ निकल पड़ते हैं हम सब—नग्गर की ओर । जहाँ के कण-कण में महान् साधक, तपस्वी चित्रकार रोरिक की स्मृतियाँ बिखरी पड़ी हैं ।

रोरिक के चित्रों की संख्या सात हजार से भी अधिक आँकी जाती है । वे मात्र चित्रकार ही नहीं, एक चिन्तनशील कवि भी थे । उनके विशाल व्यक्तित्व के अनेक आयाम थे । छब्बीस से भी अधिक ग्रंथों में उनकी रचनाएँ संगृहीत हैं । इन सबके अतिरिक्त वे आध्यात्मिक साधक भी थे । हिमालय के प्रबल आराधक । उनमें स्वयं भी कहीं हिमालय की दिव्यता समाहित थी । वे सचमुच ऋषि-परंपरा के प्रतीक थे ।

हम उस घर में प्रवेश करते हैं, जहाँ अपने जीवन के महत्त्वपूर्ण वर्ष उन्होंने व्यतीत किए थे । हर कक्ष में उनकी उपस्थिति का-सा अहसास होता है ।

कई कमरों में मात्र उनके बहुमूल्य दुर्लभ चित्र सुशोभित थे । सारा हिमालय, नाना रूपों, नाना रंगों में सदेह वहाँ साकार था ।

निवास के नीचे सीढ़ीनुमा खेत—दूर तक ।

उनके नीचे किंचित् समतल भूमि में उनकी समाधि है । हिन्दू-परंपरा के अनुसार उनका अंतिम संस्कार किया गया था । समाधि-स्थल पर एक विशाल प्रस्तर-खंड है, जिस पर अंकित है—

'भारत के महान रूसी मित्र निकोलस रोरिक के पार्थिव शरीर का यहाँ 13 दिसंबर 1947 को दाह-संस्कार हुआ था । ओम् राम !'

नीचे तिब्बती भाषा में—

'ओम मणि मद्मे हुं ।'

गुलाब की छितरी-सी दो टहनियाँ । हम श्रद्धानत होकर उस महान आत्मा के प्रति कृतज्ञता प्रकट करते हैं, समग्र मानवता के लिए जिसने अपना सर्वस्व समर्पित किया था । देवात्मा हिमालय के सहज सान्निध्य से जो स्वयं भी कहीं देवात्मा का ही पयार्य बन गया था ।

□□